Lo que está en mi corazón

Biografía

Marcela Serrano nació en Santiago de Chile en 1951.
Estudió Bellas Artes en la Universidad Católica de Chile
y trabajó largamente en el ámbito académico y
artístico. En 1991 publicó su primera novela, *Nosotras
que nos queremos tanto*, por la que más tarde recibió
el Premio Sor Juana Inés de la Cruz, entregado por la
Feria del Libro de Guadalajara, México. En 1993
publicó *Para que no me olvides*, Premio Municipal de
Novela, el más importante del género en Chile. Luego
siguieron *Antigua vida mía* (1995), *El albergue de las
mujeres tristes* (1997) y *Nuestra Señora de la Soledad*
(1999), obras constantemente reeditadas en toda
América Latina. En los últimos años es cada vez más
leída en España, así como en otros países europeos
—en Italia, sus libros han permanecido varios meses
en la lista de bestsellers—; sus novelas han sido
llevadas al cine y traducidas a varios idiomas. La crítica
la ha confirmado como una de las voces más
interesantes de América Latina, convirtiéndola en
intérprete y portavoz literaria del difícil mundo de la
mujer actual. En sus novelas, los personajes femeninos
se construyen con tenacidad y valor, más allá de los
avatares personales e históricos. Su punto de partida
es un fenómeno cada vez más frecuente: la clara
incomprensión entre hombres y mujeres, que
desemboca en la desconfianza mutua y en el
desencuentro. En el año 2000 publicó *Un mundo raro*,
un breve libro de relatos. Desde hace algunos años
vive en México. Con *Lo que está en mi corazón* se
proclamó finalista del Premio Planeta 2001.

Marcela Serrano
Lo que está en mi corazón

Finalista Premio Planeta 2001

© Marcela Serrano, 2001
© Editorial Planeta, S. A., 2002
   Còrsega, 273-279. 08008 Barcelona (España)

Diseño de la cubierta: adaptación de la idea original de Silvia Antem y Helena
Rosa-Trias
Ilustración de la cubierta: detalle de «Taza y rosa en una bandeja de plata»,
de Francisco de Zurbarán, National Gallery, Londres
Primera edición en Colección Booket: mayo de 2002

Depósito legal: B. 14.152-2002
ISBN: 84-08-04378-1
Impreso en: Litografía Rosés, S. A.
Encuadernado por: Litografía Rosés, S. A.
Printed in Spain - Impreso en España

Para Alejandra Jorquera y Pancho Aleuy,
por la complicidad

Si no estuviese viva cuando vuelvan
los petirrojos, al de la encarnada
corbata, en mi memoria,
echadle una migaja.

Y si las gracias no pudiese daros
porque profundamente ya me hubiese dormido,
bien sabréis que lo intento
con labios de granito.

EMILY DICKINSON

I. HUÉRFANAS DEL APOCALIPSIS

JUEVES

1

A los veinte días de iniciado el siglo, un automóvil blanco sin patente, ocupado por tres individuos, arrolló el cuerpo de una mujer mientras cruzaba una oscura calle de piedras a las ocho de la noche. Al decir de la única testigo de los hechos, el vehículo no se detuvo, por lo que ella, al ver una figura derribada en la acera por el impacto, llamó a una ambulancia sin aproximarse a comprobar si vivía: la intuición de la sangre la contuvo.

Yo había acudido puntualmente a mi cita en el Café del Museo y ya sorbía solitaria mi primer *expresso* cuando a las ocho y quince minutos un niño pequeño, sucio y descalzo, al que nunca había visto, se acercó a mi mesa y me avisó del accidente. Cumplida su tarea desapareció de inmediato, dejándome con la sorpresa y las preguntas extendidas. En el hospital Regional, me dijo, allí se encuentra. Tardé un poco en reaccionar, en pagar la cuenta y ponerme en acción. No supe si caminar o correr a la plaza en busca de un taxi, no fui capaz de adivinar las calles para indagar a qué distancia estaba el hospital. Retrocedí hacia el café y averigüé con el muchacho que me había atendido: en la avenida Insurgentes con Julio M. Corso, todo trayecto es corto en la ciudad.

A pie, me dirigí hacia allá, alarmada y confundida. No conté las cuadras, pero han de haber sido al menos siete u ocho. Al llegar al hospital me desviaron a urgencias, en la calle posterior. Entré corriendo y, aparte de las ambulancias que alcancé a divisar en el patio y algunos hombres deambulando por él, sólo encontré una puerta cerrada precedida de un pequeño espacio techado, un cuadrado mínimo al aire libre que jugaba a sala de espera, donde tres mujeres indígenas ocupaban el único banco, aguardando, la paciencia milenaria acomodada en sus expresiones mientras un par de niños revoloteaban a sus pies. Tiene que llamar a la puerta, me advirtieron. Con fuerza y quizás un poco de prepotencia, pues no controlaba bien mis ademanes, la abrí sin llamado alguno y me introduje en el recinto. Todo tan desolado, ni siquiera una antesala al interior que nos abrigara o contuviera. Me recibió el olor inevitable, aquel de los hospitales, aquel de la pobreza.

No, no puede verla; por cierto, no pretendo verla, sólo pido información, llegó en mal estado, se la está evaluando, el doctor está con ella, deberá esperar, ¿dónde?, afuera, con las demás, ya la avisaremos.

Era una noche fría aquella del mes de enero. Luego de buscar un teléfono y efectuar al menos dos llamadas, me recliné contra la muralla ya que no había un lugar donde sentarse, ni una mísera silla. Las indígenas me miraron imperturbables, cuatro mujeres, en silencio, esperamos. Sólo el llanto de una criatura escondida bajo el rebozo de una de ellas nos interrumpía de tanto en tanto cuando la madre, cansada de amamantarla, le quitaba el pecho de la boca. Ni leche me queda ya, comentó a la que estaba a su lado, pero a él le gusta igual. ¿Esperarían a sus maridos, a un hijo, a un hermano?

Cuando una hora más tarde nadie salió a buscarme como habían prometido, volví a irrumpir en el interior del hospital. Esta vez, sumida en el frío y en la angustia, exigí hablar con el doctor. Agradecí que mi piel fuese suficientemente blanca, único elemento con el que contaba para ser escuchada. Llegó en un estado lamentable, fue el comentario del doctor cuando por fin decidió atenderme, sufrió un impacto brutal. Un traumatismo encefalocraneal cerrado, una pierna y tres costillas rotas, múltiples hematomas y heridas. La mantendrían en observación.

Caminé de vuelta hacia María Adelina Flores, la calle del Café del Museo, que resultaba ser la misma de mi hotel, dudando si detenerme a comer algo. Ya eran las diez de la noche y la ciudad estaba completamente vacía, como siempre a esa hora. Cada cuadra me pareció más y más larga que la anterior y, por vez primera desde mi llegada, la soledad de las calles se me antojó aventurada, expuesta, riesgosa. El mundo se me hacía más hostil, mi desamparo más evidente; no en vano se alejaba de mí, esfumándose caótica, la imagen más próxima —más cercana, más familiar— de este nuevo universo en el que yo había aterrizado.

Un cuerpo es un cuerpo, es un cuerpo, es un cuerpo, diría la literatura. Pero en mí, el lastimoso cuerpo de una mujer había sido embestido, tibio aún, identificable, real. Era el cuerpo de Reina Barcelona.

2

Ya alojada en el calor de mi habitación, quieta frente a mi mesa de trabajo, con un reconfortante vaso de tequila reposado sobre su cubierta, abro mi pequeño computador portátil buscando en *Archivo* el nombre de Reina Barcelona.

La primera información se halla entre paréntesis: (Contacto de Dolores). Recuerdo con nitidez el momento en que le escribí a mi madre a Chile desde Washington, D.C., siempre por el correo electrónico al cual ambas somos adictas, a lo que debo agregar que a ella le costó bastante más esfuerzo dominarlo en un inicio que a mí, contándole del nuevo trabajo que emprendería. Recibí a vuelta de correo su mandato perentorio: ¡no dejes de ver a Reina Barcelona! Me agregó algunos datos como el teléfono de su casa y la dirección de su pequeña librería, los cuales incluí de inmediato en mi *dossier,* calibrando en mi cabeza que los encuentros propiciados por mi madre casi nunca resultaban inútiles.

A punto de revisar el resto de la información me interrumpe el sonido del teléfono, arrancándome de cuajo la precaria serenidad que por fin la luz tenue, el silencio rotundo y la domesticidad de mis objetos personales en la habitación me empezaban a obsequiar. Me dirijo esperanzada hacia la mesa de noche donde reposa el aparato color marfil, enfebrecido en su ruidosa forma de hacerse anunciar, será Jean Jacques, por fin responde al recado desesperado que le dejé en *La Normandie,* o cualquiera de los amigos de Reina, recién enterados de la noticia. (Quizás Luciano, quizás el ángel aquel, el que parecía quererla más que nadie, cuyo teléfono sonó y sonó cuando traté de hablar con él desde el hospital.)

—Tiene una llamada —me avisa el portero, el del turno de noche, lo conozco bien, es siempre el mismo.

—Pásemela —le pido.

Pero nadie responde a mi saludo, la línea ha enmudecido por completo. Ante la inutilidad de la espera, corto la comunicación y marco el número del *lobby*.

—¿Quién me llamaba? —pregunto, calculando que en Washington ya sería medianoche, hora en que Gustavo disfruta su séptimo sueño, y que en estas latitudes las once es una hora tardía. Sólo podría tratarse de una llamada de emergencia, de aquellas que gritan en la noche cuando algo terrible ha sucedido.

Era una voz de hombre, me informa el portero, parecía de aquí, al menos por el acento. Cuelgo el auricular un tanto molesta, no vale atribuir la llamada a una equivocación si el filtro de la portería obliga a dar mi nombre previamente. Me siento al borde de la cama mirándome las uñas, distraída, hasta que caigo en cuenta de lo atribulado que se siente mi entendimiento.

Durante aquella hora y media en el hospital había revivido en mi interior ciertas emociones de las que necesitaba escapar, que definitivamente requerían de mi olvido, ¿no vine a eso, después de todo? Y sobre ellas se sumaba, perpleja y espantada, la presión de lo recién sucedido. Mi cuerpo se sentía ligero esta tarde cuando caminaba hacia el café del Museo, segura de encontrar allí a Reina, segura también de que la conversación alargaría cualquier *capuccino* o *espresso* que bebiéramos. Sin alcanzarme la energía para una acción tan simple como la de desvestirse, me tendí sobre la enorme cama hasta convocar, lejana, la voz de Reina aquel día, el de mi primera incursión a su librería en el centro de la ciudad.

—Vaya, ¡qué guapa eres! —comentó mientras me observaba abiertamente—. Me gusta tu pelo... y tu porte, será tu lado paterno, ¿verdad?, ya me habría gustado a mí...

Suelta, cercana, como si me conociera desde siempre. (El color de tu pelo adorna pero no distrae, me diría más tarde, tocándolo como a una curiosidad.)

—Sí, nací en el Uruguay. Pero aquello de las nacionalidades es pura pendejada. Se es ciudadana de donde una quiera... de donde una elija. Y bueno... además, los uruguayos, desde que adquirimos uso de razón, empezamos a pensar en cómo irnos del paisito.

Su tono era entre alegre e irónico, nunca trascendente, como yo habría temido, y la risa la atravesaba continuamente como un instrumento a la mano que ella utilizara muy a tiempo para quitarle la supuesta solemnidad a cualquiera de sus afirmaciones que, a decir verdad, eran muchas. Su voz poseía una cualidad sonora que la amplificaba en un registro suave pero ronco a la vez.

—Y tú, ¿qué heredaste de Dolores?

—No soy quién para decirlo...

—¿Su pasión, por ejemplo?

—No, se la dejó toda para ella.

Nos miramos divertidas, con algo de complicidad.

—Entonces, ¿su valentía?

—Tampoco.

—¡Vamos! —agregó riéndose—, ¿ninguna de sus virtudes de primera categoría?

—Parece que sólo las de segunda...

Reina me miró expansiva y un poco burlona, movió la cabeza de un lado a otro como midiendo a su interlocutora y, tomándome del brazo, me sacó de la librería, encaminando los pasos a un café cercano.

Vestía entera de negro, lo que luego constaté que no era casual pues se repetiría en cada encuentro. Aprovechando su figura armoniosa, no perdía oportunidad de destacarla ciñendo su ropa al cuerpo. Pero fue su pelo negro lo que más llamó mi atención, ¡cómo le brillaba! Lustroso, iluminado. Jugaba con él en forma permanente, transformando los lisos mechones en trenzas o moños. Sin una gota de maquillaje, su vanidad parecía concentrarse sólo en unos aretes de plata que colgaban de sus lóbulos, pequeños círculos de los que pendían delicados rombos. Reparé en un gesto que terminaría siendo muy característico: alzar una de sus manos al hablar, mostrando la palma blanca, como si quisiese dejar establecida su palabra.

—¿Te contó Dolores cómo nos conocimos?

—En la cárcel, ¿verdad?

—Exacto. Me trataba como a una hija... ¡Linda mujer! Lazos indisolubles.

—Pero tú... —la observé buscando la huella de los años— entonces debes haber sido terriblemente joven...

—Fui bastante precoz. Dejé el Uruguay a los dieciséis años. Mi padre había muerto y mi hermano mayor quiso hacer sus estudios universitarios en Chile. Lo seguí. No sólo porque no deseaba quedarme en Montevideo, sino porque había empezado el gobierno de la Unidad Popular en tu país y no quería perdérmelo.

—Pero ¿qué conciencia política se puede tener a esa edad?

—Toda la que estés dispuesta a aguantar.

—¡Ah!

—Fue una lástima, no alcanzaba a gozar aún de la fiesta cuando Pinochet dio el golpe de Estado...

—Todavía estudiabas en el colegio.

—Sí. Sin embargo, de una forma u otra, todos mis compañeros de curso estábamos involucrados. Estudiaba en el Liceo Manuel de Salas, el que pertenece a la Universidad de Chile, ¿sabes? Supongo que por eso no era tan raro.

—¿Y por qué no abandonaste el país después de eso?

—¿Por qué iba a hacerlo? A mí me importaba tanto derrocar a la dictadura como a los demás. En vez de irme, me metí en el MIR.

—A Dolores nunca le gustó el MIR —comenté, como si aquello importara.

—Pero tampoco fue una sectaria. Pensándolo bien, ¡qué privilegio para ti ser criada por una mujer así! Ya lo habría querido yo...

—Privilegio y desgracia a la vez, créeme... pero en fin, no hablemos de eso.

Me miró un poco sorprendida, pero no insistió. Cambió de tema.

—Bueno, ¿te trae por estos lados lo que yo supongo?

—Efectivamente. Antes, dime una cosa, ¿cómo has logrado borrar tu acento? Hablas un castellano neutro... —Era extraño encontrarse con una originaria del Río de la Plata que no acentuara la última sílaba de los verbos.

—Un español latinoamericano, que no es necesariamente neutro. Como yo misma.

La voz de Reina en mi interior se interrumpió bruscamente, era el teléfono otra vez. Mierda, ¿quién llama a esta hora? El tono del portero era tan aburrido y somnoliento como el mío, hasta que en un instante, sin transición alguna, volvió a mi mente el recuerdo de quién soy, dónde estoy y lo que ha ocurrido. Dios mío, ¿habrá muerto Reina? Dejé el número de mi teléfono en el hospital, por si algo sucedía.

—¡Páseme la llamada, por favor! —rogué.

Pero ante mi asombro, la situación anterior se repitió: la línea se mantuvo en silencio, muda como la más terca de las voces, la más obtusa y despiadada, negada a toda palabra.

Culpo a la anónima llamada y no a mí misma por recortar así los recuerdos. No deseo, en estas circunstancias, rememorar otro día que no fuese aquel en que la conocí. Circunscribo las fronteras de mi memoria porque no resisto esta noche evocar imágenes posteriores o, para ser precisa, una imagen determinada: la de su cuerpo sobre mi cama, un cuerpo aterrado, durmiendo en posición fetal, llorando en el sueño. Y al negarme a tal evocación, rompo el juego de los espejos, ahogo la enorme pregunta que todo mi ser se hace a gritos, ¿qué hago yo aquí?, y anulo por unos instantes su miedo y el mío.

3

Que Neruda me perdone, pero a veces sucede que me canso de ser mujer. Y cuando parí a mi único hijo, agradecí al cielo su sexo: ¡cuánto se evitaría solamente por haber nacido hombre!

Es eso —el ser mujer— lo que me arrojó a la peor de las derrotas, la que sólo puede padecerse cuando una criatura ha nacido del cuerpo de una misma, del cuerpo propio. Yo no soy una persona relevante y mi historia no tiene nada de extraordinaria, es sólo la de una joven madre a la que han arrancado de cuajo esa condición. Y ello, aunque el padre haya pasado por las muchas penas que supondrán, te encierra en la más rotunda soledad, ya que nunca, pase lo que pase, podrá compartirse tal sensación. La paternidad puede ser un acto casi intelectual: tú eres mi hijo porque me contaron que lo eras, nunca te moviste en mis entrañas, nunca te sentí palpitar, y si bien mis genes están en ti, no naciste carne de mi carne. Aunque los hombres del mundo entero me odien por pensarlo, la mutilación de un acto casi intelectual es algo a lo que se puede sobrevivir, no así a la mutilación de un acto tan brutalmente carnal como parir.

Hace dos años nació mi niño. Había llegado por fin la

hora del embeleso, pero a mí me duró apenas doce meses, su pequeño corazón lo anunció desde muy temprano. La corriente caudalosa de todos los ríos cruzó entre él y yo, dejándonos a cada uno en orillas diferentes. La mía se tiñó de una pavorosa orfandad.

La peregrinación por las blancas salas de los hospitales y los neutros tonos de los médicos duró tanto como su vida misma, y en medio del padecimiento surgieron las voces de los expertos, que no, que era arriesgado intentarlo de nuevo, que genético, ¿verdad?, que todo corazón que venga del mío podrá repetir este vía crucis. Gustavo se mantuvo estoico, fuerte y valiente desde un cuerpo que no sabía de desgarros. Se acabó, me dijo hace un año atrás. Y dio vuelta a la página. Para protegerme. (Pero yo no le entendí. Pensé que no me quería, ni a mí ni a nuestro hijo. Y pensé que tampoco yo quería ya a Gustavo. Si él pretendía olvidar, yo sería mi propio recuerdo del niño que partió.)

Perdí vigor como la figura que quise ser. Perdimos nitidez como la pareja que soñamos, se difuminaron nuestros contornos, nunca más nos fundimos como una sola sombra, como una sola sombra larga. Nos cansamos de ser uno al lado del otro. Es que, al nacimiento del niño, Gustavo se convirtió en padre, en el enorme padre global, y yo en su esposa niña. Algo muy fuerte sucedió en el parto: como si yo me hubiese dado nacimiento a mí misma. El niño, mi mismo yo. Ya sin él hubo un espanto. Gustavo se desdibujó, padre de nadie, figura errante. Permanecí instalada en medio del blanco, el del hospital, el de mi departamento, el de la nieve, quedé allí desnuda. Desnuda, con frío y terriblemente sola.

La fecha que anunciaba estridente el fin del siglo y del milenio coincidía con el primer aniversario de mi luto, lo que amenazaba con más desmoronamientos aún. Caía la nieve en Washington cuando Gustavo consideró que el duelo debía llegar a su fin, que bastaba un año de ver a su mujer ensimismada, hecha una rosca, tendida en una cama con un libro abierto en sus manos, un libro que casi no leía. He de suponer que los niveles de desaliño en mi actitud y la falta de cuidado en mi aspecto mermaron su paciencia. Al conocerme, hace seis años y medio —en Santiago de Chile, cuando fue a cubrir la segunda elección democrática—, lo que más le gustó de mí fue mi condición de pelirroja. Mi colorina, me llamaba, penetrando con sus dedos suaves mi pelo encendido, crespo y desordenado. El día que tomé el avión hacia el norte, el que me llevó definitivamente a su lado, en el mismo aeropuerto me hizo prometerle que nunca me cortaría el cabello, que sería su mujer de melena roja. Esa misma melena fue la primera en perder el brillo cuando cambié los hospitales por mi propia cama, me la lavaba sólo cuando Gustavo me lo imploraba. La uña del dedo gordo del pie izquierdo pasó a ser mi perspectiva, el lugar final donde se posaba toda mirada. Ni siquiera sentí en algún momento la tentación suicida, al menos ella me habría engrandecido. No volví a vestirme. O me cubría con una vieja túnica que alguna vez me regaló Dolores o me ponía la bata sobre el pijama, nada más. A veces miraba los potes de cremas y afeites que quedaron suspendidos en un anaquel del baño y me preguntaba para qué servirían. Lo había olvidado.

Quisiera ser muy clara a propósito de la melena roja. Existe el mito de que la mujer que la lleve tendrá determinadas características, la leona, la cazadora, la comehombres, la mujer fatal. Pues yo no tengo nada de eso. Nací con ese color —en mi infancia tuve pecas, las inevitables, que el tiempo luego borró— y, aparte de las burlas que hacían de ello el colegio y el hecho objetivo de llamar a veces la atención, nada me quedó de personalidades originales o excepcionales. Dolores solía decirme, cuando alcancé la mayoría de edad, que era mi porte y no mi color lo que me hacía especial. Para el promedio de la mujer chilena, soy alta. Pero al caminar por las calles de Washington, esa cualidad desaparece. Queda sólo mi pelo. Entonces vuelvo a ser la colorina de Gustavo.

Recuerdo que cuando Dolores cumplió cincuenta años le regalé un objeto que ella, sin percibirlo, necesitaba a gritos: un espejo de aumento. Elegí el mejor, el más caro y el más nítido. Lo instalé en su tocador y le dije, ya, hazte ahora la línea en los ojos, verás qué bien te queda. Dolores, agradecida, se instaló en el eterno piso de su dormitorio, tomó el lápiz de cejas y hundió la mirada en el reflejo. No tardó más de unos instantes en emitir un sonido tristísimo, una queja arrancada a las mismas entrañas. ¡Dios mío, ésta soy yo! La miré desconcertada, como pidiéndole una explicación. Su respuesta fue, ¡es que estoy viendo lo que no quería ver!

El año que pasé tirada arriba de mi cama actuó como el espejo de aumento. Quizás para Gustavo también, aunque no me lo dijo. Debí enfrentar dos cosas que no sabía de mí misma: la primera fue mi condición de hija, la segunda, mi postura frente a la vida. Hasta entonces no había caído en cuenta de que yo era una mujer convencional. Todas, y para qué negarlo, tenemos la secreta ilusión de ser *diferentes*. Que lo que nos rige no es sólo el resultado de lo que hemos respirado, de lo que hemos mamado de lo establecido por otros, sino una conjunción original forjada por nuestra propia mente y voluntad. Todas nos habremos cuestionado una y mil veces sobre el sentido de estar en el mundo y *cuál* es ese mundo en el que queremos estar, ya que alguna enseñanza básica dicta que si no nos gusta lo que nos rodea podemos reinventarlo, por tanto, reinventarnos. Y es *ese* reinvento —aunque debas pagar un cierto precio por él— el que te situará en el mundo y frente al mundo, y de él dependerá tu libertad. Siendo hija de quien era, podría decir que todas las posibilidades de moldearme según cánones más ricos que el de la media estaban a mi alcance, y no lo hice. Entonces me pregunto cuál habría sido el resultado si mi sexo hubiese sido el otro. Porque algo nos pasa a algunas mujeres —por cierto, no a mi madre— que nos dificulta enormemente el acceso a la audacia. ¿Por qué le tememos tanto a lo que no es seguro? ¿Por qué deseamos navegar sólo en aguas lisas y ligeras? ¿Qué nos hicieron en el principio de los tiempos para que acumulásemos tanto miedo? Intuyo que mi temor ha sido, desde siempre, que las emociones se disparasen. Por ningún motivo debía ser como Dolores, porque las suyas se han disparado y por eso ha sufrido y ha sido apuntada por los demás. En aras de ello, por lo tanto, de la convención, fui moldeándolas de tal manera, a las emociones, quiero decir, que inevitablemente las fui apretando, constriñendo, lo que equivale a confesar que las fui cercenando. Probablemente, en el camino he perdido muchas cosas por el miedo al riesgo y a posibles dolores futuros, seguro que a veces el presente se ha escapado, medroso, de mis manos y se ha dejado seducir por el sentido común, el peor de todos los sentidos, el que más adocena. Me cubrí de la pequeña cobardía diaria, esa que no alcanza a evidenciarse, la que se vive cotidianamente sin estruendo, para asegurar la tibieza de andar siempre derecha por los rieles de lo debido, dejando detrás la gran cantidad de pasos que tan comúnmente se pueden denominar como *inapropiados*. Así, me atuve a una regla única: la seguridad. Y en ella transité cada día de los días, hasta que un golpe bajo, tan pero tan bajo, me desordenó toda línea. Como si de haber sido una pintura de Mondrian me hubiesen obligado a convertirme en una de Pollock.

Sentí hace dos años que por fin quebraba mi condición de hija al pasar yo a ser madre, por fin le arrebataba a Dolores su enorme poder al lograr yo compartir mis roles. Mi madre es una gran mujer y yo soy una mujer corriente. Esto me genera sentimientos ambivalentes; entre mi admiración y mi rechazo por ella se instalan una gran cantidad de pequeños sentimientos, llenos de matices, y no todos muy recomendables. Haciendo gala de un psicologismo grueso, podría afirmar que, desde muy pequeña, al respirar ese aura innegable que resplandecía en torno a la imagen de Dolores, decidí que lo mejor era refugiarse en ella, esconderse allí dentro, ya que igualarla era improbable. ¡Malditas sean todas las hijas de grandes madres sobre esta tierra! Nunca, de verdad, nunca se cumple con todas las expectativas que ellas y los demás tienen de nosotras.

Cuando amenazaban con terminar los días oscuros y largos en los blancos hospitales quise llamar a Dolores, pedirle que me acompañara, que llorara conmigo, que me sostuviera en el momento final. Gustavo, menos sentimental que yo, me advirtió. Te va a acomplejar con su fuerza inquebrantable, la que sólo te hará recordar que no eres ella, y te devolverá tu debilidad convertida en un insulto, quizás en un pecado. En su empeño por levantarte, Dolores no tendrá piedad, te convencerá que tu dolor es inútil, que la maternidad no es necesaria para las mujeres de hoy como lo fue antes, que es cultural, te dirá, que el mundo ancho y desafiante te espera para que cumplas un papel en él. ¿Cuál será entonces tu respuesta? Distinguí un terror a punto de ser, y no la llamé. Dolores quiso venir, aun sin mi invitación. Mi hija sufre, eso era un mandato inapelable para ella. No tenía dinero para pagar un pasaje, le respondí que tampoco lo tenía yo, que no se inquietara, que estaría bien. Mirando para atrás, creo que ése fue mi mayor acto de cobardía: el haberme privado de su consuelo por no ser capaz de abarcarla en un momento mío tan crucial.

Siendo la política una pulsión fuertísima en mi madre, no lo fue en mí. Como el compromiso con los marginados del mundo le quitaba hasta el último aliento, no me lo quitó a mí. Así, el encargo que ahora me han hecho me tomó desprevenida. Al cumplirse un año de mi luto llegó Gustavo a mi cama, y su forma de decir basta fue contarme que me había conseguido esta propuesta, la que muchos anhelaban cubrir: Chiapas. Veterano del periodismo en la televisión norteamericana, no le faltaban buenos contactos y amigos solidarios, aunque nunca me lo mencionó ni pregunté yo nada al respecto, como si yo mereciera tal encargo.

Me invadió de inmediato una sensación de vértigo.

Me levanté de mi cama como un títere roto, haciendo un enorme empeño por juntar cada una de mis partes. México: un país de demonios, con el horror ahí, a la mano, doliente y desquiciante. No pensé en el otro México, aquel mágico y luminoso, el de la cultura ancestral, el de la primera revolución del siglo XX, el de la fuerza imperial llevada a cada una de sus expresiones. Tampoco pensé en la originalidad enigmática de esta revuelta en el sureste del país, la de los zapatistas. Sentía que la atracción de la imagen del subcomandante Marcos era sólo mediática, sin solidez alguna, y que su personalismo y vanidad nublaban cualquier causa que hubiese tras él.

Aunque mi estado de ánimo era operativo, sin la menor emoción, comprendí que debía partir, que el momento de volver a ser persona se anunciaba inminente, y me pareció que era preferible iniciarlo fuera de mi entorno, lejos de Washington, de Gustavo, de mi departamento blanco, de mi cama aletargada, de todo lo que me recordara ese año insoportable.

Pero una vez más debí encarar el hecho de que tal privilegio le habría correspondido a Dolores más que a mí, que ella contaba para asumirlo con elementos de los que yo carecía, que cada cuerda en su mente se habría tensado, vibrando frente a tal extraña realidad, sin mencionar, por cierto, que la zapatista de la familia era ella y no yo.

4

Aunque el concepto de tiempo aquí es otro, uno que se redobla y amplía en ondas continuas tiñendo la atmósfera de una rara disposición de eternidad, llegué a San Cristóbal de las Casas, en el estado de Chiapas, hace sólo catorce largos y lentos días. Cada uno de ellos fue acercándome a la vitalidad, contándome que no era demasiado tarde para algo parecido a la salvación, como si en el enorme, loco y desmadejado mercado de alimentos de esta ciudad me hubiesen escogido, de entre los muchos puestos de hierbas destinadas a aliviar infinitas dolencias de los más diversos tipos, una especial para la tristeza; cada sorbo de ese brebaje me arrancaba un poco de ella, despejándome, intentando devolverme el colorido.

Debí dormir una noche en Ciudad de México, pues la única forma que encontré para llegar por aire desde la capital fue, muy temprano en la mañana, un vuelo de Aeromar, línea aérea que desconocía hasta ahora, para abordar un avión pequeño a hélice con sólo treinta y cinco pasajeros y un sistemático retumbar en los oídos que señalaba, supongo, cuán despacio volábamos. Lánguido y adormecido, tardó dos horas en recorrer poco más de mil kilómetros. En su interior había once pares de asientos a cada lado de un angosto pasillo, y una sola azafata, pero su precio fue de cuatrocientos dólares.

Observé a los pasajeros. No podían faltar un par de *turistas revolucionarios*; sus presencias inocentes, pero a la vez obvias, resultaban predecibles. Decidí que los miembros del alegre grupo que ocupaba los asientos delanteros —tres hombres y una mujer— eran empleados públicos, así como funcionario de la Iglesia católica el que se había sentado a mi lado. Su pelo ordenado y oscuro, sus facciones casi borrosas por lo regulares, su indumentaria, todo lo delataba: desde la infaltable chamarra azul marino y pantalón marengo de casimir hasta los rudos zapatones negros amarrados al centro sobre una gruesa suela de goma. El aspecto de su maletín de mano, viejo, anticuado, cansado de tanto uso, lo corroboraba. Tenía el aire de un hombre bueno. Me pregunté si sería uno de los asistentes del *Tatik*, como lo llaman al obispo Samuel Ruiz, alma misma de la histórica y colonial San Cristóbal. Detrás de mí viajaban dos norteamericanas por cuyos pasaportes comprobé su nacionalidad *gringa*, aunque sus rostros evidenciaran el conocido mestizaje de estas tierras. Cargaban abultadas bolsas que, al revisarlas un empleado de la línea aérea por su exagerado volumen, pude enterarme de que contenían *material de ayuda*. Más tarde aprendí que corresponde a una usanza corriente, la de llevar ayuda humanitaria a Chiapas, cosa nada sorprendente si se contemplan sus carencias. Hice votos porque su distribución se llevara a cabo a través de la Iglesia para imaginar su buen destino. Alcancé a divisar ropa y medicinas.

La marginalidad me fue evidente desde un principio: mi vuelo no tenía número de puerta ni sala de embarque; desde el mesón de Aeromar nos llamaron a viva voz, sin parlantes, para subir a un pequeño bus y atravesar largas cuadras de rampas desconocidas con aspectos de olvidadas canchas de aterrizaje, hasta por fin arribar a una sección lejana del aeropuerto que daba la impresión de guardar aviones de juguete, como si todo en torno al nombre mismo de la ciudad a la que me dirigía resultase conflictivo o sospechoso. Viajar a Tuxtla Gutiérrez, la capital del estado, parecía observar formas distintas, regulares, con vuelos normales en líneas aéreas grandes, con frecuencias más generosas que un solo avión al día, con tarifas más reducidas, con puerta y sala de embarque asignadas.

Pero olvidé todo ello al aterrizar e inundar mis pulmones de aire fresco y vigoroso, frío para los mexicanos —no para mí, que he dejado atrás el frío real—, un aire tan límpido que recordaba la perfección. El aeropuerto, pequeñísimo pero de hermosa construcción pintada de amarillo oscuro, impecable en su limpieza, orgulloso en su recepción, me recordó que había llegado a la provincia y que ésta siempre se distinguirá de las grandes metrópolis por su amabilidad, sea donde sea. Aparentemente, el resto de los pasajeros fue más rápido que yo, pues al preguntar por un taxi me informaron que se habían terminado. Tomé el único otro transporte disponible, un pequeño autobús que nos hizo esperar a que el vuelo emprendiera su retorno, por si algún pasajero lo perdía o se arrepentía de volar. Compartí el trayecto con una joven española de enorme mochila a sus espaldas y con el grupo de funcionarios públicos que ya había divisado en los asientos delanteros.

No habíamos avanzado más de un kilómetro por un camino serpenteado entre bosques verdísimos cuando el autobús se detuvo frente a un puesto militar. Aunque sabía que estaba adentrándome en una zona altamente militarizada, di un respingo al ver cuatro pequeñas trincheras, dos a cada lado de la carretera, confeccionadas con muchos sacos y enormes ruedas de neumático, con hombres armados y uniformados tras ellas, además de los soldados que detenían mi locomoción. Las armas nos apuntaban. Atestiguar

tal escena a tan poca distancia de haber pisado este suelo resultaba como una caricatura. Mi instinto, marcado por una
memoria genética y chilena, me dictó un sobresalto. Es una
colonia de militares, me informó la mujer a mi lado, como
si hubiese leído los golpes eléctricos de mi cerebro.

Durante los doce kilómetros de trayecto que siguieron
me dediqué a mirar por la ventana y a escuchar la conversación de los funcionarios. Hablaban entre ellos con la típica
camaradería que se genera en el diario vivir de las oficinas,
aquella que probablemente nunca me toque experimentar,
y reían comentando una fiesta a la que todos habían asisti-
do, quién bailó con quién, cuántos tequilas tomó cada uno,
sólo dos, se defendía la única mujer del grupo, el rostro moreno y vivaz, rostro conocido, familiar, repetido en cada uno
de los países de este singular continente. Parecían venir alegres a realizar su trabajo. Más alegres y más seguros que yo.

San Cristóbal de las Casas me hizo pensar en un bosque
de ciruelos, colmado de fruta roja, amarilla y azul.

Reparé en pocas cosas al entrar a la ciudad: los sanita-
rios públicos que se ofrecían por un peso, una gran pancar-
ta que rezaba «POCOS HIJOS PARA VIVIR MEJOR», las banquetas
de laja sobre las veredas y varios turistas caminando por la
calle vestidos de chiapanecos mientras los chiapanecos se
vestían de gente normal.

Estoy mintiendo, eso no fue todo; también reparé en su
belleza, ya que es imposible no hacerlo. Lo que sucedía es
que mi ánimo, el que traía cosido a la piel desde Washington, no era el más apto para el goce; sentí que era todo un
error, que en esa ciudad —infinitamente más viva que yo—
debía vencer mi rigidez si deseaba empezar una rara existencia nueva: corta, acotada, pero existencia al fin. Aun con
esa sensación a cuestas, supe que me adentraba en la pequeña joya del valle de Jovel, en medio de las montañas de
los Altos de Chiapas, y esta joya, creada por los españoles

hace quinientos años (¿cómo llegaron hasta aquí, cómo lograron construir en un sitio tan inexpugnable?), había logrado mantener intacta su estructura colonial, dándole la espalda, orgullosa, a los ecos de modernidad que llamaban a la destrucción. Los españoles sí sabían construir ciudades, pensé, y ésa no es una gracia menor. Resultaba tan inaudito encontrarse con San Cristóbal de las Casas en medio de tal naturaleza que, con razón, algunos sostienen que, con sus dos vertientes perpetuas que no se mezclan ni se empalman —la española y la indígena—, éste es un *capricho urbano*.

Fui la última en llegar a su destino, a pesar de no encontrarse a más de cuatro o cinco cuadras del Parque (así llaman a la plaza principal, que en cualquier otra ciudad de México la nombrarían zócalo). Gustavo me había hecho las reservas en el Casavieja, hotel donde él se alojó hace un par de años, y me advirtió de su arquitectura y su ambientación: una antigua casona de colores ocres con trabajos de piedra y tallas de madera construida a mediados del 1700; su corredor principal, delimitado por grandes arcos de madera y por columnas del mismo material, no lo desmentía. Eligió para mí la habitación 49, la *master suite*, por ser la más amplia y la más aislada; por tanto, la más apta para trabajar. Subí por una escalera exterior, siempre de madera sólida y arcaica, hasta llegar al rellano del tercer piso: efectivamente, la mía era la única habitación en ese piso, desde allí controlaba los largos pasillos del primero y el segundo, podía observar a las mucamas haciendo el aseo, a los huéspedes saliendo y entrando de sus piezas y también contemplar el patio allá abajo, muy andaluz, con una fuente al centro y la apretada hiedra cubriendo sus muros anchos. Éste es el hotel de los *buenos*, me advertiría más tarde Reina Barcelona con un dejo de ironía, aquí se alojan los *progres*, desde premios Nobel hasta grandes analistas, los otros se van a un hotel pretencioso cerca de la plaza, nunca aquí. Gozaría, qué duda cabe, de buenos fantasmas como compañía.

Me sentí de inmediato cómoda en mi nuevo estar. Por fin un lugar para mi computador, pensé descolgándomelo del hombro ya adolorido al divisar una mesa de madera robusta esquinada entre dos grandes ventanas. Tejas y más tejas, adobes y argamasa me dieron la bienvenida a la ciudad a través de los cristales. Las vigas se exhibían gruesas y desnudas. La cama, *king size,* se me antojó inútil, un solo cuerpo para tender. Me divirtió el gran *jacuzzi* instalado en la sala de baño, sin saber aún que a la única hora posible de gozarlo —la noche— el agua caliente se mostraría avara.

Más allá de mi ánimo, causé un gran revuelo en el hotel al pedir una extensión eléctrica para instalar a la vez una lámpara y mi *laptop* sobre la mesa. Fueron a buscarla a la bodega y no la encontraron. Debemos esperar al ingeniero para que lo resuelva, me informaron. ¿Ingeniero para una simple extensión? Abandoné la habitación esa primera mañana segura de que no resolverían nada, pero para mi sorpresa, al volver en la noche encontré la lámpara y el *laptop* enchufados, con extensión y todo.

Desempacar no me tomó más de diez minutos. Como no ha sido en vano adoptar la consigna de viajar ligera de equipaje, sobró espacio en el armario luego de acomodar mi ropa. Miré dudosa hacia el pequeño refrigerador vacío, reclinado contra la muralla al fondo, en el costado de la habitación, entre el amoblado de madera que sugería la idea de *living.* Quizás compraría algo de fruta, unas mandarinas o mangos, si la estación me favorecía. Ya instalada, miré a mi alrededor y no pude reprimir un suspiro de satisfacción respaldado por los rayos de sol blancos y calientes que invadían el lugar. Washington me pareció, por un instante, de otra galaxia. ¿Puede haber una sensación más excitante (y atemorizante, a la vez, lo reconozco) para una mujer que el sentirse fuera del alcance de los demás, de los cercanos que la aman pero que simultánea y sutilmente la ahogan?

5

¡Qué noche larga será ésta!

Cierta de que lo ocurrido propinó un golpe demoledor y demasiado cercano, en mi desvelo hice el ejercicio de situar a Reina Barcelona en su cotidianidad, en sus paseos por esta ciudad tan suya de la que supo apropiarse, y aunque me resistía, terminé evocando con naturalidad nuestro segundo encuentro, como si al hacerlo la recuperara para mi propio equilibrio. No tenía yo entonces cómo saber los designios de algunos dioses malvados.

Era mi tercer día en San Cristóbal. Quedamos de encontrarnos en el Museo Na Bolom, vecino a su casa. Esa mañana no debía asistir a ninguna cita de trabajo, por lo que me di el lujo de recorrer con toda calma aquella hermosa construcción de pasillos largos y habitaciones frescas que concentraba en su interior lo mejor y más documentado de un pueblo enigmático y solitario: el pueblo lacandón, muy antiguo y originario de la selva que lleva su nombre. Luego de observar con detención las muchas fotografías y de pasearme ociosa por los jardines y por el enorme comedor, elegí instalarme en la biblioteca, sin duda el mejor lugar del museo. Su solidez contrastaba bien con mis respuestas siempre provisionales. Pensé leer un poco, quizás aprender y sorprender a Gustavo con mis conocimientos sobre el tema, pero el lugar me atrapó más que ninguna lectura y me dejé llevar por el gusto extraño de saberme, paso a paso, sin vehemencia, viva. También por su ambiente, la superficie gastada de los sillones, el aire sombrío de tanto libro viejo, la madera robusta de las mesas, las tejas que se divisaban desde la ventana; en fin, por cierta sutileza. Me encontré a mí misma anhelando ser dueña de una biblioteca así, aunque no le diera el uso adecuado, sólo para observarla y decir: es mía. (¡Tantas casas hermosas destinan una habitación para esos fines, y luego, nada... los libros reposan como cadáveres en una morgue!)

A la una y media de la tarde nos encontramos con Reina en la puerta del museo; no me hagas entrar, me advirtió por teléfono, que no pienso pagar la entrada. La esperé unos minutos y al divisarla venir, observé la forma en que movía su cuerpo, irradiaba una manifiesta vitalidad; claro, no pude dejar de subrayar que las mujeres que no han parido mantienen para siempre la figura juvenil. Vestida otra vez de negro, me fijé con precisión en su escote pronunciado y sus aretes de plata.

—Pensé anoche que estarías muy sola en las horas en que la gente normal se reúne, por eso te llamé. La Iglesia y las ONG no ayudan mucho en ese aspecto, ¿verdad?

—Verdad —asentí.

—Te introduciré en los mundos laicos de la ciudad, son más entretenidos...

Caminamos hacia el barrio de Mexicanos, aquel de los tejedores y ladrilleros, donde se venera el Tránsito y la Coronación de María; es uno de los treinta y tres barrios que originariamente formaron la ciudad, estableciéndose por sus oficios, como el barrio de los canteros, los curtidores, los herreros, los artesanos o los constructores. A medida que avanzábamos, Reina me relataba las tradiciones de San Cristóbal y la vida rica de sus distritos unificados por un mismo patrón y por una actividad productiva en la que se especializan buena parte de sus moradores. Los barrios afianzan las viejas raíces sancristobalenses, me dijo, asociando santos y oficios, fiestas y costumbres; buscan preservar lo que fueron en los siglos precedentes.

—¿Sabes, Camila, lo que te va a ocurrir? Te vas a enamorar de esta ciudad. Éste no es un lugar casual ni uno más en la extensa geografía de nuestro continente. Es un sitio de conflictos, de tradiciones, de costumbres. Casi parece llamado a ser el espacio desde donde desafiar el modo único y global del vivir posmoderno.

Escuchándola, pensé que exageraba y dudé de sus palabras. Comprendí que me había hecho de una estupenda guía, pero ni creía que San Cristóbal de las Casas tuviera el poder que ella le asignaba y menos aún de que llegaría a seducirme, ya que, en lo más profundo, persistía mi enconada certeza de que nada resucitaría mis sentidos.

—¿Adónde vamos? —se me ocurrió preguntarle al cabo de un rato.

—A casa de Dun, una amiga.

—¿Quién es Dun?

—Es una holandesa que vive en San Cristóbal desde hace mucho tiempo. Antes de que se pusiera de moda, por la rebelión, ya sabes. Se gana la vida entrenando perros y vive en una linda casa con su pareja, Leslie. Es chiquita pero original, te va a gustar.

—¿Leslie es hombre o mujer?

—Mujer —respondió Reina riendo—. Lesbianas —puntualizó, como si yo fuera un poco estúpida—. Ella es australiana y se dedica al grabado, a la litografía, específicamente. Parte mañana a visitar su tierra natal luego de tres años y por eso Dun hace este almuerzo, para despedirla.

—Pero yo no estoy invitada...

—Sí que lo estás, ya hablé con ellas. Y aprovecharé para presentarte a mis dos amigos más cercanos, Jean Jacques y Luciano. ¡Ojo con Jean Jacques, es un donjuán! —dijo mirándome de reojo con picardía.

—Soy una mujer casada, recuerda. —Tratando de imprimir un aire de ligereza, respondí a la defensiva, como si aquello le resultara relevante a alguien en aquellas circunstancias.

Al margen de la respuesta para Reina, fui yo la sorprendida, como si mi propia definición no me calzara. Mi aniversario de matrimonio coincidía con el de la rebelión de los zapatistas: seis años. Algo sin pausa, como un trabajo o un amor. Nadie mejor que yo para dar fe de las vicisitudes de esa cantidad de años, de las infinitas idas y vueltas a las que tal tiempo puede arrastrarte, de los triunfos que aún no se asientan y las derrotas vislumbradas y temidas. Una se pregunta si serán pasajeras; seis años son suficientes para hacerse muchas preguntas y, si no eres una idiota, para haberles encontrado respuesta a las que la tienen. Las otras, sencillamente hay que borrarlas del disco duro. Lo significativo es saber distinguirlas.

La casa de Dun era, en efecto, bellísima, toda pintada de color celeste y púrpura, y aunque la construcción se notaba pequeña, el terreno alrededor aparecía enorme, dejando atrás abundante espacio para los perros. Salieron ambas a la puerta a recibirnos y me sorprendió el contraste: Dun como una mujer gruesa, de edad mediana, con los cabellos más blancos que grises y una gran papada que colgaba de sus carnes, mientras Leslie era más joven, delgada, diminuta y un poco chinchosa. No pude reprimir el imaginarlas en el amor, preocupada de cómo Dun podría literalmente sofocar a Leslie, aplastarla. Pensé en una dosis de simetría como algo necesario.

Antes de partir por su cuenta y olvidar que la acompañaba, Reina me llevó al fondo de la sala (Dun había hecho botar los muros; así, comedor, cocina y sala eran todos un mismo espacio) y nos introdujimos en medio de una conversación, desordenada, ruidosa, pero conversación al fin.

—No, hombre, si Saint-Just murió muy joven, no tenía más de veintisiete años cuando lo guillotinaron junto a Robespierre...

—¿Y cómo alcanzó a hacerse famoso en un tiempo tan breve?

—Por hermoso y por incorruptible. ¿Sabías que lo llamaron «el Arcángel de la Revolución»?

—Ése es Jean Jacques, el que habla de Saint-Just —me sopló Reina al oído.

Si de verdad es un seductor, tiene con qué serlo, pensé observándolo. En ese instante se acercó otro hombre, despreocupada y jovialmente guapo, puso el brazo sobre el hombro de Reina y la saludó con un aire risueño y despejado, como alguien que no se toma en serio a sí mismo. Se dijeron un par de cosas mientras yo aún no sacaba los ojos del francés. (Pensé en Gustavo. Muy a mi pesar, una de sus características es que sí se toma en serio. Enfrentado esto, y ya verbalizado, no me queda más que poner buena cara; no me arruinaré lamentándolo ya que, al fin y al cabo, hay hombres con peores defectos que ése.)

—Camila, éste es Luciano, nuestro pintor. Ella es Camila, una especie de hermana chilena. ¡Ya quisiera yo haber sido hija de su madre!

Escuché un amable: Hola, Camila. Alguien arrastró a Reina hacia un sillón, la perdí de vista, y en ese momento constaté que el tomarse en serio era un defecto primordialmente masculino y no encontré una imagen de mujer a mano para desmentirlo.

—¿Cuáles son las gracias de tu madre? —me preguntó el nuevo conocido.

Calculé que tenía más o menos mi edad y que por su acento no podía ser sino italiano. Reparé en que su barbilla se partía por el medio, como la de Kirk Douglas en las películas de mi más tierna infancia, y que aunque fuese difícil superar el aspecto del francés, la armonía física sí había visitado su casa el día de su nacimiento. Lo que más llamó mi atención fue su porte, ya que profeso una verdadera aversión hacia los hombres pequeños, frágiles o escuálidos. Alcanzó a sublevarme un poco el que los cánones de belleza en nuestra cultura fuesen impuestos por Europa, ¡como si a nosotros por acá no nos costara cumplir con ellos!

—Ser revolucionaria, supongo —respondí.

—¿Y tú? ¿También lo eres?

Entonces sucedió algo que me confundió: su tono no parecía formular una pregunta retórica que se despacha con una cortesía o un silencio despreocupado. En el *tú* que él pronunció me reconocí, como si mi *yo* se confirmara. Entonces busqué la consideración en sus ojos, actitud tan inusual en mí misma que no pude dejar de notarla. Lo que encontré fue una sonrisa llena de compasión por las cosas, como si muchos pájaros se posaran sobre sus manos, se posaran.

—Vengo a conocer a la amiga chilena —interrumpió Jean Jacques, portando dos copas de vino tinto en sus manos; al extenderme una, agregó—: Siento no haberte saludado cuando llegaste, pero me divertía con uno de mis temas favoritos.

El almuerzo duró tanto como cualquiera en México: hasta las seis de la tarde, cosa que podría enloquecer a un norteamericano. Reina abandonó conmigo la casa de Dun, y mientras caminábamos lentas por los negros adoquines, pensé en Luciano. Sospeché irreflexivamente que en él las esclavitudes humanas convivían con cierta levedad, convirtiéndolo en menor víctima de ellas que el común de los mortales.

—Tengo una reunión en el centro, en una hora más... no me vale la pena volver a casa —comentó Reina cuando llegamos a la calle Adelina Flores.

—¿No quieres descansar un rato en el hotel? Mi pieza es grande...

—Es una buena idea, tengo bastante sueño.

Se tendió en la enorme cama de la habitación 49; le facilité una cobija a pesar de que aún no aparecía el frío puntual de todas las tardes, y mientras yo me instalaba a trabajar en la mesa del costado, junto a los ventanales, ella cerró los ojos. No sé cuánto tiempo transcurrió, mi concentración en lo que escribía me impidió calcularlo, pero me sobresalté al escuchar un gemido. Venía, por supuesto, de la dirección de la cama. Me levanté de mi asiento para constatar que Reina estuviese bien y me dirigí hacia ella. La cobija había resbalado y vi su cuerpo: no estaba tendido como cualquiera que duerme una siesta, no. Era un ovillo, una pobre y frágil madeja de huesos y carne, apretada contra sí misma, en la más vulnerable de todas las posiciones, la fetal. Al quejido que me alertó le siguió un pequeño sollozo; Reina lloraba en los sueños y se sujetaba el cuerpo como tratando de asirlo, de no dejarlo ir. Pensé en mi niño. La escena era triste y enorme. No me calzaba la mujer dueña de sí misma, segura y bastante alegre, con esta cría que intentaba rememorar las aguas primigenias, comprobando, aparentemente, que no hay pesar igual a ser expulsada de ellas. Me pregunté qué le había sido arrebatado. Cuál promesa de niña no le cumplieron.

—¡Reina! Estás en medio de una pesadilla... —La desperté tocándole el hombro.

Abrió los ojos. En su expresión reconocí algo que hasta entonces creí que me pertenecía sólo a mí: el miedo. Se incorporó en la cama y cubrió su cara con ambas manos. Después de un instante miró su reloj y, con una gran sobriedad, dijo que se le hacía tarde. Entró unos minutos al baño y luego partió rápidamente, sin referirse a lo ocurrido. Pensé que de haber sufrido una simple pesadilla, me la habría contado. La miré bajar la escalera desde la puerta de mi habitación en el tercer piso y lo único que vino a mi mente fue una línea de *Porgy and Bess*: «*Sometimes I feel like a motherless child.*»

No logro conciliar el sueño.

Es que la imagen del gallo muerto no me abandona. Supe hoy en la mañana que algo malo sucedería cuando volví un poco cabizbaja de mi visita a San Juan Chamula: a cada cual su propia superstición. Comprendí, al penetrar en el interior de la iglesia de San Juan Bautista, que algo me esperaba. Luces, luces, pequeñas luces de veladoras por doquier, cientos de ellas me encandilaron. Incienso y velas, el alimento simbólico para los dioses. A los costados de la nave central vacía, se acumulaban muchas figuras: los santos a la izquierda, las Vírgenes a la derecha. En lugar de bancos, pasto verde cubría todo el suelo de la nave y sobre él niños tendidos, hombres de rodillas, mujeres llorando. A las Vírgenes les colgaban espejos y tres grandes cintas se recogían en el techo, pendiendo por los costados como en una gigantesca celebración. Pero no, el aire no se palpaba festivo, fue el padecimiento el que frotó esa oscuridad sólo interrumpida por el ahínco de las veladoras que trataban de ganarle con su luz. Una mujer repetía un mismo sonido sin cesar, al infinito, incansable su susurro de alguna plegaria tzotzil. Un anciano sollozaba. Y de repente mis ojos se desviaron hacia un altar —una sencilla mesa con velas y flores— frente al cual rezaban una mujer, un hombre de más edad y un niño. Sus ofrendas yacían en el suelo, refrescos y alcohol —el *posh*, el clásico aguardiente de esta zona—. El hombre sostenía en sus manos un gallo grande de plumas grises y blancas que aleteaba por liberarse y lo paseaba en torno al cuerpo de la mujer, luego más veces alrededor del niño, como si deseara arrebatarle el aura. Y entonces, frente al altar y a mis ojos, con sus gruesas manos le rompió el pescuezo. Junto a un leve estremecimiento, el sonido llegó nítido a mis oídos, el cuello alcanzó a dolerme. Más tarde me enteré de que ese hombre era el curandero y la ceremonia de cercar con el gallo el cuerpo humano estaba destinada a curar las enfermedades. Al animal lo matan en la iglesia y lo comen más tarde en casa.

Quizás el niño fue curado; suerte suya que no tuvo el mío.

Ésa es la ofrenda de los indígenas en San Juan Chamula. Pero el sonido breve y conciso del pescuezo del gallo al quebrarse, ese instante en que se definió su muerte, no me abandonó. Le dije a Luciano: algo malo va a pasar. Estás blasfemando a los dioses al sentir eso, me respondió él. (No me habría sentido bien permaneciendo sola en medio de esa iglesia, algo en su atmósfera me asustaba. Ello me hizo agradecer la compañía de Luciano; de todos los amigos de Reina, él resultaba el más adecuado, no sólo por su evidente poder de atracción, sino por el conocimiento profundo que ha adquirido de estas tierras extranjeras. Debo reconocer, aunque me resulte difícil, que me desanimó un poco el hecho de que Reina le sugiriese ayer, mientras almorzábamos, venir conmigo a este pueblo y que no hubiese nacido de su propia iniciativa.) Saqué de mi bolso una pequeña libreta para anotarlo, para romper el hechizo que me hizo el gallo, pero un par de chiquillos que se sentaban sobre el piso de la iglesia, a mi lado, me lo prohibieron. ¿Por qué?, les pregunté asombrada, segura de que el acto de escribir no enturbiaba los acontecimientos de ceremonia alguna. Porque los santos se enojan, fue la respuesta. Los miré a ellos, luego a esas figuras repartidas en el muro izquierdo, San Marco, San Ignacio, San Santiago, San Santiago el Menor y no les hice caso. Estás rompiendo todas las reglas, dijo en voz baja Luciano. El aire viciado, oscuro e inasible de aquel templo, su enigmática y extravagante puesta en escena, la áspera intensidad que emanaba de aquellos llantos sumados a las plegarias y las voces, la solemnidad del paso de cada indígena sobre aquel suelo sagrado y la imagen del gallo muerto en manos del curandero pudieron más que mi racionalidad y debí salir de allí escapando.

—La Iglesia católica es, a fin de cuentas, la culpable de todo —dijo Luciano a la salida, mientras yo contemplaba la fantástica pintura de la fachada del templo, toda blanca, con ornamentos verdes y azules en sus molduras—. Los curas hicieron la conquista espiritual de los pueblos ya derrotados espiritualmente, ¿comprendes? Les introdujeron la noción de sujeto, el único que puede ser portador de la culpa, que es la relación básica de los occidentales con la divinidad.

Pensé en la culpa.

Me contó que fueron los protestantes los que tradujeron el evangelio, y los indios pudieron leerlo en una lengua que no escribían.

—¿Cómo anunciar un evangelio de vida a aquellos que están muriendo? —le pregunté.

—Ésa es la gran pregunta de los católicos progresistas.

Me habló entonces del obispo de San Cristóbal, Samuel Ruiz, y yo escuchaba a medias, pensando que debía poner atención, que no en vano los conflictos religiosos han sido un eje de los dramas de esta tierra, pero mi mente se oscurecía, deslizándose hacia otros derroteros, y un presagio apenas leve rasgó el aire. Es probable que el color naranja devorara la tierra. Luciano calló. Yo callé. De alguna forma sesgada, el gallo muerto me preparó para una visita de espíritus subterráneos, de ánimas empeñadas en llevarnos al submundo de la iniquidad. Vi en el pescuezo del gallo, sin saberlo, a aquellos que desordenaron mi sensatez.

Me pareció natural que, luego de nuestra aventura en San Juan Chamula, Luciano me invitara a almorzar. Por eso me sorprendió llegar de vuelta a San Cristóbal a las dos de la tarde y que me despidiera en la puerta del hotel. Subí a mi cuarto masticando la frustración y tratando de organizar mis horas: a las cinco tenía una cita en la Diócesis con Cristina, la monja portorriqueña, y a las ocho debía juntarme con Reina en el Café del Museo. Ya que estaba condenada a comer sola, lo haría rápido y aprovecharía la hora de la siesta para sistematizar algunos de mis apuntes. Cuando pisaba los primeros escalones del tercer piso sentí el teléfono desde mi pieza y me apresuré para alcanzar a atenderlo. Como siempre me sucede perdí tiempo tratando de encontrar la llave dentro del típico desorden femenino de mi bolso, y la campanilla del teléfono parecía impaciente. Cuando por fin pude abrir y lograr que me pasaran la llamada, la voz de Gustavo no sonó muy amable.

—¿Dónde estabas? ¿Por qué me ha hecho esperar tanto la recepcionista?

—Es que venía subiendo la escalera...

—¿De dónde vienes?

—De San Juan Chamula.

—¿Estás dedicada al turismo?

—No, no exactamente.

—El trabajo y el turismo no son equivalentes. ¿O me equivoco?

—Una cosa es parte de la otra, creo. Pero cuéntame de ti. ¿Cómo estás? ¿Qué novedades hay?

—Nada. Nada, aparte del frío.

—¿Está nevando?

—Sí. No dan ganas de salir. Preferiría estar en México, como tú. Ya no falta casi nada para tu vuelta, ¿cierto?

—Sí, falta poco, pero... no quiero apurarme.

—Llevas allá dos semanas; es bastante, ¿verdad?

—Sí, pero siento que todavía me falta tiempo.

—¿Para tu artículo?

—Para todo...

—Ay, Camila, no empieces con eso otra vez, ten piedad.

—Tenla tú también, Gustavo. Estoy recién levantando cabeza.

—Bueno, tú lo sabes mejor... No estarás allá perdiendo el tiempo, supongo.

—No te preocupes, lo aprovecho bien.

—...

—¿Gustavo? ¿Estás ahí?

—Sí.

—¿Gustavo?

—Dime.

—No... nada.

—Bueno, te llamo mañana, o pasado.

El teléfono se me antojó oscuro y pegajoso. Todo vacío a su alrededor. ¿Dónde ha quedado la colorina de Gustavo? Mis ojos, aun esforzándose en su recorrido, no la encontraron.

No pude dejar de recordar que el periodista era él y no yo, que estar aquí siendo testigo de esta realidad —la que aún no se volvía pavorosa, en la que todavía faltaban unas pocas horas para que atentaran contra la vida de Reina— se lo debía a su amigo Peter Graham, editor de una importante revista norteamericana.

No sé cuánta información poseía Peter sobre mi vida privada, pero es fácil suponer que Gustavo le sugirió la idea. Muchas veces lo ayudé a armar sus reportajes, sólo por cooperar con su trabajo y porque no tenía otra cosa que hacer, pues algo difuso me ha reprimido de lanzarme en busca de una verdadera vida laboral en Estados Unidos. Quizás la idea de competir me generó tal ansiedad que opté por restarme, por matar toda ambición; el resultado ha sido a veces agresivo, otras vegetativo, a veces plácido como una planta que se guarda porque ya bebió suficiente de los rayos del sol. Así, cuando las fechas avanzaron y se acercaba ineludible este aniversario doloroso sin dar yo muestras de recuperación, apareció Peter Graham con otro aniversario bajo la manga: seis años desde el alzamiento del Ejército Zapatista de Liberación Nacional en México, en el estado de Chiapas.

—¿No te gustaría cubrir aquello, Camila? La revista no quiere a un especialista, tenemos demasiados; la idea es captar una mirada fresca de los acontecimientos, distinta, ver en qué está el conflicto.

—Pero si se han escrito miles de artículos y ensayos al respecto, ¿qué aporte puedo hacer yo?

—Justamente, se ha escrito demasiado sobre el tema, pero siempre desde el punto de vista político. Aquí te traigo todo este material para que lo leas y luego lo olvides. Insisto, no nos interesa nada especializado, por eso no se lo pedimos a Gustavo. No sabrás cuál será tu mirada hasta que estés allá. Debes elegirla con mucha libertad.

Si no me hubiese apremiado con tanta fuerza la necesidad de un cambio, de liberar a Gustavo de mi letárgica presencia, de desentrañar a solas mis propios duelos y preguntas esenciales, jamás hubiese aceptado. Además, por mi maternidad y sus consecuencias no contribuía con dinero a casa desde hacía al menos dos años, lo que no me resultaba una preocupación menor. En el trabajo encomendado, la escritura me tenía sin cuidado, mi profesión me enfrentaba a ella constantemente y yo respondía estimulada; era el *qué decir* lo que me amedrentaba. Gustavo fue alentador y generoso conmigo; discutimos largamente el tema de Chiapas y nos acercó el recuperar la capacidad de conversación que habíamos perdido. Incluso invitó a casa a Luis Vicente López, el especialista mexicano que pasaba un período en la Universidad de Georgetown. Sus palabras irreverentes e irónicas, arropadas por su indiscutible inteligencia, habrían de volver muchas veces a mi memoria, obligándome al permanente ejercicio de contraste y equilibrio. (*Nadie redime a nadie en Chiapas, Camila. Es una rebelión con pretensiones revolucionarias que se ha convertido en una rebelión peticionaria. Me recuerda a Coatlícue, la diosa azteca, con todos sus miembros repartidos y desparramados... miles de partes, miles de significados, enigmas por doquier, la gran maraña.*) Hasta que me sentí capaz. Pude resistir el destemple del fin de año y sus fiestas, redoblado por el publicitado cambio de milenio, gracias a la certeza de que partía inmediatamente después. La revista de Peter consideró que quince días bien trabajados bastarían, y me entregó el viático respectivo, que resultó bastante generoso.

Llegué a San Cristóbal con dos citas ya arregladas por Gustavo que me resultaron fundamentales, dándome un buen pie para partir: un sacerdote de la Diócesis de San Cristóbal, asistente de don Samuel Ruiz, y un abogado mexicano perteneciente a una ONG. Ellos me abrieron camino hacia otros y otros más, y de esa forma fui entrando en la red, cada uno asegurándole al próximo mi confiabilidad. De no haber sido por Dolores, Reina Barcelona no habría tenido cómo figurar entre mi lista de contactos, y no me esperaría al final de este día jueves la irrevocable sensación de que la fiesta ha terminado. Claro, tampoco hubiera conocido la ciudad que conocí ni sus habitantes que me determinaron, ni el calor tan desinteresado con que Reina me cobijó, forzándome a hacer creer que yo no era una permanente forastera. De no haber encontrado a Reina en San Cristóbal de las Casas, tampoco la imagen de mi madre habría gozado del protagonismo que, con o sin mi consentimiento, ha empuñado triunfante. Así, de no ser por ella estaría yo en este momento preparándome para volver a Washington a retomar mi cotidianidad, con un enorme bagaje de información sobre Chiapas y su guerra, aunque sin el punto de vista fresco y diferente que Peter Graham requería.

VIERNES

1

Desperté inquieta y cansada aquella mañana, la que siguió al accidente, como si la larga noche no me hubiese deparado sosiego alguno. En el sueño, un dragón olmeca se apoderaba de mí y desperté gritando cuando estaba por empezar un siniestro rito de decapitación con mi cuerpo en el centro de una piedra enorme. Nadie me escuchó, por cierto, sola yo en aquel tercer piso, pero sospeché que había leído demasiado material sobre las culturas de Mesoamérica. Mis manos alcanzaron mi nuca varias veces durante el día, como si el rito persistiese.

Dirigí mis pasos hacia el hospital Regional. Crucé absorta algunas calles pequeñas y secundarias, con adoquines de pavimento y hermosas casas de fachada colonial de diferentes colores, pero el ambiente nebuloso de mi mente impedía cualquier goce, lo que nunca habría sucedido en otra circunstancia. Al llegar, pude distinguir bien la calle posterior donde se situaba «URGENCIAS», llamada Doctor Mora; el blanco y celeste del templo de Santa Lucía me daban la espalda y los muros brillaban tristes contra el desteñido sol matinal. Ya averigüé en el hotel, éste es el hospital del gobierno, no el del Seguro Social, donde me imagino que llevarán a los más pobres y a los que están asegurados. Reina es extranjera, no ha de tener seguro. Aquí es la asistente social la que establece cómo y cuánto se debe pagar, según los ingresos. (¿Dispondrá Reina de dinero?)

No me sorprendió nada encontrarme con Jean Jacques en la *sala de espera*, o como se llamen aquellos absurdos metros techados al aire libre. Otras mujeres indígenas, no las mismas de anoche, ocupaban la única banca, y el francés fumaba tranquilo su tabaco negro reclinado contra el muro. Allí, el sol no se asomaba ni por hacer un pequeño favor. A la luz plena de la mañana, el lugar me pareció más miserable que la noche anterior, y me pregunté si era adecuado que Reina estuviese allí, si contarían con los recursos necesarios para atenderla y un mínimo de comodidad.

—Tu llamada fue crucial, Camila. Tardaron en ubicarme y cuando llegué aquí me dijeron que ya habías partido... me desocupé muy tarde anoche, por eso no me comuniqué contigo.

Jean Jacques me dio un beso en cada mejilla, como si fuésemos amigos de toda la vida, lo que, de alguna forma que sólo se entendería en esta ciudad, somos. Llevaba su pelo rubio oscuro sujeto atrás, vestía los desteñidos jeans de siempre y sus grandes ojos claros asomaban tan cansados como los míos. (Cuán lejos se encontraba la escena que protagonizábamos del alcance de la mente de Reina el día en que nos presentó, inocente y deseosa de juntarnos a todos con todos.) Simulando indiferencia ante el sonido de ambulancias que iban y venían ululando, nos paseamos por el amplio patio trasero del hospital mientras me ponía al día de la situación: Reina no ha recuperado el conocimiento, lo que preocupa a los médicos y los mantiene alerta; ya le curaron las múltiples heridas y enyesaron la pierna rota y, al margen del desarrollo de su traumatismo encefalocraneano, sus costillas la obligarán a observar la más absoluta inmovilidad. Jean Jacques logró introducirse a la unidad de Tratamiento Intensivo y pudo verla, comprobar que su pulso latía y que los partes médicos eran ciertos, cosa que no cruzó por mi mente anoche. Mi falta de desconfianza delata a gritos mi extranjería en la ciudad.

—Esos hijos de puta intentaron asesinarla —dijo Jean Jacques sin disimular la gravedad y la ira en su voz—. Y aún no sabemos si lo logran. Pueden venir a rematarla en cualquier momento.

—¿Sabes quiénes fueron?

—Es todo muy raro... Los paramilitares son más que nada rurales, actúan en el campo, contra los indígenas, no en la ciudad contra los extranjeros. Las fuerzas de seguridad urbanas tienen contacto estrecho con ellos, pueden cumplir un encargo que les hagan... están los guardias blancos, los caciques... pero no lo lograrán. Ya estamos organizándonos: Horacio está comunicándose con algunas embajadas y tendrá una reunión esta tarde con amigos de las ONG; Jesús está montando guardia al lado de su cama —las veinticuatro horas, amenazó—, no querían permitirlo, los del hospital, él les tiró encima su pasaporte español y una buena bronca, y ahí está. Yo espero a un periodista, lo cité aquí. Más tarde nos reuniremos todos para ver qué tipo de campaña conviene hacer.

(—¿Y los paramilitares, Reina?

—Es la creación de una contra mexicana para hacerla pelear contra el EZLN, sirviendo de coartada ideal al ejército, que no debe pagar los costos políticos de encabezar directamente la guerra sucia.

—¿Cuál es su saldo?

—Hostilidad. Miedo y dolor. Corrupción. Quince mil desplazados de sus comunidades. Más de doscientos muertos.)

Me relató entonces Jean Jacques lo que le causaba una enorme inquietud: la testigo, la única, se ha desdicho de su anterior declaración. Hoy asevera no haber visto nada, ningún automóvil blanco sin patente, sólo salió de su casa al sentir el impacto y por esa razón llamó a la ambulancia. La policía está tentada de declararlo un accidente cualquiera.

—Una vez más la impunidad —se lamentó Jean Jacques en su perfecto español, sin ningún dejo de resignación.

Le pedí los antecedentes de la mujer y los datos exactos del lugar. No había mucho más que hacer en el hospital, sólo esperar a que Reina volviese en sí. Quedamos de juntarnos más tarde en su restaurant.

—¿Luciano ya está enterado? —pregunté al irme, como de paso.

—Sí, estuvo aquí anoche y también hoy día temprano.

Extrema habrá sido su preocupación para haberlo llevado a *madrugar*, pensé, pero no lo comenté en voz alta; Luciano no solía regalar su semblante a la luz del sol, obligando a los habitantes de San Cristóbal a consolarse con su imagen crepuscular. ¡Qué contraste debe lucir su fisonomía brillante frente a esta nueva sorpresa adolorida! Lamenté no haberme cruzado con él; como testigo de mis malos presagios del día de ayer frente a la muerte del gallo habríamos podido palpar juntos la hondura de lo que se rompía a nuestro alrededor.

Durante el trayecto me repetí a mí misma muchas veces: intentaron asesinar a Reina, intentaron asesinarla; como si a fuerza de pronunciarlas, aquellas palabras adquirirían su real dimensión. Alcanzaba a detectar cómo mi cerebro había echado a andar un mecanismo oscuro y complicado —¿de defensa?— que negaba la verdad de los acontecimientos, escindiéndome, en la medida que una parte mía deseaba saber con precisión qué terreno pisaba, mientras la otra se refugiaba en su ignorancia. Y al centro de mí misma una pregunta hostigosa: ¿qué hago yo aquí? Me acechaba el temor de empezar a sentir el temor en serio.

Sí. Intentaron asesinar a Reina Barcelona en la calle Francisco León, larga, angosta y empedrada como la mayoría en esta ciudad hermosa, a mitad de la cuadra entre Insurgentes y Benito Juárez. A sus espaldas, un pequeño cerro profusamente arbolado contiene cientos de escalones que llevan hasta la cima, al Templo del Cerrito San Cristóbal, santo que anoche olvidó protegerla. (¿Dónde estabas, San Cristóbal? ¿En qué andabas que no reparaste a tiempo en lo que sucedía? Dicha sea la verdad, tu ceguera no merece templo.) Reina seguramente tomó esta calle maldita haciendo un atajo para llegar a Adelina Flores, donde se encontraría conmigo en el Café del Museo, para evitar la plaza y caminar más a prisa. Me siento tontamente culpable; pienso que de no haber tenido aquella cita se habría salvado. Pensamiento estéril, por cierto.

Me acerqué a una bonita casa amarilla que hacía de señuelo y crucé la acera; aquél era el lugar indicado por Jean Jacques. Dudé un par de veces antes de tocar el timbre y, cuando por fin lo hice, no tardé en comprender la inutilidad del gesto: una muchacha me informó que la señora no se encontraba en San Cristóbal, que había partido una hora atrás rumbo a Querétaro y que ignoraba la fecha de regreso. Ya, Querétaro o no, la testigo ha decidido desaparecer. Y nadie más estuvo presente, nadie puede atestiguar sobre la ruindad de un auto blanco estrellando el cuerpo de una mujer en la noche vacía, un auto blanco sin patente con tres individuos en su interior persiguiendo el cuerpo de una mujer para aniquilarlo, un auto blanco que no se detiene al dejar un cuerpo de mujer tendido en la acera. Ni siquiera para comprobar si ha cumplido su cometido.

Crucé la calle hacia la vereda del frente, al lado de la casa amarilla, donde supongo encontraron a Reina. A unos pocos metros, una huella de sangre seca me contó del lugar exacto. Me estremecí al mirarla. Contra el muro de la casa aledaña algo brillaba. Me acerqué, un arete, era de plata, colgaba un delicado rombo desde el pequeño círculo del lóbulo. Lo reconocí en seguida, la sangre y el arete como los únicos testigos mudos de la acción criminal. Lo guardé en mi puño, apretándolo mientras recordaba la frase que Saramago escribió luego de visitar estas tierras: «Hay sangres que hasta cuando están frías queman.»

(—¿Qué quieren los zapatistas, Reina? ¿Qué piden?

—Que se haga justicia, que desaparezcan los grupos paramilitares, que el ejército federal se retire de sus comunidades, que se cumplan los Acuerdos de San Andrés (los que se negociaron tan arduamente con el gobierno después del alzamiento), que se reconozca tanto en la Constitución como en las leyes mexicanas la existencia de la población indígena, su dignidad, su autonomía y el disfrute de sus derechos colectivos, que llegue la paz a sus tierras, que desaparezca toda forma de discriminación a sus pueblos.

Quise preguntarle qué ocurría en las comunidades zapatistas con los que no abrazaban la causa, qué tensión cruzaba a aquellos hombres, indígenas también, frente a las opciones radicales de sus hermanos de raza, pero fuimos interrumpidas y la pregunta permaneció en el aire, flotando, como también flotaba un cierto pensamiento mío, reiterativo a la hora de acercarme a Reina: qué pesada resultaba mi carga, cuán pesimista aparecía —frente a ella— la frialdad de mi razón.)

2

Abandoné la nefasta calle Francisco León para encaminarme hacia la plaza, dejándome acompañar en cada vereda por el penetrante olor del maíz, olor ya domesticado por mi olfato que cada mañana lo busca como un sabueso, elemento definitivo para saberme en este barrio, en esta ciudad, en este país. Iba algo enojada conmigo misma por la ingenuidad de haber pensado que convencería a la testigo de declarar; las cosas en Chiapas parecen ser más serias de lo que yo he percibido hasta ahora, como si mi dosis predilecta de frivolidad me hubiese acompañado hasta aquí, se hubiese colado en mi equipaje cuando yo creía haberla despedido. Es que siempre he sostenido que, en pequeñas cantidades, la frivolidad es esencial; ausente ella, la tentación de sacralizar es inminente y no estoy dispuesta a darle el carácter de sagrado a nada. Por eso acarreo mi frivolidad conmigo a donde vaya, lista para sacarla del bolso cuando sea necesario. Quizás a ella le deba el haber atravesado el año que pasó sin que la estridencia del suicidio lo complicara aún más. Sin embargo, creía hoy haberla dejado en casa, y de haber sido así, ¡cuántas neuralgias me habría evitado!

Las veredas que pisaba me recordaban que, hasta hace poco, si un indígena caminaba por ellas y se encontraba con un *ladino,* debía abandonarlas y pisar solamente la calle. Las veredas prohibidas para su raza.

Compré el periódico *El País* de España —pequeña adicción de estos días mexicanos que añoraré en Washington— y me instalé en mi banco habitual de la plaza, como lo hacía cada mañana previa al accidente, mientras esperaba la hora para irme al restaurant de Jean Jacques. (Imaginaba la cantidad de reuniones que se estarían llevando a cabo en ese lugar y prefería evitarlas.) Las noticias del mundo en el periódico emborracharon mi mente, provocándome una cierta pereza. Al cabo de un rato, al llegar a la sección de deportes —nunca me ha interesado—, levanté la vista e inspeccioné el Parque, constatando que estaba viva gracias al olor persistente de los elotes, algunos tostados y otros hervidos en agua, que vendía una mujer a mi lado. En ningún otro país he visto que los unten con crema o mayonesa, como lo estaba haciendo ella, además de rociarlos con queso y ají —chile, como dicen aquí— en polvo muy rojo, transformando un simple choclo en una delicia. (Recordé haber leído en algún lado que las primeras culturas sedentarias en México, cuatro mil años antes de Cristo, ya contaban con el frijol, la calabaza, el aguacate y el maíz. ¡Seis mil años atrás! Dios mío, en esas fechas, mi país ni siquiera empezaba a registrar los datos culturales de su primera historia.) Cuando iba a sucumbir a la tentación de comprar un elote divisé a Luciano, su imagen surgiendo de lejos como una forma líquida. ¿Cómo no advertir el hecho de que aparezca de mañana por las calles? Cuán potentes surgirán sus sentimientos hacia Reina si son capaces de detener sus obstinadas y resistentes trasnochadas. Lo observo con descaro, gracias a los lentes ahumados mando de paseo al pudor y, aunque lo admita recelosa, por un momento su atractivo me llega como un haz de luz, como una blanca cinta brillante en medio de la plaza. No es un hombre bello, ni por los cánones convencionales ni por los otros, sean éstos cuales fueran, lo cual me lleva a interrogarme: ¿en qué radica su gracia? Me irrita que no se peine el cabello, esos mechones castaños siempre sobre el rostro en los que se cuelan pequeños destellos amarillos. Tampoco se cambia de ropa, pantalones verde olivo bastante anchos y poleras de algodón que, según la hora del día, cubre con una chamarra de gamuza muy suave, de aquellas que parecen disolverse en las manos al tocarlas, como sólo se verán, imagino, en las vitrinas de Florencia. Huele a una incendiaria mezcla de trementina y limón, como si, a pesar del trabajo, la limpieza encontrara permanentemente una ranura por la cual deslizarse. Trato de imaginar su aspecto cuando, una vez al año, se presenta en las oficinas de la compañía de diseño en Milán para hacer el trabajo que le financiará el resto de su tiempo en San Cristóbal. Pareciera que su vida andariega lo ha curtido. La piel oscurecida por generaciones de sol en su Calabria natal desmiente la formación y mentalidad norteñas adquiridas en Boloña, luego de la emigración de sus padres cuando él sólo contaba con ocho años, edad en que la pintura ya aparecía como el único camino deseable y posible. Desde entonces, cuenta él, ha vivido con las manos manchadas de óleo, característica tan suya que si alguna vez lograra limpiarlas se sentiría como desnudo. Ama a Rothko, a Magritte y a Max Ernst, a Soulages y a Lichtenstein y habla de ellos como si fuesen sus amigos; sólo en momentos de mucha inspiración se refiere a Durero. Posee esa rara característica, por cierto muy renacentista, de que ninguna manifestación del arte le es ajena; merecía haber nacido en la corte de Lorenzo el Magnífico. La literatura, el cine y la música parecen serle también tan propios que a veces olvido que su oficio es el de la pintura. (Hoy le toca a un libro de Sciascia pasear bajo su brazo.) Si algo le envidio sin rodeos —será debido a una desviación profesional— es su capacidad de dominar tan bien idiomas que no son el suyo. Lo atribuyo a su oído musical, templado desde la infancia. Su inglés, el que estudió en la escuela, es perfecto, y lo he escuchado conversar con Jean Jacques en un francés fluido. El español lo aprendió primero en España y lo perfeccionó a este lado del Atlántico, tomando con obstinación las lecciones necesarias. Posee un vocabulario amplio y rico, sólo su pronunciación lo delata. Algunos creen que, por ser el italiano y el español idiomas relativamente parecidos, el que habla uno puede acceder al otro con facilidad, lo cual es un enorme error. A él le costó menos aprender el inglés porque, al ser la lógica de esa lengua tan diferente de la suya, lo obliga a separarla, lo que le juega a favor, como si al partir de cero las posibilidades de equivocarse fueran menores. Así, no dejó el aprendizaje del español al instinto sino que lo estudió con seriedad (cosa que no siempre hacen los hispanohablantes en Italia, que creen que con cambiar la entonación basta) y construye las frases desde el español, no traduciendo automáticamente al hablar. Frente a él y a Jean Jacques suelo sentirme una analfabeta.

Comparte una pequeña casa de adobe en el barrio de Santo Domingo con Jim, un norteamericano que trabaja en un proyecto de la Universidad de Harvard, estudiando culturas indígenas para recuperar tradiciones, cuentos y mitos. Es sabido que la única condición que puso a Jim para vivir juntos fue la de soportar la música hasta altas horas de la madrugada. (Sorprendentemente, éste no se opuso.) Su padre, casi adolescente, fue partisano en los tiempos de Mussolini y, junto a su madre, un activo miembro del antiguo Partido Comunista Italiano; entiendo entonces su sólida formación política y su falta de indiferencia hacia el destino de los pobres del mundo. Al contrario que yo, él considera aquello como su mejor herencia.

A medida que se acerca comprendo perfectamente cuál es su atractivo: su porte y la partidura en su barba. El hoyito en la pera, diríamos en Chile. Sí, eso es.

No lo detengo. Pienso que es más adecuado dejar que siga su camino.

Pienso también que desearía tocarlo apenas, una mano en su rostro, suavemente. Un pensamiento o deseo, al no ser muy dulce, puede poseer realidad, me atrevo a anhelarlo porque es pequeño.

3

Mientras caminaba hacia el restaurant de Jean Jacques, en la medular y bulliciosa calle Real de Guadalupe, algunas preguntas básicas se colaron en mi discernimiento. Algo informe arrancaba de cuajo mi propio centro y me prevenía a gritos, en forma casi insultante, de mi ajenidad en este lugar y en los sucesos de las últimas horas. Pero levanté los hombros, respiré profundo los olores que impregnan cada calle de esta ciudad y lo dejé para más tarde, mientras me entretenía en distinguir cuál era el del aceite frito, cuál el de la fruta fresca, cuál el del maíz.

El pequeño restaurant se llama *La Normandie* y es, a mi juicio, el mejor de la ciudad. A la comida francesa se le han agregado imaginativamente elementos locales, produciendo algunos platillos de esmerada sofisticación. Los rayos de sol de la mañana y los manteles de cuadros rojos y blancos invitan de tal modo que es recomendable avisar previamente la intención de comer allí para evitar el riesgo de encontrar todas las mesas ocupadas. Sólo tres personas trabajan con Jean Jacques: su madre Ninoska, una eximia cocinera; Abril, su ayudante de cocina, india chamula que vive con ellos, y Manuel, que sirve las mesas. Jean Jacques es el único de los extranjeros que cuenta con una mamá de verdad, lo cual hace inevitable que Ninoska extienda anchamente su rol hacia muchos otros. Judía nacida en Odessa, es una veterana de muchas guerras. Arrancó desde su país a Francia en una de las tantas persecuciones a su gente, allí enfrentó la represión de la segunda guerra mundial, sobreviviendo por milagro a un campo de concentración que le dejó unos números tatuados en el brazo que ella muestra abiertamente a quien desee verlos, agregando que lo hace *para nunca olvidar.* Su marido, nacido en Normandía, fue un activo miembro de la resistencia francesa contra los nazis y murió joven a raíz de una herida de bala que a la larga arruinó sus pulmones; Jean Jacques apenas conserva recuerdos de él. Su padrastro fue un exiliado español, republicano que le enseñó su lengua y sus anhelos. A su muerte le propuso a su madre viuda ir en conquista de nuevas tierras, y ella no se hizo de rogar. Aterrizaron, así, en San Cristóbal de las Casas. Las numerosas mujeres que han pasado por los brazos de Jean Jacques cuentan con su benevolencia, como si ello fuese parte de un pacto. Ninoska es una mujer rubia y gruesa, su cuerpo generoso obliga a poner en duda los beneficios que rigen la estética anoréxica actual. Da gusto observarla a la hora de la comida: con parsimonia, lentamente, se va comiendo todo, todo... sus platos vacíos brillan como lunas llenas. Es el trauma de la guerra, explica Jean Jacques. Además, es una gran lectora, una asidua cliente de la librería feminista instalada a unas cuadras de allí, y le gusta compartir con los demás sus impresiones de los libros que lee. (San Cristóbal posee más librerías por número de habitantes que la misma Ciudad de México.) Su casa, amplia y de estructura colonial, está en el piso de arriba del restaurant, donde cada uno —madre e hijo— ha creado su propio espacio sin interferirse. Como Jean Jacques, cree rabiosamente en la causa zapatista y no lo oculta; habiéndose enfrentado durante su vida a los comunistas y a los nazis, declara, los paramilitares no le hacen mella. Da la fantástica impresión de no conocer el miedo. También hace gala de bastante sentido del humor frente a las obsesiones de su hijo, las que se podrían resumir en su amor apasionado por *la France*: manifiesta un profundo rechazo a los Estados Unidos y a toda su cultura, puede divagar largamente sobre la diferencia entre el concepto de *individuos* (EE.UU.) y *ciudadanos* (Francia), cree que la historia nunca ha parido un genio de la talla de Napoleón, sus verdaderas oraciones son textos de Victor Hugo, y cree a pie juntillas que en La Bastille se gestó la médula misma del devenir humano.

Al día siguiente de aquel almuerzo en casa de Dun, mi cuarto día en la ciudad, conocí *La Normandie*. Trabaja lo que quieras durante el día, me dijo Reina por el teléfono, pero yo me ocuparé de que salgas de noche y de que no te sientas sola. Le pregunté quiénes estarían en la cena. Quedé con Jean Jacques y con Luciano, respondió, pero suelen llegar otros amigos. Quiero que conozcas a Ninoska, agregó, la dueña del restaurant, nuestra madre universal; lo mejor de todo es que nos permite seguir bebiendo hasta mucho después de haber cerrado, cosa poco usual en esta ciudad. Recuerdo bien que antes de abandonar el hotel esa noche para juntarme con Reina me cambié dos veces de ropa, lo que me sorprendió mucho: el espejo había quedado fuera de mi cotidianidad y aquélla fue la primera vez que me ocupé de mi aspecto, después de tanto tiempo. (Lo que te pongas te queda bien, solía decirme Gustavo cuando me arreglaba para salir con él, vestida de sedas o de harapos, insistía, siempre pareces una reina.)

—¡Vaya, es nuestra nueva amiga chilena! —dijo Jean Jacques cuando me vio entrar—. Bienvenida, bienvenida.

Ocupaban la mesa del fondo de la sala, la más privada dado el diseño del restaurant, el que se refugiaba tras una arquitectura colonial de arcos, mosaicos y columnas de madera. Rodeados de muros rosa, cuatro personas se sentaban en torno a canastillos de pan tibio, pequeñas bandejas con tiernas lonjas de paté y dos botellas abiertas de vino tinto. Busqué al italiano que me había asombrado la tarde anterior y anoté en mi mente la decepción que me rozó el no encontrarlo.

Reina hizo las presentaciones del caso y tomamos asiento, cada una en un costado distinto de la mesa. Yo quedé al lado de Jean Jacques. (Supongo que Jean Jacques pretende seducirte, me diría Reina más tarde. Lo que no se irradia, no vuelve hacia una, pensé, sólo rebotan los sentimientos que se han proyectado.)

—Vamos, Reina, incorpórate a la competencia —dijo Horacio, un hombre de lentes y barba gris, deduje que mexicano por su acento.

—¿De qué se trata? —preguntó Reina, tomando una copa vacía y vertiendo en ella vino tinto.

—¿Cuántos nombres ha tenido esta ciudad? —preguntó Priscilla, una mujer joven, morena, también mexicana.

—Tres —respondió Reina con acento triunfante—. Jovel, Ciudad Real y San Cristóbal de las Casas.

—¡Mal, pésimo! —gritó Jesús, un español grande y grueso, con expresión de alegre vividor.

—Cuidado, que el que pierda pagará el vino —agregó Jean Jacques—. Dispensaremos a Camila, ella está recién llegada.

—Pero no, no vale, ésta es una contienda desigual… —dijo Reina—. Horacio es historiador, ganará de todos modos.

—Depende… —respondió Priscilla—. Si llega Luciano a tiempo, puede ganarle. Lo que, dicho sea de paso, será un bochorno para su nacionalismo.

—Sabemos que son diez, pero no hemos dado con todos los nombres.

—¿Diez? ¿Cómo es posible? —preguntó Reina sorprendida.

Horacio tomó la palabra, yo escuchaba con atención, pero en silencio.

—Su fundador, Diego de Mazariegos, la llamó Villa Real de Chiapa en marzo de mil quinientos veintiocho.

—¡Por favor, sáltate los detalles! —imploró Jesús.

—Su segundo nombre fue Villaviciosa de Chiapa —continuó Horacio con expresión de paciencia.

—¡Ese nombre me gusta! —lanzó el español.

—Dos años más tarde, Pedro de Alvarado la nombró San Cristóbal de los Llanos de Chiapa.

—Y cinco años después —agregó Jean Jacques, como quien ha aprendido la lección— la rebautizaron Ciudad Real de Chiapa, pero la gente del lugar prefería decirle Chiapa de los Españoles.

—Luego de la independencia —continuó Horacio— pasó a ser San Cristóbal, a secas. Pero cuando la Revolución decidió quitar a ciudades y pueblos toda vinculación con iglesias y santos, se la renominó Ciudad las Casas.

—Van sólo siete u ocho. ¿Quién dijo que eran diez?

—Con su nombre actual hacemos nueve.

La conversación se interrumpió en ese momento por la llegada de Luciano. Venía con el aspecto tenso pero contento de un hombre que ha interrumpido su jornada de trabajo, con el pelo despeinado y las manos sucias, manchas de óleo en ellas. (Me las lavo permanentemente, me diría después.) Su chaqueta de gamuza no hacía más que refrendar el resto de sus colores. Busqué de inmediato la partidura de su barbilla; sí, no era mi invención, ahí estaba.

—*Ciao, ciao.* ¿No han comenzado a comer? ¡Vengo muerto de hambre! —dijo a modo de saludo, mientras besaba a Priscilla y a Reina en las mejillas. Entonces me divisó al final de la mesa y, con cierta dificultad, pasando a llevar un par de respaldos de silla, llegó hasta mí—. La mujer del pelo rojo —anunció, alargando su mano para tocar mi hombro. Supuse que no me besaba porque aún no era su amiga, pero tampoco estaba dispuesto a estrecharme la mano, como podría hacerlo en un formal restaurant de Milán. Una mano en el hombro. Lo miré con una cierta timidez que ocultaba, imagino, el gusto que me suscitaba su aparición. Pero no se quedó a mi lado, Reina ya hacía un espacio junto a su silla. Recordé los sentimientos que me había originado el día anterior y no descansé hasta comprobarlos. Varias veces durante la noche se dirigió hacia mí, ya fuera para hacerme una pregunta, para explicarme algo o para gastarse una broma, y cada vez que lo hizo, volví a sentir su consideración, como si él me otorgara una cualidad innombrable que confirmaba a la mujer que yo era.

Nunca llegué a saber cuántos nombres tuvo la ciudad de San Cristóbal ni recuerdo quién pagó el vino, pero mis ojos no se apartaron de Reina y su especial forma de coquetería, entre inocente y juguetona, pero también calculada. Decidí que era, sin lugar a dudas, una persona seductora y que expandía a su alrededor, como a pesar de sí misma, una rara estela que evocaba a una gata a punto de estar en celo. En aquella ocasión lucía un sarape de un espectacular carmesí sobre sus ropas siempre negras (me pregunté cuál sería su origen, no me he encontrado nunca con ese color en el mercado de Santo Domingo), y el gesto que hacía con los hombros al ajustárselo al cuerpo corroboraba mi afirmación anterior. El calor que irradiaba de su cuerpo era a la vez personal y agresivo.

Entonces, *La Normandie* derrochaba alegría y convicciones de salud eterna; ningún intento de crimen atravesaba la fantasía de sus visitantes. Las risas que allí escuché esa no-

che, y las noches posteriores, fueron empapando mi larga
adustez, un ungüento mágico para mi mapa de cicatrices.
(Con los años nos reímos cada vez menos, escuché decir a
Luciano, limpiándose los ojos luego de una estruendosa
carcajada; entonces le preguntó a cada uno: Hasta esta noche, ¿cuándo reíste por última vez de este modo?, ¿la semana pasada o hace ya un mes? En cambio, un niño la soltó
hace apenas unas horas, bendito él, bendito ellos. Eso dijo
Luciano. Y yo pensé en mi niño, el mío, el que me dejó
cuando recién aprendía a reír.) Aquellos muros de color
rosa se transformaron en mi espíritu protector, un refugio
efectivo frente a la hostilidad, cualquiera fuese ésta. (No es
poco lo que te debo, Reina.) Mi memoria retuvo con exactitud el fin de esa primera cena: salimos todos juntos a la calle, menos Jean Jacques, y mientras avanzábamos hacia la
puerta, sentí una mano sobre mi hombro. ¿Alguien me tocaba? Todo mi cuerpo entró de inmediato en estado de
alerta. Volteé el rostro para encontrarme con el de Luciano
y escuché sus inesperadas palabras.

—Noto que a veces te pones triste. Si me necesitas, llá-
mame, pelirroja, que no haré preguntas.

Mi estupor impidió una respuesta a tiempo; en ese instante, Reina le pedía a Horacio que me fuera a dejar al hotel, llevábamos la misma dirección y era muy tarde para ir
caminando. Alcancé a pensar, mientras subía al auto, que
la piedad debía ser la madre doliente del amor.

Desde el interior del auto, lo último que vi fue a Reina
avanzando hacia una pequeña calle lateral y a Luciano
acompañándola.

Por cierto, no lo llamé.

Era mi cuarto día en San Cristóbal de las Casas: mis ojos
entonces dictaban una ausencia más frecuente, más marcada.

4

Mi estómago gringo aún no se habitúa a los horarios mexicanos y el hambre me acecha ya a la una de la tarde. Para aplacarlo, Ninoska me sirve un café cargado. A juzgar por su expresión, pareciera que nada ha sucedido, es la única de nosotros que logra seguir adelante con su día, a pesar de los hechos de anoche. Por lo que la conozco, sé que no es indiferencia lo que la puebla. Es que durante su vida siempre debió continuar, tragedia tras tragedia, sin detenerse. Aquello me recuerda a Dolores: quizás sea ésa una característica de las mujeres valientes. Debo reconocer que la persona de Ninoska me genera una cierta envidia: su vida ha sido aventurera y heroica, ha contado con el amor siempre a mano, ha parido un hijo que aún vive cerca de ella, un hijo que no ha muerto, y sabe cocinar. (Es probable que Gustavo no hubiese reparado mucho en mi cobardía frente a la dictadura chilena si en cambio yo hubiese demostrado esa capacidad: él, como *gourmet* obsesivo que es, lo habría perdonado todo si yo hubiese presentado en su mesa uno solo de esos guisados majestuosos.)

—¡Camila! ¿Por dónde anda tu cabeza?

—Perdón, Ninoska, es que con todo lo que ha pasado, ando un poco extraviada.

—Nada que un buen café no pueda remediar. Anda, bebe, que no se enfríe. Lo último que necesitamos en este momento es distracción.

Es cierto, el poder de un buen café de grano es inconmensurable, más aún en esta zona que es tan generosa en su producción. Ninoska prende un cigarrillo mientras se sienta a mi lado.

—Paulina debe estar por llegar —me dice—, Luciano ha ido en su busca.

—¿Vienen ambos para acá?

—Sí, Luciano pidió que no nos desperdigáramos.

Paulina es una pequeña india ch'ol de largas trenzas negras y mirada vivaz, de estatura baja y cuerpo compacto, y trabaja como asistente de Reina en la librería. Está allí desde la apertura del local y se encarga de él cada vez que Reina desaparece, lo que es bastante frecuente. Viste blusas bordadas y rebozos de distintos colores y carga con una lamentable cojera en la pierna derecha. Su familia pertenece a uno de aquellos grupos que poblaron la selva Lacandona hace ya unas décadas y que debieron abandonar por segunda vez sus tierras, labradas con inmensas dificultades en esa naturaleza imposible, cuando fueron ocupadas por el ejército después del alzamiento zapatista. Ello ocurrió en febrero de 1995, en aquella ofensiva militar que obligó a tantos a desplazarse. (También a los indígenas que estaban en contra de la guerrilla.) Sus enseres fueron destruidos y la casa de sus padres quemada. Al avanzar su comunidad más adentro de la selva buscando un nuevo lugar donde vivir, Paulina los abandonó.

—Fue a causa de una enfermedad —me relató la única vez que conversé con ella, señalando su pierna derecha—; estuve en el hospital de Ocosingo mucho tiempo.

Cuando le dieron de alta, aún enferma, ya que a los indios los despiden del hospital para que no ocupen por mucho tiempo una cama, se vino a la ciudad.

—Aquí se puede vivir bien bonito —me dijo, refiriéndose a San Cristóbal.

Y Reina me confirmó más tarde lo libre que Paulina se sentía lejos de la selva y de su comunidad, donde la tradición impone leyes terriblemente estrictas a las mujeres; pudo, gracias a su trabajo en la librería, oponerse al destino de las indígenas. Es muy joven, casi una muchacha, y así se salvó de ser entregada en matrimonio a cambio de un poco de aguardiente y de una vaca, como les sucedió a sus hermanas. No pienso casarme, asegura, contrastando ese acto romántico de la cultura occidental con la esclavitud que significaría para ella.

(*En Chiapas nunca hemos estado al día con la historia, me decía el abogado mexicano de aquella ONG con quien me contactó Gustavo. La guerra nos llegaba en tiempos de paz y en tiempos de paz hemos hecho la guerra: todo desacompasado. No, aquí no hubo revolución cuando estalló en el resto del país. Los hacendados armaron a sus peones para defender sus tierras, usurparon el poder del estado. Existieron los mapaches, un ejército que funcionaba de noche, que se encargó de hacer la contrarrevolución, y de allí salieron los desorejados, los indios a quienes el ejército les cortaba las orejas, peleando por los intereses de sus patrones. Aquí, el reparto agrícola pasó de largo, lo que ha hecho que la tenencia de la tierra sea uno de los problemas más candentes de esta zona. El despojo a los indígenas ha sido eterno, ni con la revolución mexicana ganaron. Por eso la discriminación racial es más acentuada aquí que en ninguna otra región de México.*)

A los pocos minutos apareció Paulina con Luciano y tomaron asiento a mi mesa, donde se nos unió Jean Jacques. Luciano me sonrió con dificultad, una sonrisa descompuesta. Tuviste razón ayer con lo del gallo y tus presagios, no he dejado de pensar en ello, me dijo en voz baja, rozando mi hombro con su mano manchada de óleo. A la vez, yo me sentía un poco culpable de haberlo devorado con los ojos un rato atrás en la plaza sin que él lo supiese, como si en la acción misma yo le robara algo propio que él ha decidido no compartir conmigo.

—Jesús monta guardia y dice que no tiene ningún problema en permanecer allí el tiempo necesario —comenzó Luciano, su voz inusualmente sombría—. El hospital está cubierto, si quieren rematarla, no podrán hacerlo. Esta noche Jean Jacques se juntará con Horacio para diseñar el tipo de campaña que debemos montar y para analizar el *cuándo*. No estoy muy seguro de que convenga hacerlo de inmediato, podemos descubrir a Reina, puede ser casi una forma de delación... en fin... eso lo verán ellos. Lo importante es que Jesús llamó, habló con Paulina a la librería, Reina ha recuperado el conocimiento. El médico volvió a explicar lo lento que sería cualquier restablecimiento, pero nadie cree conveniente que lo haga en el propio hospital.

(¿Y si sólo fue una advertencia y no pensaban matarla, sino hacerla a un lado por un tiempo, porque les molestaba?)

La idea de Luciano es llevarla a casa cuando las condiciones lo permitan.

—Nosotros somos su familia, nos corresponderá cuidarla.

Al escuchar aquellas palabras no supe si conmoverme por la solidaridad que conllevaban o preguntarme si tras el interés de este atractivo pintor italiano se escondían otras emociones menos filantrópicas, pero de inmediato reaccioné: no era el momento para aventurar ese tipo de conjeturas.

—Contamos con médicos amigos que pueden visitarla y seguir paso a paso su evolución. Pero para ello necesitamos cubrir cada momento, no puede quedar sola. Paulina dormirá en su casa, pero durante el día estará ocupada con la librería. Pensé en Camila, en Dun, en Priscilla... deben ser personas muy cercanas.

—¿Por qué sólo mujeres? —preguntó Ninoska.

—¿Acaso no será más cómodo para Reina? Quizás por cuánto tiempo no podrá levantarse al baño, por ejemplo.

—No perdamos de vista ni un minuto que los hijos de puta pueden volver... —interrumpió Jean Jacques.

—Yo sé disparar —dijo Paulina, logrando que todos la mirásemos con la boca abierta y nadie osase hacer un comentario.

Cambiando el tema, por primera vez alcé la voz.

—Mi pasaje de vuelta es para pasado mañana.

Se hizo un silencio hosco; esta vez todas las miradas se concentraron en mí. Traté de sostenerlas sin éxito. Luciano fue el más espontáneo en su reacción.

—No pensarás irte bajo estas circunstancias... ¿verdad?

Quise protestar, recordarles que sólo vine a Chiapas por una quincena, que mi agenda estaba completa, que ya había terminado mi trabajo, que no era una de *ellos*. (*Los intelectuales tienen todo caliente, la comida, la cama y el agua, dijo el abogado de la ONG. También los extranjeros. Algunos vienen con enormes angustias, como si nosotros se las fuéramos a calmar con nuestra guerra. Admito que han servido, incluso en algunos momentos han sido indispensables, pero no dejan de ser unos intervencionistas. ¡Que se vayan y nos dejen tranquilos!*) ¿Cercana yo? ¿Por qué se me incluía en una especie de célula a la que no había pedido admisión? La idea de convertirme en la Florence Nightingale de los revolucionarios no hacía eco con ninguna parte de mi interior, ¡qué va! Además, volver a ejercer de enfermera me desanimaba, las manos y los párpados volverían a temblarme, ¿acaso el objetivo de mi viaje no era diluir aquel recuerdo? Pero los ojos viejos y sabios de Ninoska me invitaban a quedarme, los ojos inteligentes de Jean Jacques y los voluptuosos de Luciano, los ojos antiguos, tan antiguos de Paulina. En mi bolsillo aún guardaba el arete plateado y lo palpé en su escondite.

—Debo hablar a Washington. Les tendré respuesta por la tarde. Y ahora —dije cambiando el tono, procurando evadirlos— creo que la prioridad son los gatos. ¿Nadie ha pensado en ellos? Deben tener mucha hambre.

El alivio atravesó amigablemente el aire del pequeño restaurant en la calle Real de Guadalupe. Luciano dio un leve apretón a mi brazo derecho y Jean Jacques de inmediato preguntó por una copia de las llaves de la casa de Reina que Paulina extendió.

—Yo iré —aseguré tomándolas—, continúen ustedes la conversación.

Y haciendo caso omiso de mi estómago vacío de la una de la tarde partí.

5

No sabía qué hacer, y es probable que mi decisión final se haya debido a eso. Conocía a priori la respuesta que encontraría en Washington: ¿Qué tienes tú que ver con todo eso? ¡Estás loca! Vuelve ya. Para equilibrarla, debía comunicarme con Santiago de Chile. Caminé enérgica hacia el Ciber Café que visitaba todas las tardes, en esa misma calle. Por diez pesos la hora podía acceder a Internet y chequear mi correo electrónico. Todos los extranjeros lo hacían, y a veces me distraía frente a la pantalla adivinando la nacionalidad de mis compañeros y las razones que los habrían traído hasta aquí. Dolores y Gustavo se me aparecieron como mis dos referentes más importantes, cada uno tirando la misma cuerda larga por sus extremos. Fue a ella a quien escribí. Con buena suerte podría aguardar una respuesta a última hora de la tarde.

¿A quién pretendía engañar sino a mí misma? Como si me la arrojaran encima, llegó la visión de mi blanco departamento en Maryland, en el barrio de Chevy Chase, blanco y minimalista, blanco y ordenado, blanco y despejado. Quise imaginarme en él, desplazándome entre la delgadísima lámpara de pie que siempre me evoca a una escultura de Giacometti y el único sofá de la casa, enorme, de cuatro cuerpos, entre ellos yo, arrimándome a los muros desnudos. También desnudo el pequeño dormitorio de mi niño. Ni la cuna. No, no todavía. Pude ver a Gustavo en la mesa de comedor pelando con circunspección una pera de agua, ¿qué vino lo acompañaría, de qué cepa y qué cosecha? ¿Y si la pera no resultaba lo jugosa que él anticipaba, contra quién las emprendería? Recordé cómo todo espíritu humano que lo cruzaba era probado como una degustación, con los ojos y el paladar de un experto catador. No poseo suficiente conocimiento de la intimidad de otras parejas como para saber a ciencia cierta si el mío es un caso excepcional o si, al contrario, confirma la vulgaridad de lo cotidiano: el hecho es que soy el basurero de mi marido. Dicho esto, debo indicar que no me gusta la palabra *marido* y lo que ella significa. El problema es que no sé bien cómo reemplazarla, ¿conviviente?, ¿pareja?, ¿compañero? La primera tiene connotaciones estadísticas, como de informe de un ministerio de justicia; la segunda la usaban los hippies y ciertos movimientos cerrados; la tercera suena a los sesenta, muy izquierdista. Careciendo de nomenclatura, suelo hablar de Gustavo, no de mi marido —como le encanta hacer a otras mujeres—, aunque reconozco haber firmado el contrato de matrimonio frente a un funcionario civil para poder ir a vivir con él a Estados Unidos. Pero volvamos al tema del basurero. Estoy convencida de que las únicas bases que resultan en una pareja son las que se sientan el primer día de convivencia bajo el mismo techo; hoy, pasados seis años, verifico que lo castigo y que vuelvo a castigarlo en el intento de cambiar un par de cosas, con la genuina esperanza de evitar repeticiones indeseadas, pero es inútil, ya es tarde, nada cambiará. Por eso me siento condenada, cual criminal con cadena perpetua, a ser el basurero de Gustavo hasta el fin de mis días. Malditas todas las acepciones que tendrá el español de esa palabra, pero en chileno es el recipiente del desperdicio, donde termina y se desvanece la inmundicia, la porquería, el lugar final para los restos, las sobras, la suciedad. Al basurero de un escritorio puede llamársele papelero y es más limpio que el del baño o el de la cocina, pero su fin es exactamente el mismo. Todas las cargas negativas de Gustavo terminan en mí, no es relevante su índole, ni menos que yo tenga o no relación alguna con ellas. Estoico, mi pecho va recibiendo uno a uno los dardos de su amargura pasajera: que su mejor reportaje no fue evaluado como correspondía, que el estúpido camarógrafo no tomó el ángulo necesario en la escena crucial, que a la secretaria, idiota ella, se le borró el archivo requerido del computador, que los irresponsables de la tintorería arruinaron su traje azul, que el cuerpo entero le hace estragos por el catarro, que el imbécil del vecino no le devolvió la edición original de ese libro de Neruda, que en el restaurant los *spaghetti* no estaban *al dente*, que el desfachatado de la gasolinera lo estafó en la cantidad de litros, que la cerradura de la cajuela del auto se bloqueó, que equivocó el camino en la carretera por no leer bien el mapa. No importa cuál sea la razón, el punto es que toda ira —en él—, al contar con un depósito, está salvada. ¡Camila! Ya reconozco el tono del momento exacto en que mi cuerpo se transformará en ese basurero existencial. Ya vertida la queja, ya recibida en el cubo de la mierda, vuelve el sol, se despeja toda niebla y otra vez paso a ser la mujer de un hombre encantador. Esta situación no alcanza a caber en las conocidas casillas de violencia doméstica ni de abuso, es un poco más sutil que eso, pero igual me pregunto qué haría Gustavo si fuese soltero, sobre quién se descargaría, a quién le asignaría ese rol. Los hijos actuales no lo aceptarían ni en broma, al revés, hoy son ellos los victimarios, tampoco los padres —si los hay— ya que a pesar de todo se les debe un respeto determinado, y los hermanos lo mandarían, con justa razón, al carajo. En el cine, a veces el mayordomo o alguna antigua sirvienta masoquista se presta para ello, pero en la vida real creo que sólo los cónyuges sirven para jugar ese papel, además tienen el beneficio de estar siempre a mano. Y de aguantar.

No, no deseaba volver aún.

¿Alcances mezquinos? ¿No estaría yo usando el cuerpo accidentado de una mujer comprometida políticamente —y herida por ello— para mis propios fines? ¿Yo, que al compromiso político no le he apostado ni un peso? No seas sarcástica, Camila, relájate.

En comparación a Washington, San Cristóbal de las Casas, la antigua Ciudad Real y sus calles estimulaban mis sentidos: caóticas, locas, contaminadas de comercio callejero, de olores a comida, de indígenas mezclados con alemanes, holandeses, españoles, pieles de todos los tonos, sonido de todas las lenguas, artesanías de todos los colores, niños pequeños mendigando dinero, joyerías con el ámbar en sus vitrinas y tiendas y hoteles por doquier contradiciendo a la miseria, restaurantes vegetarianos, avisos esotéricos, tigres de cerámica, multiculturalismo ensamblado entre tamales y sarapes. En un muro, un grafitti: «VAMOS CON MARCOS.»

—De acuerdo —respondo con buen humor en voz alta, apurando el paso—. ¡Vamos!

Reina vive en el más antiguo de los barrios, Cuxtitali, confiado a la memoria del Dulce Nombre de Jesús, donde florece la actividad de los artesanos de la industria de la carne del cerdo, con sus cecinas y curtidurías. Queda relativamente lejos del centro, por lo que preferí tomar un taxi antes de perderme como una turista estúpida. El taxista asumió que me dirigía al Museo Na Bolom, ya que es una parada casi obligatoria para los extranjeros, y no lo contradije; cuando lo visité por primera vez me perdí un buen rato antes de dar con el lugar. Aunque trataba de concentrarme en las líneas de mi arrugado mapa, no pude dejar de advertir la cruz de bambú que colgaba del espejo del auto: enorme, casi un peligro para la visión, sobre ella yacía un sangrante Cristo de plástico rosado y, colgando de su cuello, un potente rosario de largas cuentas azulosas. Señor, ¡qué devoción!

(*Mi hipótesis, dijo mi amigo el abogado, es que Marcos siguió los pasos de la Iglesia católica, sin ella no habría sido posible el zapatismo. Y como tú bien sabes, la Iglesia católica viola todas las soberanías, se instala donde quiere y como quiere. Ellos fueron los primeros en recorrer estos lugares, lentamente, los primeros en lle-*

gar a la selva: allí fueron creando difíciles vestigios de organiza-
ción, a través de los catequistas. Los indígenas son desconfiados y
sólo la paciencia y la tenacidad de los católicos logró penetrarlos.
Cuando llegaron los zapatistas, el trabajo ya estaba hecho. El
aporte de ellos fue cambiar la conceptualización.)

La casa de Reina está muy cerca del museo, en la calle
Comitán, en una zona tan netamente residencial que me
pregunto dónde comprará el pan cada mañana, si es que
lo compra. Su casa es pequeña y sencilla, sus rasgos de mo-
destia niegan cualquier arrebato de arquitectura colonial.
Usando las llaves que ha proporcionado Paulina abro la
puerta con facilidad, nada de doble cerradura, y caigo en
cuenta de que nadie ha cruzado este espacio desde el accidente. El computador sobre la mesa de la sala, que ocupa a
la vez como dormitorio, está aún encendido. Recorro los
pocos metros, el baño, la pequeña cocina con alguna loza
sin lavar en el fregadero y el cuartito al costado con su
cama de una plaza, todo respira tremendamente vivo. En
el patio interior, ambos gatos toman el sol paseando su inocencia por las cerámicas azules. Al menos un pedazo de
Reina parece estar en paz.

—¡Insurrección! ¡Miliciana!

Me miran displicentes mientras recuerdo cómo me di-
virtieron aquellos nombres la primera vez que los escuché
de boca de Reina, cuando aprendí que esa raza, la *calico
americana*, pinta sólo a las hembras con manchas de aquellos tres colores, blanco, negro y café anaranjado. Al fondo
de la cocina diviso la caja de arena y los platos de agua y de
comida. El paquete de alimento para gatos se guarda allí,
eso es fácil, pero limpiar la arena lo es menos. Una pequeña pala plástica con su respectiva bolsa me esperan,
debo reconocer que para cuidar a sus gatos, Reina sí es organizada. También para observarlos, uno de sus pasatiem-
pos favoritos, según me confesó.

He comprendido mejor al ser humano mirándolas a ellas, me dijo la primera vez que la visité. *Insurrección*, la más grande, vive conmigo hace cuatro años y está operada. Te aseguro que las gatas esterilizadas no dan problemas, se mantienen bajo perfecto control. Creo que el apetito sexual es un elemento nada confiable, puede arruinar cualquier proyecto por lo inmanejable que resulta, por lo intempestivo de su aparición. Al ser *Insurrección* sexualmente neutra deviene de inmediato en una hembra de fiar, ¿te das cuenta? No se arranca de casa porque nunca está en celo, no socializa con otros gatos porque sus hormonas no le dictan ninguna urgencia. Así, *Insurrección* nunca se ha involucrado en una riña, nunca se ha presentado aquí herida o arañada, nunca ha protagonizado un escándalo. Es una perfecta y confiable sedentaria. A veces pienso que su operación es como una lobotomía, le extraes su capacidad de sentir y a partir de ello puedes contar con su seriedad. ¿Te imaginas la cantidad de empresas que estarían a salvo si sólo las *Insurrecciones* del mundo participaran en ellas? La guerrilla, por ejemplo. ¡Se evitarían tantos conflictos! Luego, cuando traje a *Miliciana* a vivir aquí, comprobé que la solidaridad de género es una gran patraña. *Insurrección* estaba acostumbrada a ser la única y gozaba de ese estatus mientras yo, ingenuamente, pensando que se me pondría huraña en tanta soledad, le traje una compañera. ¿Qué crees tú que sucedió? Se dedicaron a pelear y a disputarse el territorio, a morderse y a gruñir cada vez que se acercaban, a observarse desconfiadas, midiéndose. Créeme, ellas poseen un instinto territorial primigenio, básico, probablemente el mismo que llevamos nosotras adentro pero que no reconocemos. Decidí en otro momento contemplarlas ya no como hembras sino como dos seres de un mismo origen: la conclusión es aún peor. La hostilidad profunda que cada una demostró hacia la otra, y que se siguen demostrando hasta ahora, hace casi imposible cualquier convivencia. Compiten por todo, se agreden, las irrita radicalmente la obligación de coexistir; en buenas cuentas, no se toleran. Me acordé de Hobbes y sus teorías. Los gatos no hacen pactos sociales para poder convivir ni conocen el concepto de simulación. ¿Qué ocurriría si nosotros los humanos viviésemos al desnudo como ellos?

Acaricié sus lomos, como lo haría Reina si estuviese aquí.

Aunque no soy la más fanática del trabajo doméstico, decidí aprovechar el viaje y ordenar y preparar la casa para una eventual vuelta de su dueña. Comenzar por la cocina me pareció lo más evidente. Lo primero que me asaltó como idea fue la ausencia de una mesa, de la clásica, histórica, eterna mesa de cocina, la que acoge, la que aúna, la que convoca a su alrededor, imprimiendo una sensación de hogar, donde la madera se ha oscurecido porque sobre ella se ha cocinado, se ha comido y conversado apisonando confidencias, se ha escrito el diario de vida y se han hecho las tareas del colegio, se ha cosido el vestido para la fiesta. Pienso que la presencia de esa mesa agregaría humanidad a la cotidianidad de Reina. Lo segundo que me viene a la mente es que alguien debe haber comido ayer con ella, lo delataban los platos, los cubiertos y las tazas de café que no alcanzaron a guardarse. ¿Sería perejil, cilantro o simplemente espinaca con lo que cocinaron? Abrí el grifo para que el agua borrara los restos de color verde. ¿Quién comió con ella? El primer nombre que vino a mi cabeza fue el de Luciano, no es que yo guardase alguna obsesión específica por él, pero no he olvidado el hecho de que ayer no me invitó cuando volvíamos de San Juan Chamula. Me pregunté si encontraría otra huella tan fresca como ésta y sin pensarlo dos veces me dirigí hacia la ancha cama de la sala. No, no estaba abierta, aunque su colcha dejase mucho que desear en cuanto a un buen tendido. Imaginé a Reina allí entregada, colmada de terciopelo. Pensé que ninguna sensación que experimente como mujer es original, cada una, por nueva o única que parezca, ha sido vivenciada por otra. Por ello, dudé si fue sólo mi mano —o muchas manos femeninas anteriores acumuladas en mi musculatura— la que tocó esa manta. La acaricié despacio, extendiéndola, palpándola, como si pudiese desatarla, sin una conciencia cierta de lo que trataba de hacer, si suprimirla, anularla o simplemente robar su estela. La certeza de no ser observada me llevó a indagar olores entre cada pliegue, y en la medida que acertaba con ellos, una verdad me golpeó fuerte como una palabra despiadada: había olvidado cómo era ese olor que precisamente buscaba.

Antes de ponerse el sol, las tardes en San Cristóbal parecen lavadas a mano, tan nítidos son sus contornos y sus luces. Los cerros que abrazan el llano brillan aún verdes y un raro resplandor se apodera de los tejados. Es un mineral ignoto el que la baña, quizás el platino, quizás el oro blanco.

En medio de aquella imagen argentina, otra, más fea, taladra sin pausa mi razón: la radio, esa radio que encontré, escondida bajo sábanas y toallas en el armario de la sala-dormitorio de Reina. La ignorancia me impide detectar su especificidad, por tanto, su uso, pero recuerdo haber visto alguna vez algo parecido en manos de un radioaficionado, tal parecía ser su potencia. La marca, aunque de apariencia vagamente japonesa, me resultó desconocida: YAESU. Si se tratase de una radio corriente de onda corta, ¿por qué no estaba a la vista? ¿Qué esconde Reina?

(—¿Por qué la vía armada, Reina?

—Cuando el ejército zapatista mostró las armas con cintas blancas en los cañones, Marcos dijo que la aspiración de ellos era *que fuesen inútiles. También se refirió a la paradoja que signifi-caba que en este país hubiese que alzarse en armas, no para tomar el poder, sino para pedir la democracia.*

Ésas son las armas de los zapatistas, sostenía ella: para pedir y resguardar la paz.)

Entonces me hago por fin la pregunta que aún no me había permitido: ¿por qué quisieron matarla? A la cual, inevitablemente, le sigue: ¿qué hago yo aquí, por qué estoy involucrándome en lo que no me concierne? El egocentrismo puede ser a veces extenuante. Vuelvo a lo primero.

No olvido la aseveración de Paulina hace unas horas: yo sé disparar. Y Paulina es su más fiel compañera. También está ese niño que bien recuerdo, el que llegó al Café del Museo para avisarme del accidente, ¿de dónde salió?, ¿qué manos lo dirigieron hacia mí? Como si el mundo de Reina se dividiera en dos: el mundo visible y alegre de *La Norman-die* y otro, desconocido para mí, secreto, en el que ella jugara un papel clandestino. Me pareció que una nube turbia arrasaba con la luz mientras algo lóbrego y sombrío rodeaba mi mente con los contornos del rechazo: yo no estaba de acuerdo con ninguna lucha armada, en ningún lugar del mundo. Vinieron a mi memoria, involuntarias, las palabras de Cortázar a propósito del Che: «... tanto romanticismo necesario y desenfrenado y peligroso.»

Da la impresión, desde afuera, que todo San Cristóbal fuese una gran base zapatista y que los *auténticos coletos,* como se hacen llamar a sí mismos los antiguos dueños de esta ciudad, los blancos, tuviesen progresivamente menos espacio en un lugar tan históricamente suyo. No olvido que fue aquí donde estallaron las más cruentas rebeliones que los indígenas organizaran contra la dureza de la ocupación española. El alzamiento en 1712, que fue caracterizado como «la insurrección más violenta del período colonial centroamericano», ¿no está acaso hermanado con la sorpresiva ocupación de San Cristóbal y de otras ciudades principales de la región —como Ocosingo y Las Margaritas— en la noche del Año Nuevo de 1994 por los zapatistas?

Intuyo la complicidad de la ciudad. Si hasta en el mercado venden pasamontañas como los que usan los guerrilleros, y las diversas reproducciones de Marcos están por todos lados y en todas sus formas, grandes o pequeñas, en burro o a caballo, con o sin mujer al anca, pero siempre con un arma en la espalda. Si hasta a la Virgen de Guadalupe, ícono entre íconos, le han pintado un paliacate en el rostro, escondiéndole las facciones debajo de los ojos, como hacen en la guerrilla. Son parte del sentido común de la ciudad. Hace unos días, en el mercado de Santo Domingo, observé a una muchacha muy rubia probarse un pasamontañas negro frente a todo el mundo, amarrándose incluso un pañuelo de colores rojos sobre la nariz. Una mujer mayor la contemplaba a su lado, supuse que sería su madre, y lanzó una gran carcajada al verla convertida en zapatista. Todos, desde los extranjeros que compraban hasta las indígenas que vendían, la celebraban. Claro, sería difícil encontrar en la selva a una insurgente con esos colores, bien se sabe que en el EZLN las mujeres son todas mayas; las *ladinas,* como se les dice a las blancas, no pueden con la montaña, ellas actúan como bases de apoyo en las ciudades. Pero vuelvo a la imagen de la joven: no es más que la extensión, la repetición de todo San Cristóbal, de tiendas, mercados, puestos callejeros, ventas en la plaza, rayados en los muros. Rostro múltiple. Zapatistas interminables.

Ello sólo demuestra la inutilidad de reprimir a la gran cantidad de simpatizantes con que los guerrilleros cuentan en esta ciudad. Si Reina fuese una más, ¿correría peligro? Tengo la certeza de cuánto hostigan a los que reconocidamente trabajan a favor de la causa indígena, pienso en el obispo don Samuel Ruiz y las muchas amenazas que ha recibido, pienso en la expulsión del país de sacerdotes extranjeros a quienes ni siquiera se les dio la oportunidad de hacer una maleta o de decir adiós, pienso en las personas de la Diócesis con las que he mantenido contacto. Y, más modesta, pienso en mi amiga Cristina, la monja portorriqueña, a quien hasta hoy, luego de dieciséis años en México, no han permitido regularizar sus papeles por su trabajo con la iglesia de la zona, debiendo cruzar la frontera cada cierto tiempo para obtener visa, como cualquier turista. Caminando un día a su lado por una de las calles de la plaza principal escuché cómo le gritaban desde un auto: ¡Samuelista! Estupefacta, le pregunté entonces si corría peligro. ¿Verdadero peligro? No. Ésa fue toda su respuesta.

No es que yo pertenezca a ese tipo de ingenuos que ignoran o niegan las atrocidades que aquí se han cometido, pero algo me dice que si a Reina han tratado de eliminarla, es porque les estorba más que otros. Por ello me angustió un poco la respuesta de Dolores al mensaje que le envié esta mañana: «Sobre permanecer en San Cristóbal y cuidar a Reina, recuerda que la solidaridad es de los pocos valores absolutos que debieran existir en esta vida. No lo pienses dos veces, Camila. Y al no hacerlo, sabrás instintivamente cuál es tu lugar.»

Mentira, lo piense una vez o cinco, desconozco mi lugar. ¡Quiero arrancarme lejos! Gracias a Dios no es mi deseo aletargarme arriba de una cama, no, no más, y aquello debo agradecerlo de rodillas. Llevo a mi niño conmigo, no necesito de Washington ni de lugar alguno para tenerlo. Quisiera volver a la ciudad de antes de ayer, a los paseos, a las conversaciones largas y tranquilas, al sol de la mañana, a los apuntes en mi *laptop*, a la sencillez de los amigos. En buenas cuentas, retornar al momento en que San Cristóbal no me generaba, como espectadora, ninguna contradicción. Ay, Reina, ¿por qué me has metido en esto? Créeme, lo único que me impide detestarte en este momento es el recuerdo de tu siesta en mi cama. Si no sospechara la profundidad del dolor que pueden engendrar ciertos lazos mal diseñados, tomaría de inmediato el avión de regreso. Lo cual, pensándolo bien, también es una mentira. No tengo la osadía que se requiere para abandonarte a estas alturas.

Estoy inmovilizada.

Me detengo al final de la calle empedrada por la que camino; es cierto, las tardes en la ciudad, antes de ponerse el sol, parecen lavadas a mano. Ahí está San Cristóbal de las Casas, única y cambiante, serena bajo la protección de su patrono San Cristóbal, a quien se la encomendó en su breve paso el legendario Pedro de Alvarado, uno de los hombres más activos y ambiciosos de la tropa que acompañara a Hernán Cortés. Cuenta la historia que el patrono, hombre grande en tamaño y ambiciones, desilusionado por un rey al que intentó servir, se fue a un lugar distante en busca de un mejor destino y allí, una noche, siguiendo sus intuiciones, cruzó en un río a un niño pequeño sobre sus hombros, y le resultó tan pesado el empeño que alcanzó a duras penas la otra orilla. El niño le dijo: «Entiendo tu fatiga: estabas cargando el mundo entero porque yo soy Jesucristo, el maestro que estaban buscando.» Razón tuvo don Pedro de Alvarado en encomendarle a San Cristóbal una segunda pesada carga, la de todos los dolores y sufrimientos de los pueblos indios más pobres y explotados del continente que han habitado y padecido en los Altos de Chiapas.

Quizás también debiera yo encomendarme a él, pues comprendo —en un instante de lucidez— que esta ciudad ha ido penetrando mi carne sin mi consentimiento y que no deseo abandonarla.

7

Puedo afirmar que definitivamente mis tripas no van unidas a mi cerebro. Aunque yo carezca de él, no me cierro al fervor de los demás. Venga Reina y su entorno: aquí estoy.

Decidí reposar un momento en el hotel antes de dirigirme a *La Normandie,* si ya me había perdido el almuerzo, no sucedería lo mismo con la cena; la anticipación de un tasajo —plato chiapaneco de cecina de res seca, salada y en tiras, que Ninoska ha convertido en una de sus especialidades— me entusiasmaba. Además, necesitaba sacar cuentas: se terminaba el viático que me habían dado para quince días; ¿debía cambiarme de hotel y dormir por poco dinero en alguno de los tantos albergues baratos que existen en la ciudad? (Obvio, Camila, es lo que debes hacer ya, ¿acaso no te sientes cumpliendo un designio indeseado, un sacrificio?) También era posible pedirle a Ninoska su habitación de huéspedes, ella no me la negaría, pero la idea de perder mi independencia, la que busqué durante tantos meses en forma casi dramática, me desalentaba. Sólo en el cuarto del Casavieja cabía una cuna, sólo ahí podía imaginar tranquila que estaba meciéndola. Mis ahorros eran escasos, pero algo ayudarían. Pedirle dinero a Gustavo estaba fuera de cues tión, nunca me han dado buena impresión esas mujeres que resuelven sus crisis a costa de los maridos, más aún si éstas se relacionan directamente con ellos, las crisis, quiero decir.

Observando mi actual habitación, tan acogedora, que a este punto muestra un buen pedazo de desorden impensable en Maryland, me viene el anhelo punzante de ser rica. Nunca me ha sobrado el dinero. Trato de imaginarme cómo sería introducirme en la piel de otra por unos días, una de aquellas que puede darse lujos, o ni siquiera eso, una que se levante en la mañana y enfrente sus alternativas sin que su costo sea una variable. Debo reconocer que la vida sí me ha dado un par de regalos, pero no de esta índole. La que ha nacido pobre lo será siempre, es una extraña inseguridad que permanece, al margen de que el presente cuente otra cosa. Si mi situación en Washington goza de una relativa estabilidad y bienestar, es gracias al sueldo de Gustavo y no al mío, lo que no engrandece precisamente mi autoestima. Soy una mujer sobria, gasto muy poco en mí misma y fui educada en tal concepto de austeridad que si me detengo frente a las vitrinas es sólo mi fantasía la que se pone en acción, sin pretender materializarla. Seguro que no encuentro una sola prenda en mi closet que no provenga de un *outlet*.

El tipo humano que me provoca más rechazo es el de la *niña rica,* manteniendo, reconozco, mis dudas sobre si ello responde a una genuina impugnación o a la más vulgar envidia. Recuerdo la molestia que se incrustó en mi interior luego de participar de una cena con una antigua novia de Gustavo. A su lado, yo, sin de veras serlo, aparecía anticuada, casi una mojigata. Ella era todo lo que una quisiera ser como mujer, pero no tiene las agallas para llevarlo a cabo: independiente, económicamente autosuficiente, un poco fría, bastante avasalladora, sin ningún aire de domesticidad contaminándola. Como bordada a mano. Y por supuesto, de familia con mucho dinero. Conversábamos aquella noche sobre la costumbre relativamente nueva de usar la hora del desayuno en reuniones de trabajo. Ella, que escribe para un periódico importante, comentó que, invitándola el subdirector a tomar desayuno, se había negado. Alguien le preguntó cuál era la razón y, muy seria, nos explicó que el desayuno requería de tres condiciones: la primera, era *fundamental* que fuese el primer acto del día, por lo tanto, estaba fuera de cuestión ducharse, vestirse, arreglarse, tomar un taxi —ni hablar de dirigirle la palabra a un ser humano—; la segunda, que debía ser un acto a realizarse en *absoluta* soledad y privacidad, como una preparación para el equilibrio de las terminaciones nerviosas que deberían enfrentar una nueva jornada; la tercera, que era *de vida o muerte* tomarlo en cama, simplemente por el placer de hacerlo. (Podrán apreciar que su lenguaje era un poco superlativo.) Eres una malcriada, le dijo Gustavo, es porque te lo sirvieron en cama la vida entera. Y mientras yo calibraba la pérdida que significaba plantar al subdirector del diario, llegó una enorme bandeja a la mesa mostrando unas preciosas patas de cangrejo, rosadas por fuera, níveas por dentro. Son de Alaska, dijo alguien, maravillosas, y todos nos abalanzamos sobre la bandeja, menos la ex novia. Sólo como crustáceos cuando vienen fuera de su caparazón, comentó ella, disfrútenlos ustedes. Mi incredulidad fue tal que no pude reprimir una mirada de reproche, y ella, con determinación, me dijo: No, es demasiado trabajo sacarles la carne. Me alegré cuando esa noche Gustavo me comentó: Era una persona inadecuada. ¿Cómo?, pregunté con curiosidad. Por ejemplo, respondió, me recitaba un verso de *The Ballad of Reading Goal* en un restaurant de Damasco mientras yo pagaba la cuenta y trataba de deducir el cambio de moneda para ver si me habían estafado; y luego, por supuesto, se quejaba de que yo no la escuchaba.

Podrán imaginar que yo como mariscos de cualquier forma, que tomo el desayuno donde me encuentre y que no recito a Wilde mientras alguien trata de pagar una cuenta, pero me encantaría poseer el aura impregnada de riqueza de esta mujer. Cuando tomé el avión en Ciudad de México miraba a dos hombres avanzar hacia la puerta de abordar de un vuelo que ya partía, pero ellos no aparentaban mayor prisa. Ternos oscuros muy bien planchados, finos cabellos plateados, maletines de cuero lustroso, aires de total suficiencia. Éstos viajan en primera, le susurró un pasajero a otro. Ésa era la frase clave: *éstos viajan en primera*. Lo proclamaban a gritos con sólo existir. ¡Cómo me gustaría que dijeran aquello de mí algún día! Que mi solo aspecto acusara una superioridad sobre el normal de los mortales. Como la niña rica de Gustavo.

(Si fuera honesta, agregaría, aunque no venga al caso, que pensé varios días en cómo sería esta mujer en la cama, imaginándola un poco bestial, elástica como una trapecista de circo, misteriosa y dadivosa a la vez. Llegué donde Gustavo cargando con un cierto complejo virtual. Mi amor, ¡la cama no se trata de contorsiones!, fue lo primero que respondió. Luego, debo reconocer, cada una de sus palabras me confirmaron, pequeños arroyos en cauce para desembocar en un río celeste.)

Toda divagación, algo para lo cual muestro fuertes tendencias, quedó suspendida por la irrefrenable interrupción de la campanilla del teléfono. Me sorprendió su sonido, no suelo reposar a esta hora, casi nunca se me encuentra en el hotel hasta la noche y eso lo saben quienes me llaman. Tomé el auricular y como de costumbre esperé hasta que me pasaran la llamada desde el *lobby*. Era una voz masculina que al menos esta vez se develaba, y en medio de la pequeña torre de Babel en la que yo me movía pude reconocer el acento nítidamente local.

—¡No sabes a quién proteges! —me dijo calladamente, a un punto del sofoco.

—¿Quién habla?

—Soy tu amigo. ¡Cuídate de esa puta!

—Perdón, ¿quién es usted?

—¿Sabes quién se la coge? ¿No te lo ha contado la muy cabrona?

—¿Con quién hablo? ¡Por favor, identifíquese!

—¡Chinga a tu madre, extranjera!

Cortó la comunicación, no fui yo quien lo hizo, dejándome al filo, al filo mismo: no de la navaja, sino de la náusea.

El esfuerzo por ser pragmática y definitivamente poco sentimental aparecía como la única coherencia en medio de mi arrebato de rabia, asco e indignación. Si me apoderara de la racionalidad de Reina, ella calificaría esta llamada como uno de los hechos que deben tener la función de ayudar a descubrir valores que la indiferencia habría dejado ocultos. Pues bien, no soy una cínica: aún me maravillo con ciertas cosas tanto como me enfurezco con otras y todavía me puedo dejar impresionar. No tengo la ambición ni esa irritación inocultable, esa impaciencia de quien quiere cambiar el mundo, como Reina, y si es cierto que el que no abraza utopía es el que ha sido vencido por la pereza, cometo ese pecado cada día. Todo ello es verdad, pero la indignación estaba allí. Por eso afirmo que lo único útil es mantener la racionalidad para no dejarse derrotar.

¿Sabes quién se la coge? Como si ella careciese de atributos propios, como si la persiguieran por culpa de otro, por un hombre, supuestamente, no por sí misma, arrebatándole la dignidad mínima de ser una gestora y no una espectadora, hasta eso quieren negarle. Ha terminado el siglo veinte y aún puedo meter la mano en sus cenizas milenarias para palpar allí las sombras femeninas tras los grandes guerreros, rescoldos para siempre.

¿Sabes quién se la coge? Si a veces he sentido la personalidad de Reina un poco lineal, hoy atisbo la razón: ¿tendrá espacio para el enemigo interior si el exterior es tan visible?

Basta. ¿No hablabas recién del pragmatismo? Ya, Camila, muévete, ve a cenar a *La Normandie*, cambia tu pasaje de regreso mañana mismo, revuélvete, hazte cargo de la recuperación de esa mujer, así debe ser, quién sabe por qué, anda, bella, sacúdete, bebe un poco de vino, entrégate, porque no hay vuelta atrás, como para los toros que ya han pisado la arena: las puertas del coso taurino están cerradas, para él, irreversibles.

8

¿Y si mañana amaneciese convertida en un bicho, en un escarabajo, en un monstruoso insecto? ¿No nos contaron que las metamorfosis se producían así, sin aviso ni protección posibles?

¡No tienes una credencial de prensa!, repetía desconsolado Jean Jacques a la hora de la cena cuando les conté a él, a Ninoska y a Luciano la llamada telefónica a mi habitación (de la que omití, por alguna razón imprecisa, aquello de *¿Sabes quién se la coge?*, de haber estado sólo Jean Jacques quizás se lo habría dicho). Pero ¿por qué había de tener una credencial si jamás he sido periodista? Les ordené de una vez por todas la historia: el periodista es Gustavo y no yo. La revista de Peter Graham me hizo este encargo, me entregó el viático, pero no pensaron en darme la credencial de prensa que mis amigos consideraban tan crucial: no me costaría telefonear y pedirlo, por *courier* me llegaría dentro de un par de días, pero la experiencia ha demostrado que tal identidad no salva de nada en estas latitudes, si no, pregúntenselo a los periodistas españoles o italianos. O a cualquiera de los europeos y norteamericanos que han venido aquí a buscar refugio para sus malas conciencias.

Y si hubiese relatado a Luciano el diálogo completo con mi acosador anónimo, ¿lo habría herido? Las interrogantes caen sobre mi cabeza y chocan como lluvia de verano contra ella. ¿Encendido en qué alianza se encuentra? ¿Por cuál cristal atraviesan sus visiones? Menos preguntas, Camila. Céntrate en tus propios vaivenes confusos, que no tienes pocos.

Gustavo. El aeropuerto en Washington el día de la despedida. *Vuelve a mí.* Ésas fueron sus únicas palabras, un poco tímidas, en mi oído.

(Escena de la infancia: mi mamá sentada en el tocador peinándose frente al espejo acompañada de su hija de doce años. Ella se arregla para ir al aeropuerto a buscar a mi padre. Diálogo, sin intensidad, ella está concentrada en el cabello y en el espejo :

—¿Te da mucho gusto que tu mamá y tu papá se quieran tanto?

—Sí... —Indiferencia mía.

—¿Crees que sucede muy a menudo?

—Sí, es lo normal.

—¿De verdad piensas que es lo normal?

—Pues sí.

Desvía la atención de su propio reflejo y me mira con detención, pero no pierde la expresión risueña. Luego ríe abiertamente.

—¡Mi amor! Tan inocente que eres. —Y me tira un beso desde el piso de su tocador.

—¿Por qué? —Un poco confundida yo.

—Te asombraría cuán raro resulta encontrar parejas casadas que se amen al cabo de quince años de matrimonio. Ya verás cuando seas grande —vuelve los ojos al espejo, toma el cepillo con una mano y el secador de pelo con la otra. Antes de encenderlo y provocar con ello una absoluta sordera entre las dos, comenta con voz ligera—. Tu papá y yo somos una de las pocas excepciones.

Y el ruido del secador me hace perderla.

Lo debo haber guardado en algún rincón de la mente, sabiendo que la información existía pero sin darle importancia. Fue mucho más tarde, al convivir con parejas que ya habían sobrepasado algunos años, cuando esta escena cayó de golpe sobre mi conciencia y debí verificar su certitud. Así me enseñaba ella de la vida, nunca con mucha trascendencia ni detención. Todo lo que sé, pareciera haberlo aprendido al pasar.)

Terminamos de cenar temprano. Las conjeturas y análisis sobre el caso de Reina repletaron la comida y fui informada de que la campaña de denuncia se postergará un par de días; ante el temor de que le resulte dañina, esperarán hasta poder conversarlo con ella. Los periodistas ya están avisados, también algunos embajadores y trabajadores de ONG, todos esperan el ¡vamos! para armar un gran escándalo. Pero como resultaba inevitable, la vida diaria continuaba, y así, Luciano quería alcanzar a un grupo de jazz que tocaba en un boliche del centro y yo habría estado bien dispuesta a acompañarlo, si no fuese porque su conciencia le recomendaba volver a casa. Jim, con quien vivía, estaba enfermo.

—Es sólo el estómago. Pero alguien debe prepararle una tisana o un arroz blanco. ¿Ves? Estoy convertido en una verdadera *esposa* —comentó.

—Si de verdad lo fueras, lamentarías aún más perderte el jazz —acotó Ninoska—. ¿Qué mujer soporta a un marido enfermo? ¡Ni siquiera una santa!

(Gustavo tenía sólo un resfrío, pero en su cuerpo y ante sus ojos, la enfermedad trepaba como una hiedra fértil y desatada, se instalaba en la cima y se adjudicaba todas las estrellas ganadoras. El simple resfrío adquiría connotaciones poco menos que de cáncer sólo porque era suyo. ¿Por qué los hombres se dan esa tremenda importancia cuando están enfermos? En mi niñez, recuerdo la casa entera desbarajustada si papá tenía una dolencia; mamá corría con vasos de agua y remedios, todos guardábamos silencio: Tu papá se siente mal, frase sagrada. Cuando le sucedía a ella, nadie le prestaba la más mínima atención.)

Decido caminar un poco antes de guardarme en el hotel. Postergar unos momentos más la ineludible llamada a la Mistral, a la Gabriela chilena, a quien invito cada noche para cantar juntas su *Canción amarga*:

> *¡Ay! Juguemos, hijo mío,*
> *a la reina con el rey.*

Vaya donde vaya, mis pasos terminan en el Parque, sentada en uno de sus bancos. Si es sábado por la noche, me deleita la marimba que se instala en la pérgola acompañando generosamente con su música a mis sentidos siempre atentos. Pero hoy es viernes, dejaré la música para mañana.

¡Pienso en cuánta razón tenía Reina! No tengo cómo ocultar el lento enamoramiento que se gesta entre la ciudad y yo. Aquí está San Cristóbal de las Casas, con aquel rasgo inconfundible de lugar intacto que siempre caracteriza a los sitios abandonados por las autoridades de los poderes centrales, primero por los gobernadores guatemaltecos de la colonia, luego por los gobernantes de Ciudad de México, lejos de todos los cruces y de los caminos principales. Qué rara paradoja que los sitios mal atendidos tengan finalmente el encanto de haberse preservado, no hay más que mirar las calles empedradas y los rincones antiguos, que de otro modo habrían desaparecido ante las exigencias del progreso. ¡Qué contraste con la ciudad grande, con la Tuxtla vecina al borde del Sumidero! Cuánto me seduce el que San Cristóbal siga siendo una urbe de casas bajas y de muchos colores, con sus paredes de adobe y techos de tejas, con sus conventos e iglesias viejos, con sus casas palaciegas bien conservadas, con su cielo traslúcido y su sabor provinciano que ya se encuentra en pocos sitios del mundo. Pienso en la opción que han hecho Jean Jacques y Luciano al elegirla como lugar de vida, y por primera vez descubro la lenta envidia que me provocan.

Imposible sacar la cuenta de cuántos son los niños indígenas que interrumpen una y otra vez mis divagaciones, o son tres paquetes de chicles por un peso o un elote por cinco o una pulsera por diez. Se me acerca una pequeña, descalza y con el pelo enmarañado como todas, cargando un bebé en las espaldas, un petirrojo con su plumaje quebrado. Como si ya conociese la paciencia inconmensurable, se planta a mi lado a pesar de mi desinterés por comprar su exigua mercancía. Le regalo una de las mandarinas que llevo adentro del bolso y le pregunto cuántos años tiene.

—Seis.

—¿Y el bebé que llevas atrás?

—Tres meses. Es mi hermanita.

—¿Cómo se llama?

—Carmelita. Y yo me llamo María del Carmen.

(¿Cómo habrán nombrado al resto de las hermanas?)

—¿Y tu mamá?

—Está trabajando.

(¿A esta hora? Efectivamente, hace el aseo de un edificio público cada noche.)

—¿Y tú te encargas de tu hermana mientras ella trabaja?

—Sí.

¡A los seis años! Me dan escalofríos imaginar a un bebé de tres meses a cargo de una niña de seis años. (Mi niño, él siempre vuelve, busca una manera, la más indolora posible, para hacerse presente.) Ella ya trabaja, lleva dinero a casa y es responsable de otra criatura. El error natal.

Al desplazarse María del Carmen hacia otros extranjeros más dadivosos, fijo la mirada en la catedral, orgullosa protagonista de un buen pedazo del acontecer de este territorio. En su costado se encuentran las oficinas de la Diócesis, donde días atrás me esperaba el padre Íñiguez, uno de los sacerdotes que allí trabaja.

(—*Chiapas y su mundo indígena: pobre entre los pobres. Ni siquiera podríamos llamarlos ciudadanos marginados porque estaban fuera de la misma marginación. En Chiapas, hasta hace muy poco, existía una estructura casi feudal. Los coletos no se mezclaron nunca con los indígenas, lo que los llevó a autodenominarse auténticos coletos. Ellos orillaron a los indios hasta la montaña, apoderándose del valle, y los transformaron en sus siervos. Tuvieron el dominio total de San Cristóbal durante cuatro siglos, aun cuando a esta ciudad desde antiguo se la peleaban también los antropólogos y los aventureros. Los indios fueron sus dueños primigenios y la llamaron Jovel. Debieron soportar primero al conquistador, más tarde a los terratenientes, quienes los vieron como meros objetos para su enriquecimiento, bestias de carga, esclavos, trabajando en las fincas cafetaleras o algodoneras, en las minas y en los ingenios azucareros. San Cristóbal fue el centro de todo aquello, el eje de operación de estos auténticos coletos.*

Cuando le pregunté sobre la situación que había encontrado el obispo Ruiz cuando llegó a vivir aquí, no podía apartar los ojos de sus manos nudosas, hueso a hueso, la moderación del gesto en esos dedos largos.

—*Lo que don Samuel encontró en el estado de Chiapas hace más de treinta y cinco años no difería de la realidad brutal que su antecesor, fray Bartolomé de las Casas, debió confrontar hace cuatro siglos. Como si la modernidad hubiese excluido a este pedazo de tierra del privilegio de la civilización, la hubiese marcado con tinta indeleble, aislándola, marginándola, expoliándola.*

Y al averiguar cuál fue su objetivo, lo que hacía era escudriñar esos ojos azules, intentando descifrar la convivencia de la fatiga con esa tenaz esperanza que los escoltaba.

—*El objetivo de don Samuel fue a la vez humilde y grandioso. Lo pondré en sus propias palabras: «Avanzar hasta el surgimiento de una Iglesia autóctona que dé cuenta de su historia de salvación, capaz de expresarse en su misma cultura; de enriquecerse con sus valores, que acoja sus sufrimientos, sus luchas y aspiraciones y que con la fuerza del evangelio transforme y libere su cultura.» Un indígena le dijo un día: «Si la Iglesia no se hace tzeltal con los indios tzeltales, ch'ol con los indios ch'oles, tojolabal con los indios tojolabales... no entiendo cómo se puede llamar Iglesia católica.» Entonces, don Samuel aspiró a romper lo que él mismo llamó «la esquizofrenia religiosa que vive el indígena desde la guerra de la conquista».*

Y al inquirir por la acción de los catequistas, mi deseo era seguir escuchando su voz constante, la que me arrullaba lentamente como la promesa de una serenidad que emanaría del mismísimo cielo.

—*Recogieron la palabra que estaba en la comunidad, la sistematizaron y la volvieron a socializar. Sólo así podíamos intentar devolverles la dignidad a esos Cristos maltratados, como llamó a los indígenas fray Bartolomé de las Casas.)*

De vuelta en el hotel, al subir por la escalera exterior que lleva al tercer piso de mi habitación, me detuve en el rellano y contemplé la oscuridad con su irrevocable silencio, a prueba de gestores de infortunio y de naturalezas huidizas. Una tierra perdida en los confines del país mexicano, al sur, siempre al sur, como cada uno de nuestros países en este lado del universo, cada uno con la herida de su propio sur. ¿Qué revuelos sufriría el corazón del Padre de los Indios, el obispo Bartolomé de las Casas? ¿Qué vio, si sólo seis meses a la cabeza de esta iglesia le bastaron para consagrar el resto de su vida a narrar la destrucción de las Indias? ¿Se diferenciaría mucho la conducta de los encomenderos y funcionarios de entonces a la de sus actuales herederos?

Cuatro siglos y la misma realidad. ¿Es posible que el devenir se frene, se inmovilice, se empantane, se congele en un lugar específico que alguna vez alguien debió apuntar? Futuro transformado de antemano en una estatua de sal. Al cerrar la noche, lo único que me quedaba era una pequeña verdad: el tiempo se detuvo en Chiapas y Dios siguió de largo su camino.

SÁBADO

1

Desperté con la convicción de que Paulina Cansino se equivocaba al plantear cada nuevo día como la celebración del renacimiento. En su lengua, los indios ch'oles cuentan con un solo vocablo para tres conceptos: *k'in* significa a la vez *sol, día* y *fiesta*. Pues no, qué perdición estas palabras, que me lleve la inocencia si acierto a asimilarlas como tres sinónimos.

En el *lobby* del Casavieja me detuvieron para advertirme que mi reserva se vencía y yo no tenía aún dónde ir. Mi dinero se terminaba. A Gustavo no le agradó la idea de mi postergación de fechas, aunque por algún motivo recóndito me abstuve de contarle lo de Reina.

(—Dame una razón objetiva, Camila, que avale tu decisión.

—¿Objetiva? Pues ninguna, ¿por qué he de tener una razón *objetiva*?

—Pero entonces, ¿cómo lo justificas?

—Pero ¿por qué debo justificarlo? No me parece un pecado quedarme unos pocos días más. Falta bastante para que se cumpla el plazo con la revista.

Objetividad. Justificación. ¡Qué palabras, Señor! ¿En qué

momento de la historia los maridos se arrogaron la categoría de jueces frente al quehacer de sus esposas?)

Al salir del hotel reparé en la figura de un hombre que leía el diario en la vereda, reclinado contra el muro. Parecía tan absorto en la lectura que si me llamó la atención fue sólo por la sorpresa de que interrumpiera su ardua tarea para caminar tras mis pasos por la calle Adelina Flores. No me fijé en su aspecto, sólo en el hecho que relato. Más tarde habría de arrepentirme por mi distracción. Decidí asomarme por el hospital Regional y mi visita fue inútil: no me permitieron ver a Reina. Discutí agriamente con un auxiliar y ni siquiera conseguí información sobre cómo había pasado la noche. Tampoco pude avisarle de mi presencia a Jesús, su santo guardián.

En ese estado de cosas caminé lentamente hacia la plaza como cada mañana. Resolví no romper mis hábitos ya que ellos me embargaban de un determinado equilibrio, precario, pero equilibrio al fin, muy necesario para mí en momentos en que mi agenda se había cerrado y la falta de trabajo podía jugarme malas pasadas. Me instalé en el banco de cada día a leer el periódico *bajo el sol jaguar,* el obsesivo (a veces sospecho que en México el sol nunca se acuesta, que de alguna forma incomprensible no acepta su retirada; recuerdo haber traducido un texto de Octavio Paz, decía de la pintura de Tamayo que el elemento más distintivo de ella era el sol, visible o invisible, la noche misma no era para Tamayo sino sol carbonizado. Para Tamayo y para México, pienso yo). Realizaba este pequeño rito matinal con una persistente y loca ilusión: el volver a sentirme embarazada. La calidez sonora que envolvía mi cuerpo y el remanso que percibía mi sangre en su flujo me devolvían a aquellos nueve meses gloriosos y despertaba mi dedicación con un leve temblor. Cada mañana el Parque, cada mañana la vida acudiendo fértil y silvestre. Gracias al sol.

Aquel estado —sereno y demente a la vez— fue interrumpido por las voces de dos hombres, ambos de edad mediana, uno mestizo y el otro indio, que discutían a un par de metros de mí. Sus tonos se alzaban con un evidente dejo de molestia, pero no logré comprender bien el motivo de la discusión. Fijé la vista en ellos mientras me visitaban los ojos brillantes de Luciano el día en que, instalados en una mesa de *La Normandie* frente a unas deliciosas órdenes de tamales chiapanecos, unos de cambray y otros envueltos en hoja de plátano, y una botella de tequila, me contó historias del racismo en la región. (Reina, por cierto, se sentaba en medio de nosotros.) Si fray Bartolomé de las Casas debió defender frente a la Corona de España, hace cuatro siglos y medio, el que los indígenas poseyeran un alma y fuesen tratados como seres humanos, en nada ayudan las leyendas, sostenidas hasta el día de hoy, de indios y mestizos poniéndose en duda entre sí. Los mestizos sostienen que Jesús los había creado solamente a ellos, hasta que llegó el Padre pidiéndole que creara también a los indios. Jesús le respondió que el barro se había terminado. En ese momento pasó un burro que comenzó a hacer sus necesidades frente a ellos. Jesús, entonces, aprovechó su mierda y con ella moldeó al primer indio. La respuesta de los indígenas en su propio imaginario no se hace esperar: Jesús sólo los había creado a ellos, los que a poco andar pelearon y se dividieron, reduciendo el número de hombres necesarios para satisfacer a las mujeres, por lo que ellas se unieron con los perros y de ahí nacieron los mestizos, los hijos de perros.

Un acento distinto —uno que evocaba mares lejanos— se introdujo entre las voces airadas, despertándome del letargo de leyendas y sol.

—Mujer de pelo rojo, a ti te buscaba.

—¡Hablando del Rey de Roma! O pensando, más bien... Estaba recién recordando una de las historias que me contaste.

—Bueno, te he contado varias, material no te faltará.

—¿Se mejoró tu conviviente?

—Va mejor, y aproveché para hablar con él anoche sobre la posibilidad de que te instalaras en casa. El viejo sofá de mi taller es una buena cama para mí, puedes quedarte con mi habitación. No, no me interrumpas... Creo que te sentirías más cómoda allí que donde Ninoska, ninguna obligación de convivir ni de ser amable con nadie. Tenemos un solo baño, pero si anticipamos los horarios, no debiera ser un problema. *Ti pare?* Para Jim, la única condición es que el español sea el idioma obligatorio, nada de inglés, menos aún de italiano.

—Debo reconocer que eres un encanto.

—Siempre a sus órdenes, *signorina*.

—Pero me tomas por sorpresa... déjame pensarlo un poco.

—Veamos... ¿qué debes pensar?

—No sé si me gustaría irrumpir en vuestra cotidianidad, tú trabajas en la misma casa, después de todo.

—De día estarías en lo de Reina y de noche dormirías, como los seres normales entre los que no me cuento. ¿Dónde radicaría la *irrupción*?

—Sí, tienes razón... Es que hoy he amanecido confundida, sin espacio para ningún optimismo.

—Nos rodean suficientes sombras ya, no agregues otras. ¿Sabes qué haremos? Le pediré el coche a Jim y te llevaré a pasear, ya sabes, a esta hora me resulta difícil sumergirme en el trabajo.

—¿De verdad? ¿Y adónde me llevarías?

—Al Cañón del Sumidero, apuesto a que aún no lo conoces.

—No, no lo conozco. Pero... ¿y Reina?

—Si no están permitidas las visitas, ¿en qué podemos aportar? Las reuniones ya se hicieron, Jean Jacques está encargado de todo. Jesús avisará al restaurant cuando ya se la pueda llevar a casa. Paulina está atenta, Ninoska también. A propósito, ya hablamos con Dun y con Priscilla, ambas están de acuerdo en compartir contigo el cuidado de Reina.

Como Leslie, su pareja, visita estos días su país, Dun aseguró contar con *todo el tiempo del mundo,* todo el que no le quiten los perros. Priscilla, antropóloga mexicana, enseña en la universidad y sus horarios de este semestre le permitirán al menos una tarde y tres mañanas libres. Pensé que, a pesar de la disponibilidad, Dun tiene a sus perros y Priscilla sus clases, lo que apunta a que la única ociosa, a fin de cuentas, soy yo. La más vulnerable a los ánimos de la ciudad.

—Aquí nadie tiene hijos —balbucié de forma un poco incoherente.

—No caben —respondió Luciano con descuido—, los fanáticos no los necesitan.

El Cañón del Sumidero es una enorme extravagancia de la naturaleza. Por el camino a Tuxtla, antes de llegar a la ciudad, se encuentra el embarcadero y allí se aborda una lancha que arroja a sus pasajeros a través del río a una dimensión inusitada, antigua y primigenia gracias a los enormes acantilados y a las rocas de apariencia milenaria que vigilan cada orilla, centinelas insobornables. Con qué facilidad queda el mundo rezagado sobre la superficie de esas aguas, como si las gigantescas murallas naturales protegiesen eficazmente de él. Entre los elementos más básicos del cosmos, aquellos que no se enmarañan como el aire, el agua y el sol, distinguí cómo me asaltaba una benéfica sensación de frescura muy olvidada, una de aquellas tan escasas que agasajan con la convicción de estar exactamente en el lugar donde quieres estar, donde lo deseas y lo necesitas. Fertilidad sublime.

Experimenté un único sobresalto durante esas horas

gloriosas. Íbamos sentados en el siguiente orden: un pasajero de la lancha, yo y luego Luciano, compartiendo los tres
el mismo asiento largo. En un momento determinado, este
pasajero a mi lado se levantó en el empeño de mirar más de
cerca a unos monos que pendían de los árboles de la ribera,
y perdió el equilibrio, volcándome en su caída hacia el
cuerpo de Luciano. Éste me sujetó fuerte por los hombros y
extendió sus brazos a lo ancho de mi espalda. Luego de recibir las excusas formales y de asegurarme que mi vecino se
encontraba bien, hice un movimiento instintivo para zafar-
me del abrazo y él pareció no registrarlo. O más bien, lo ig-
noró, presionando con fuerza cuidadosa mi cuerpo contra
el suyo. Sentí de inmediato en la mejilla el suave contacto
de la gamuza, y en vez de retirarme —estoica— de aquella
suavidad me sumergí en ella. Pensé que mi voluntad no me
estaba cuidando. Distinguí a regañadientes el objeto de mi
temor: debía recortarlo y dejarlo señalado.

Camino de vuelta, agradecida a Luciano por arrancarme de la falta de nitidez de estos días, y volviendo a la realidad y a nuestra conversación de la mañana en el Parque, le
pregunté por lo que de alguna forma u otra acertaba a pro-
ducirme estremecimientos: el fanatismo.

—Se debe diferenciar de la palabra compromiso, aunque algunos tienden a sumarlas. En el vocabulario de los
idealistas acérrimos y de los mesiánicos, ésta es una palabra
sucia. Ellos piensan que compromiso es oportunismo, des-
honestidad, cobardía. Compromiso es sinónimo de vida,
pero su opuesto no es integrismo ni coraje, el opuesto a
compromiso es fanatismo y muerte.

—No lo había pensado así.

—Revisa la historia y verás la enorme diferencia entre
los comprometidos y los fanáticos. El fanático no tiene *self*,
no existe para él la vida privada, el cien por ciento de su
existencia tiene relación con lo público. Sólo se preocupa

de ti, para cambiarte, para redimirte, está más interesado en ti que en sí mismo. Si no te cambia, te mata.

—Se preocupa de morir por una causa, más que buscar una causa por la que vivir.

—Exacto. Piensa en un vegetariano: te come vivo si comes carne. En un pacifista: te pega un tiro si matas a un enemigo. —Esboza una sonrisa—. Usan las mismas armas que detestan porque su verdad nunca es relativa, su verdad es irreductible y siempre en desmedro de los comprometidos.

—Sí, es cierto.

—¡Y cuidado cuando un fanático resulta ser la víctima de un proceso o acontecimiento determinados! El dolor de los vencidos actúa como chantaje y, sin darnos cuenta, todos lo permitimos. —Frena bruscamente el auto ante un camión que se ha detenido en una curva, le grita algo al chofer con un tono airado, lo rebasa y luego continúa, sereno y concentrado, como si nada lo hubiese interrumpido—: No sé si te has fijado, pero, además, no piensan en el *después*. Y la vida, *cara mia*, no ha hecho más que comprobar que el *después* que ellos construyeron era tan gris como el *antes* contra el que lucharon.

—¿Piensas en alguno de los que te rodean?

—A veces diviso ese veneno en los ojos de Reina.

—¿Reina?

—Un fanático puede resultar muy atractivo para desarticularlo, ¿lo sabías? Pero dejémosla tranquila. Después de todo, ella se niega a vivir en la inmediatez, como lo hacemos, de una forma u otra, cada uno de nosotros. Algunos, claro, se salvan. El monje budista, por ejemplo; ¿y no es él un fanático? También el guerrillero. Sí, reconozcámosle aquello: al menos se salvan de la inmediatez.

—A propósito de progreso, o de modernidad, como lo prefieras, ¿no es todo este conflicto en Chiapas un poco nostálgico, un poco anticuado?

—No, al contrario, es perfectamente moderno. Así son los conflictos después de la caída del muro: pequeños, fratricidas, parroquiales. En la orfandad de lo global se rearman pequeñas utopías locales.

—¿Sabes, Luciano? No es sólo que Reina logra escaparle a la inmediatez. La gran diferencia entre ella y los demás es que a ella no se le cayeron los muros. Viniendo a Chiapas, lo que ha hecho es sujetarlos con sus propias manos.

—Lo que ha hecho es escaparle a una condición que teme: la de ser una huérfana.

—¿Huérfana de qué?

—Del Apocalipsis.

2

Debí decírselo a Luciano: lo único que tengo de revolucionario es mi nombre. Si nací a mediados de los sesenta de padres comprometidos, ¿de qué otro modo podían llamarme? Camila. Aún no se ponen de acuerdo sobre a quién quisieron homenajear, mi padre dice que a Cienfuegos, mi madre que a Camilo Torres. A este último lo mataron días antes de mi nacimiento, en aquel lejano 1966, por lo que tiendo a creerle más a mi madre. Y aparte de haber sido víctima en cuerpo propio de todas las teorías nuevas sobre la educación de los hijos y de haber respirado el fervor de cambio que en toda casa bien parida se debía respirar, no tengo más antecedentes radicales que ésos.

Cuando en mi país se derrocó al único gobierno socialista que había llegado al poder por vía electoral, mis años no eran más de siete. Mis dos hermanos menores —los mellizos— todavía usaban pañales. Mis padres aún se querían y, habiendo gozado de innumerables oportunidades para buscar rumbos más humanos, decidieron permanecer en Chile y luchar contra la dictadura. Por ello, el hogar en que me crié era bastante precario, los trabajos a los que ellos accedieron en esos años estaban muy por debajo de sus líneas de flotación, conocí la abundancia sólo al nivel de la discreción y del secreto, todo tácito y sutil pero presente igual. Cuando se llevaron detenida a mi madre, por ejemplo, no lo comenté con nadie en el colegio; no fue porque me lo advirtieran, intuitivamente ya sabía yo qué decir y qué no. Me acostumbré a quedar de noche al cuidado de desconocidos, no había dinero para contratar a alguien que lo hiciera, lo que me hizo crecer con una relativa confianza en el género humano, aunque ahora, de grande, no esté tan segura de mi amor por él. Crecí con un enorme repudio por la falta de libertad y desde siempre intuí que la democracia era el mejor de los destinos. Pero nada más. Mi madre fue siempre muy cuidadosa en sus verbalizaciones, no sé bien si se debió al respeto por nosotros como seres separados de ella o por darnos más seguridad en la clandestinidad, pero la única consigna en mi educación fue la solidaridad, ninguna otra. Cuando a veces escucho aquel lenguaje de antes, su vocabulario tan rimbombante y dogmático y totalizador, agradezco al cielo no haberme criado en él, no importa cuáles fueran las razones de fondo.

No estudié sociología como mi madre ni filosofía como mi padre, ambas carreras perfectamente inútiles a los ojos actuales, sino que decidí ser traductora. Seguramente al hacerlo soñaba con descifrar palabras de grandes poetas a mi propia lengua, pero ganarse la vida es complicado y aún cargo con fatídicos diccionarios técnicos y glosarios específicos de temáticas de áreas restringidas, traduciendo textos que no pregonan exactamente la naturaleza de los seres humanos ni regalan nuevas vidas a los que debemos conformarnos con ésta. Con ello quisiera explicar que tampoco profesionalmente me he dedicado al empeño de acabar con la miseria, como hizo mi madre con su trabajo.

Cuando por fin la libertad volvió a mi lejano país, aunque tantos la consideraron una libertad a medias, yo estaba en una edad hermosa: veinticuatro años. Pero no fueron tantos los que me retuvieron, ya que al finalizar el primer gobierno de la Concertación me fui a vivir a la capital misma del imperio. Lo único que ostento como currículum revolucionario es haber efectuado pequeños encargos para Dolores durante los años de represión, haber salido a la calle a manifestaciones un par de veces, para volver empapada y casi ahogada con esos gases inhumanos que lanzaba la policía, y haber agitado un poco en la universidad sobre cómo votar en el plebiscito que sacó a los militares del poder. Como pueden ver, lo mínimo que cualquier persona decente habría hecho durante esos años. Repito: lo mínimo.

Esto no significó ningún motivo de orgullo a la hora de conocer a Gustavo y a los suyos. Más bien, debo reconocer que a veces distorsiono mi propia historia y me apodero de un pedazo de la de mi madre para no sentir esa mirada de reprobación en los norteamericanos tan políticamente correctos pero que no sospechan lo que significa el temor de una bota militar sobre sus cabezas. El propio Gustavo, hijo de intelectuales chilenos exiliados en Estados Unidos, nunca volvió a su país de origen cuando pudo hacerlo; prefirió *luchar* desde los diferentes *lobbies* a los que tuvo acceso, y sí, es probable que ello resultara más eficaz para la causa. (Hasta el día de hoy escucho a mi suegro decir, cada vez que nos visita, que lo único peor al exilio es el retorno.) Debo agregar que, desde que tengo memoria, mi nacionalidad nunca fue neutra; nada ha logrado ese calificativo en mi país desde hace décadas, como si estuviésemos condenados. Mi tarjeta de presentación en el extranjero ha sido la tierra de la que provengo, y el discurso respectivo que sigue cuando la enuncio es como mi apellido, lo que me hace pensar en cómo un país que literalmente se ubica en el fin de la geografía ha logrado durante décadas conservar los ojos del mundo sobre él. De pequeña pensaba que Chile era chico y lejano, pero al crecer verifiqué que ningún país de Europa era más grande, tampoco Japón, y que además ha dejado de ser lejano ahora que el Pacífico se convierte en el eje de la economía mundial. Pero dejémoslo, los chilenos lo siguen creyendo. Ahora, si yo proviniese de cualquiera de los países cercanos a nuestras fronteras, miraría hacia esa nación de los confines con cierto resentimiento, preguntándome qué gracia se encierra detrás de esas montañas tan altas. Será por lo inusual de que un lugar así de enclaustrado se haya dado el lujo de tomar opciones políticas originales, hasta excéntricas, aunque haya acabado pagándolo. Dolores dice que esa gracia está a punto de terminarse para siempre. Pero si me guío por los informes desencantados y hasta rencorosos de mi madre, mejor me cambio de nacionalidad.

A veces dudo si mi falta de compromiso se deba a una rebelión contra ella, a un escepticismo profundo e inalterable que me acompaña siempre o a la simple cobardía de la comodidad. Quizás a las tres cosas. El muro de Berlín cayó también sobre mis veintitrés años de entonces, convenciéndome de la inutilidad de hacer otras pruebas, del espanto escondido donde creí que residía la justicia. Caminé muy desvalida por mi primera juventud, sólo para comprobar que el hambre es siempre la misma y que el veneno final, absoluto y total, proviene del poder. La caída del muro nos afectó a todos, creyentes y no creyentes. A los primeros los llevó por caminos muy distintos: unos pocos se volvieron empecinados y se encerraron en sus propias verdades; otros escogieron la patente de corso del pragmatismo y se sintieron con licencia para prosperar en proyectos personales. Pero ese fin de época también transformó a los que no creíamos, pues a los que vivimos cerca de los creyentes nos siguen persiguiendo ciertas nostalgias exentas de toda racionalidad. Un ejemplo: la primera vez que mi padre visitó los países comunistas le trajo de regalo a mi madre una cajita de música con las notas de *La Internacional*. La recuerdo bien, roja y lacada, jugué tantas veces con ella, mis ojos inundados de la nieve de aquel paisaje siberiano. Muchos años después, acompañando a Gustavo a cubrir una manifestación en la ciudad de San Salvador, escuché los compases de *La Internacional*. Embrujada, seguí los pasos de la marcha: estaba con ellos de todo corazón, ausente cualquier sensatez, mi carne de gallina acompasando sus sentires, al precio que fuera.

Los muros caídos también se introdujeron en mi hogar. Poco a poco los caminos que recorrían mis padres se fueron haciendo opuestos y acabaron por desvanecer también sus afectos: uno se instaló en el reino del desencanto, la otra en el del empecinamiento, de tal modo que sus visiones los llevaron a un creciente antagonismo. Al acercarme alternativamente a ambos comencé a descubrir un fenómeno profundo que más tarde pude confirmar también en el comportamiento de aquellos cercanos que pertenecían al mundo de la izquierda: el fin de los modelos comunistas desajustó de un modo radical e irreversible su percepción de las cosas y el sentido de sus propias vidas. Unos pocos optaron por seguir afirmándose en sus ideales revolucionarios, aunque ya sin ninguna esperanza de que ello pudiese traducirse en cambios efectivos de la realidad, lo que antes sentían como inminente y que les daba el sentido de vivir. Siguieron cultivando la disciplina aunque cada vez con menos mística, y redujeron sus visiones políticas a una crítica implacable de los nuevos fenómenos globales frente a los cuales ya no articulaban propuestas de futuro. Mantenían una vocación, pero ésta ahora carecía patéticamente de sustancia. Eso los convertía en seres cada día más huraños y desadaptados, como si los izquierdistas revolucionarios hubiesen estado preparados para una vida corta y heroica, y ahora la historia los condenase a vivir sin esperanzas un largo invierno en un territorio para siempre ajeno y hostil.

Mientras tanto, mi padre engrosaba las filas de esa otra izquierda profesional y pragmática, concentrada en la gestión inmediata de las cosas, *despreocupada de la posteridad y desembarazada del futuro*, la que había dejado totalmente atrás su antiguo sentido del heroísmo y del sacrificio, y que para mitigar sus propios traumas trataba de presentarse como fuerte, realista y tolerante con el eterno argumento de salvar lo que más se pudiera de los restos náufragos y tratando de impregnar de humanidad a un mundo que también asumían como egoísta y ajeno.

Mi madre se obstinó en conservar la pureza de su compromiso y mi padre acomodó sus visiones y sus principios tratando de mantener la eficacia de su quehacer. El cortocircuito que llegó a producirse entre ambos fue insalvable, el diálogo y la amistad que les había dado calidez dejó de ser posible. El derrumbe político enfrió sus existencias para siempre.

No necesito especificar cuál de ellos llegó al poder.

(Tampoco, supongo, la infinita desconfianza que me producen, que me perdone mi padre, aquellos que lo ejercen.)

Sin embargo, cuando me enfrento a mi madre, digo: su vida fue mejor que la mía. Y no me gusta sentirlo. Como tampoco me hace feliz esta vaga sensación de culpa que me invade frente a Reina, a Jean Jacques o a Luciano, y más profunda aún, frente a las personas que trabajan en la Diócesis de San Cristóbal, todos aquellos con quienes he conversado estos días, los que anónimamente se entregan a la causa de los indígenas, alfabetizando, catequizando, dignificándolos. Debo reconocer que sus vidas sí hacen una diferencia en este mundo, mientras la mía ha avanzado letárgica, a veces placentera, casi siempre insípida. Quizás, para no mentir, mi verdadero temor es encontrarme en mi lecho de muerte, obligada a resumir el sentido que tuvo mi existencia, y no encontrarlo. ¡Vaya el miedo que debe resultar de aquello!

Y aquí voy, encaminando mis pasos hacia mis nuevos amigos, los que en su desabrigo ideológico y vivencial encontraron en el sureste mexicano un nuevo espacio en la tierra donde las utopías resucitaron, pequeñas, fragmentadas, con fronteras muy delimitadas, pero utopías al fin.

3

En la mitología ch'ol las estrellas son aquellos niños inocentes que murieron junto a sus padres, los Chuntie Winik,
condenados por el creador máximo Ch'ujtiat.

Cuando éste creó a los hombres y los puso sobre la tierra, los hombres fueron ingratos con él y se dedicaron a vivir sin honrarlo y sin trabajar. Ch'ujtiat se enojó mucho y
mandó un enorme diluvio para que todos perecieran aho-
gados. Pero algunos lograron salvarse subiéndose a los árboles, protegiéndose arriba, sobre sus puntas. Éstos fueron
los Chuntie Winik. El creador bajó después de un tiempo a
la tierra y los encontró vivos. Volvió a enojarse mucho porque le habían desobedecido y los convirtió en monos. Éstos
huyeron otra vez a los árboles, donde viven hasta hoy. Pero
sus hijos murieron y ellos no habían ofendido a Ch'ujtiat,
eran pequeños y no tenían culpa. Entonces, conmovido, el
creador los envió al infinito, para que vivieran como estrellas en el cielo.

Pensé que también yo debía buscar a mi niño en las estrellas.

4

—No te alarmes, Camila, pero tengo la impresión de que un coche te sigue.

Miré instintivamente hacia atrás y vi a un auto blanco estacionándose frente a la iglesia de Santo Domingo, sobre la vereda de la casa de Luciano. Distinguí a tres hombres en su interior. No pude ver su patente.

—Creo que me estás dando una importancia inmerecida —le dije a Luciano, convencida de que a nadie puede interesarle seguirme. Pagué al taxi que me ha ayudado a transportar la maleta y lo despaché, mientras Luciano continuaba su inspección desde la puerta de su casa, donde ha salido a recibirme.

—¿De dónde vienes?

—De casa de Reina.

—Nadie más ha estado allí desde el accidente, ¿no es así?

—Eso supongo.

—Ha de ser la casa de Reina el problema... ¿Fuiste a alimentar a los gatos?

—Sí. Me he prendado un poco de ellos.

Luciano volvió otra vez la vista hacia el auto blanco sin ocultar su preocupación.

—Cuando me avisaste que llegarías en el taxi, salí a esperarte. Venían tras de ti, Camila, no te desentiendas, pude verlos.

—¿No nos estaremos volviendo todos un poco paranoicos? Ya, déjame entrar.

Luciano vive en una casa pequeñita, su puerta es negra y todo el adobe que la circunda está pintado de verde. Al guiarme hacia su habitación, aproveché para mirar el interior. Los muros, un rojo apagado; su estructura, la típica de estos alrededores: un patio interior inundado de plantas, un corredor con un fresco piso de mosaicos coloridos donde desembocan tres puertas de madera —los dos dormitorios y el baño—, las vigas del techo a la vista como las grandes casas coloniales pero en miniatura y una sala amplia y extremadamente iluminada. Al constatar que es ése el taller de Luciano pregunté dónde se instala Jim cuando sale de su habitación.

—Prácticamente no sale, por eso tiene la pieza más grande, con la televisión y los muebles que solían ser de la sala. Cuando vienen visitas los recibe allí. Por mi parte no tengo problemas, no recibo a nadie. —Ante mi expresión de incredulidad, agregó—: Ah, y está la cocina... *non e così piccola*. Comemos y convivimos en ella.

Efectivamente, la cocina era cuadrada y espaciosa y llenaba todas las fantasías de lo que podría llamarse una cocina mexicana; estantes azul rey en tres de sus muros mostraban grandes cucharas de palo, platos de talavera azulinos y blancos, fuentes pintadas de verde y jarros de vidrio rojo con copas de diversos tamaños. Resultaba fácil asimilar los azulejos castaños del suelo, con dibujos en líneas café y amarillas, a su dueño y su colorido; parecían tan frescos y acogedores, ¡cuántas ganas de tenderse sobre ellos y reposar!

Al contrario que en la cocina, el desorden en la sala lucía descomunal, libros y papeles por doquier sumados a los anaqueles ya rebasados, algunas esculturas de corte prehispánico en el suelo, un par de vasos sucios bajo la mesa, una frazada tirada con descuido sobre el sillón, desparramados lienzos y frascos de pintura, jarros con agua, sobres de discos compactos, como si ningún objeto contase con un lugar propio. Ansié vivir unos días en aquel desarreglo atiborrado, se me antojó nostálgico (la niñez, la casa paterna donde la estética no era programada; ésta se producía espontáneamente a través de los rastros materiales que iba dejando la vida, a través de las maderas siempre acogedoras de muebles impares frente a las fétidas estufas de parafina, a través de los visillos de macramé descompaginados con chales y tejidos de parches arriba de los sillones, a través de las alfombras multicolores de lana barata confundidas entre montañas de periódicos, documentos, recortes, carpetas. No recuerdo ninguna línea de aluminio helado. Hacia ello quisiera a veces retornar. Pero Gustavo posee opiniones sobre tantos temas que las mías no caben, las suyas siempre tan certeras y fundadas —como las que profesa sobre el diseño y la arquitectura— que me pareció desde el inicio más cómodo, más fácil y llevadero adaptarse a ellas antes que emprender una batalla perdida de antemano. Por esa razón he vivido los últimos seis años de mi vida en la dictadura del minimalismo, comprendiendo que en él no cabe ninguna improvisación).

La habitación que Luciano me ha cedido es monacal. Bajo el techo muy alto sólo divisé una cama de dos plazas, y la pequeña mesa con su respectiva silla semejaban despojos de una sala de escuela pública; sus muros naranja, un tono más bajo que el eléctrico, mostraban imprecisos círculos más claros o más oscuros, como si una esponja se hubiese dislocado en redondo produciendo esa rara textura. El único adorno que divisé fue un tucán de madera colgado de una viga del techo. ¿Sería el amarillo rotundo de su cuello y su plumaje rojo y negro la única compañía nocturna del pintor? Abandoné mi enorme mochila sobre la cubierta artesanal, supuestamente comprada aquí al frente, en el mercado que se instala sobre el atrio de la iglesia. La supongo guatemalteca, pero recuerdo que las fronteras entre Guatemala y Chiapas son tan difusas, no en vano fueron el mismo país hasta las dos primeras décadas del siglo diecinueve.

—Vamos, te haré un buen café —me invitó Luciano cuando constató que ya había organizado mi nueva habitación.

Me senté sobre el bejuco de una silla pintada de amarillo frente a la única mesa en la cocina. Mientras Luciano vertía el agua a la cafetera, le pregunté si deseaba que le leyese una carta que Dolores me había enviado unos días atrás.

—Puedes leerme todo lo que quieras, incluso las páginas más íntimas de tu diario de vida...

Le sonreí y comencé.

Camila, mi niña querida:

Cuánto quisiera acompañarte estos días en el sur de México. He meditado sobre tus preguntas y gracias a tu viaje he vuelto a analizar todo lo que allá acontece.

Con respecto a Marcos, «el Sub»: es un tema que me ha hecho pensar y he querido entender, sobre todo para entenderme, Camila. Porque yo creo que el problema de Marcos no es Marcos, sino nosotros, la izquierda revolucionaria de nuestro continente. Porque él representa muchas cosas que nos tocan, que nos emocionan o nos agreden.

Yo siento que para la gente de mi generación es un fenómeno inquietante porque nos remece, es anacrónico (estoy tratando de pensar en voz alta) y nos quita el piso. Es que Marcos llegó tarde, y por eso —no porque haya llegado para existir— lo percibimos como un carajo. Por eso. A nivel personal, íntimo, inconfesable. El Sub apareció cuando ya se estaba mitigando el dolor, la decepción, el duelo y todo lo demás. Apareció cuando ya teníamos más o menos rayada la cancha de nuestra derrota. Cuando habíamos aceptado —a regañadientes, pero aceptado— que la lucha armada había fracasado en América Latina. Y con este sufrido convencimiento habíamos apagado la luz. ¿Te das cuenta? En ese preciso momento, ¡zas!, que aparece el maldito y nos echa su mexicano pelo en la sopa.

El hombre del pasamontañas se presenta cuando habíamos llegado a la convicción de que la lucha y los costos que esa lucha tuvo, o no habían servido para nada, o vamos, nos había servido como personas —anoréxico consuelo— y esa idea había terminado por instalarse entre los chicos de entonces con una connotación épico-ético-melancólica. Él aparece con su pipa para decirnos que no supimos esperar porque la revolución era posible... de otros modos, en otros lugares o con otra gente. Pero que era posible.

Independiente de estas consideraciones muy personales, quiero decirte que todo lo que ha pasado en Chiapas me emociona porque no me cabe duda que el levantamiento de los indígenas y su lucha es justa y hermosa. Y creo que gran parte de esto se debe a Marcos. Pero, para mí, también ahí está el enigma; porque éste es nuestro problema, Camila, y nuestro gran fracaso. Es terrible pensar que hoy sólo los personajes mesiánicos, iluminados, son capaces de desatar los cambios que nuestra Latinoamérica necesita.

¿Crees que la vida me ha puesto fatal?

Ahora cuéntame cómo lo ves tú, desde esa generación tuya tan indiferente y fría ante todo lo que nos conmueve a nosotros.

Cuídate, hija mía, y abrázame mucho a Reina.

Cuando terminé de leer, encontré los ojos de Luciano fijos en mí mientras jugaba con la pequeña cuchara del café. Su atención a mi lectura me conmovió y pensé que podría contar con los dedos de una mano a las personas en este mundo con quienes podía compartir una simple carta, los que de verdad me escucharían.

—No toda nuestra generación es así... discrepo en eso

con tu madre: aquélla es una frase *cliché*. En todo caso, ése no es el punto. ¿Quieres que te dé una opinión política o afectiva?

—Creo que no alcanzarás a darme ninguna, se me hizo tarde... —respondí, mirando la hora en mi reloj de pulsera—. Pero me interesa más una opinión afectiva.

—¿Has pensado que el mundo tendría otra fisonomía si ambas opiniones fueran una misma?

Lo miré un poco sorprendida y el instinto me hizo alargar mi mano a través de la mesa de la cocina y alcanzar la suya. Se la cogí. Por vez primera palpé detenidamente el calor de esa mano. Repito: no fui yo quien lo hizo sino mi instinto. Algo se encendió en mi cuerpo, remitiéndome a la más vil de las etapas de la adolescencia (la sola idea de rememorar sensaciones de ese momento de la vida —la peor— me producía un feroz rechazo). La retiré de inmediato, y no supe si fue verdad o no, pero percibí una cierta burla en sus ojos. A la vez, yo tenía la necesidad de terminar un movimiento interior que aún no estaba listo.

—Dejémoslo para mañana —corté—, cuando ya seamos oficialmente convivientes.

—¿Mañana?

—Sí. Mañana me tendrás aquí. Ya avisé en el hotel, están muy aliviados con mi partida —mi forma de hablar contenía un dejo de nerviosismo, de pulsiones aceleradas—. Hoy me dispongo a pasar la última noche en mi súper *master suite*, donde cerraré mi etapa de investigadora-enviada-de-una-importante-revista-para-cubrir-la-problemática-de-Chiapas.

—*Va bene*. No llegues muy temprano, para que no me despiertes.

Salimos de nuevo a la calle para comprobar que el auto blanco había desaparecido. Luciano respiró aliviado, admitiendo que podía tratarse de una equivocación.

—¿Quieres que te acompañe al hotel? Lo digo por lo del auto...

—No te preocupes, no voy hacia allá. En El Puente, en la sesión de las ocho, pasan un documental sobre la matanza de Acteal. Me interesa verlo. Creo que comeré algo en la cafetería antes de guardarme.

Me desordenó un poco el pelo con su mano derecha —¿una caricia?— y me dejó partir.

5

El Puente, situado en una enorme y acogedora casona azul en la calle Real de Guadalupe, es un centro cultural con mucho movimiento y diversas actividades, donde exhiben películas todas las tardes, tres sesiones por día, en una pequeñísima sala al fondo de todos los pasillos. Me encanta la idea de que por quince pesos puedas abordar desde James Bond hasta el EZLN. Debe ser uno de los pocos lugares que no cierra antes de las diez de la noche y la cafetería también atiende hasta esa hora. De tanto visitarlo he terminado haciéndome de amigos y accediendo a material fílmico sobre Chiapas que en ningún otro lugar encontraría.

Camino desde el pintoresco barrio de Santo Domingo, un mundo en sí mismo, vivo, brillante, tan vacío a esta hora en que se han retirado cada uno de los vendedores del mercado de artesanías, como si todos los colores del mundo se hubiesen ido a descansar, dejando tras ellos un cierto halo de pertenencia, una inconfundible marca de territorialidad. Atravesando una calle, pienso que en la juventud se pelea tanto por vencer a los pecados capitales, sin prever que en la adultez no serán las virtudes las que los neutralizarán sino los mismos pecados. Por ejemplo, a la larga la gula vence a la vanidad y la pereza a la lujuria. Así, mi esperanza recae en mi propia pereza, acentuada y robusta, ante la aventura que estoy a punto de acometer aceptando la invitación de Luciano. Sin embargo, una parte mía, quizás la que es hija de Dolores, me advierte: ¡Cuidado con la virtud! Puede resultar tantas veces inútil.

La realidad tiene labios que besan a muerte.
Salgo del cine abatida, ensombrecida toda.

Acteal es una población indígena tzotzil perteneciente a la región de Los Altos de Chiapas. Después de vivir amenazas de muerte y la destrucción de varias viviendas por parte de un grupo de paramilitares, a finales de 1997, más de trescientas personas se refugiaron allí. Eran miembros de la llamada Sociedad Civil Las Abejas de Chenalhó, un grupo pacífico que buscaba una solución negociada y política a la guerra. Abandonaron sus milpas, sus cafetales y sus casas, con la esperanza de sobrevivir a las amenazas de aquellos paramilitares que los sentenciaron a muerte en el afán de buscar en cualquier parte bases zapatistas. El 22 de diciembre se llevó a cabo en Acteal una masacre que terminó con la vida de cuarenta y cinco personas, en su mayoría mujeres y niños y hombres desarmados que oraban en una capilla mientras hacían un ayuno.

En mi maldita costumbre adquirida de los norteamericanos traté de mirar el otro lado de las cosas, recordar que los daños en esta zona vienen de muy atrás, que existían conflictos estructurales previos a Acteal, y que ahora adquieren mayores dimensiones porque la impunidad es también mayor, pero que no debía olvidar a los muchos desplazados víctimas de los territorios que controlan los zapatistas, en fin, que esta *guerra* no era en blanco y negro, como nada lo es y lo ha sido. Pero muy pronto sentí que aquello era un ejercicio inútil y me hice dueña de mi propia indignación.

Me persigue la imagen de una mujer en el documental, una desplazada que se bañaba en el momento en que llegaron los paramilitares, y que debió arrancar por su vida en el estado en que se hallaba. Hoy la he visto desnuda de la cintura hacia arriba, un niño le mordisqueaba el seno derecho, el niño no parecía buscar leche sino juego. Los ojos aturdidos de los indígenas fijos en ella. Su abatida desnudez como el testimonio más elocuente.

Mientras camino de vuelta al hotel pienso en la ignominia.

Según la creencia maya, en el intento de los dioses por crear al hombre hicieron al primero de barro y éste no pudo hablar. Al segundo le hicieron de madera y éste no pudo sentir. El tercero fue creado del maíz y él sí gozó de todas las aptitudes. Pienso que los hombres que dispararon en Acteal fueron estos hombres de madera que por su insensibilidad no alcanzaron la categoría humana. Sólo así puedo explicarme tanta ignominia.

Sumida en mis propias reflexiones, caminé lenta y pausadamente por la calle Adelina Flores para llegar al hotel Casavieja, sin levantar la vista hasta alcanzar su puerta. Las calles en San Cristóbal siempre están vacías de noche, como si la ciudad se escondiese de sí misma, guardando a sus habitantes de cualquier bien o mal, pero guardándolos férreamente. La soledad, por tanto, era absoluta cuando alcé la mirada y a diez metros de la puerta principal vi el auto blanco con sus tres moradores al interior.

Consternada, entré de inmediato al hotel y me abalancé contra el mesón del *lobby* buscando una cara amiga, pero, ante mi estupefacción, vi que el portero de turno dormía. Decidí subir sin perder tiempo. Cruzando el primer patio hacia la escalera que lleva a mi habitación, contra el muro veo el jaguar ocre y negro de cerámica, el mismo de todos los días, que abre sus fauces amenazadoras. Es de tamaño natural y sus ojos miran directo hacia mí mientras la cola pareciera estremecerse entre las piernas a la espera de su presa. Apuré el paso. En el hotel existen dos patios: el primero está rodeado por el *lobby*, los comedores y las oficinas; el segurdo, donde desembocan sólo habitaciones, cuenta con un gran portón de dos hojas de madera que da a la calle y por el que no circula nadie. A veces, al pasar, lo he notado abierto. Ahora calculé que si alguien quisiese entrar sin ser visto puede hacerlo a través de él, subir al tercer piso —el mío— y por una única puerta frente a la habitación 49 pasar a la azotea. Yo misma he tomado el sol y he contemplado la noche desde allí y tengo la seguridad de que puedes quedarte cuanto quieras sin ser visto. Mi mente verificó que el lugar en que estaba estacionado el auto blanco era exactamente el frontis del portón del segundo patio.

Entré a mi dormitorio, prendí todas las luces y lo revisé como si fuese una detective fuera de control. Todo estaba en su lugar, como cuando volví del Cañón del Sumidero; a simple vista nadie había entrado. El silencio era aterrador. Temerosa de quedarme sola en la habitación, salí al rellano de la escalera, lugar favorito donde suelen venir a acompañarme los pensamientos. La paz, pletórica, lo colmaba todo, pero hoy me parecía ficticia. Definitivamente el mundo se había apagado. Hacia los cuatro puntos cardinales se extendía la noche. Los tejados, negros a esta hora, tapaban, escondían, cerraban, deteniendo la posibilidad de vislumbrar alguna corriente expansiva. Todo San Cristóbal vivía la noche callada, cada uno en soledad, por su cuenta y riesgo, quizás qué miedos se sudaban bajo esas tejas.

Ningún sonido en la ciudad. Y yo, que siempre detesté el ruido. Yo, que he mirado con desdén a aquel o aquella que alzara su voz en un lugar público. Yo, que he condenado activamente la estridencia acústica. Yo, que he buscado la ausencia del sonido en cada lugar en el que he vivido. Yo, que si un ángel malo me impusiera una condena para la humanidad elegiría la mudez. Yo, que he sido rotundamente feliz en este lugar por esa razón —su silencio discreto—, ansiaba ahora el ruido, no importaba si era agudo, si era chirriante, si era brusco o destemplado, si era discordante, agrio o estruendoso, el que fuese, con tal de que interrumpiera el miedo.

Abandoné el rellano de la escalera al comprobar cuánto me inquietaba y volví a la habitación. Di vueltas en redondo, preocupada de no perder la compostura ni siquiera ante mí misma. Las formas y la dignidad se pierden con la misma velocidad en un abrir y cerrar de ojos; terminas de parpadear y han desaparecido, se han ido tomadas de la mano, riéndose o burlándose a tus espaldas. Aún con esa convicción apretada al pecho, tomé el teléfono y mis demonios personales marcaron un número por mí. Hasta que por fin escuché una voz amiga.

—¿Luciano? ¿Eres tú? ¡Por favor, ven! ¡Ven, que tengo miedo!

—Se han ido.

—Quizás alguno de ellos entró, como lo hiciste tú, si el portero duerme...

—Es cierto, deslizarse por la puerta de entrada es de primerizos... pero de ser así, me habrían visto subir a tu habitación. Vamos, Camila, salgamos de aquí.

—No, no quiero moverme... nos pescarían en el camino a tu casa. Y las calles están completamente vacías.

—¿Sugieres pasar la noche en el hotel?

—Sí.

—¿Conmigo?

—¡No pensarás dejarme sola!

—*Va bene, va bene*... ¿Quieres que conversemos, que repasemos la situación y veamos *qué* está sucediendo? ¿Que analicemos por qué tú y no nosotros? ¿Que recorramos desde el primer llamado anónimo hacia adelante?

—No, no quiero hablar.

—¿Tienes algo de beber en ese refrigerador?

—Sí, encima hay tequila. Anda, yo te lo sirvo. Pero apaguemos todas las luces, como si no estuviésemos aquí.

—¿Qué ganamos con eso?

—Por si no te han visto. Que crean que ya me dormí, que dejé de existir. Que se acabó la persecución por hoy.

—Supongo que no te puedo pedir mucha racionalidad en este momento.

—Efectivamente, no me la pidas.

—¿Quieres que llamemos a Jean Jacques?

—No. ¿Para qué?

—Es el patriarca, el hombre grande...

—No bromees.

—Tu habitación será muy amplia y bonita, pero este sillón es una piedra.

—Sí, nunca lo uso. Tiéndete en la cama. Yo me quedaré aquí en la mesa.

—¿Toda la noche en esa silla tan tiesa?

—Toda la noche.

—Camila, relájate.

—Mañana iré a la agencia, partiré a Washington lo antes posible.

—¿Te das por vencida tan pronto? ¿Por un pinche auto que te sigue para amedrentarte?

—A Reina intentaron matarla.

—Tú no eres Reina.

—Soy peor que Reina, ya lo sé.

—No estoy comparando.

—Su vida está llena de sentido, ¿verdad?

—Camila...

—Ella es la valiente revolucionaria, ¿cierto? Y yo... ¿Sabes, Luciano, qué veo? Que su sola existencia parece un reproche a la mía...

—¿Qué pretendes?

—Nada, nada. Estoy exhausta. Creo que beberé también de ese tequila. Hay mandarinas, además. ¿Tienes hambre?

—La noche será larga, más tarde.

—¿Por qué no duermes? Sabiendo que estás aquí, no me importa que te duermas.

—No tengo sueño. Y tu cama es enorme, podremos dormir los dos sin problemas.

—¿Adentro de la cama?

—Pero ¡qué cara! No te estoy haciendo proposiciones deshonestas. Aunque pensándolo bien, no sería mala idea... al menos aflojarías un poco la tensión.

—No te rías...

—*Bella, bella*, es lo mejor que podríamos hacer. Ven, ven a mi lado.

Cuarto 49, hotel Casavieja, silencio exánime y oscuridad, y yo huyendo, desplazándome de un lugar a otro con el vaso de tequila temblando en mi mano, imaginándome mortalmente pálida, confusa frente al próximo paso, ebrio mi mundo entero. Que Luciano no se ha movido del sofá de piedra al fondo de la habitación, que la cama se me vuelve obscena, que la luna tonta baila en el cielo, que no sé cómo moverme ni cómo detenerme, que luminoso y fiero su rostro alumbrado por las lejanas luces de la ciudad, que observa como si estuviese calibrando las tolvaneras en mi cabeza; si distintos monstruos plagan, inevitables, nuestros sentidos, habrá entre ellos buenos y malos, ¿verdad? Entonces acudí al más benévolo.

En una suerte de afirmación personal, caminé hacia el fondo de la habitación y me acerqué al sofá, largo, duro, una piedra, sí, pero con el cuerpo de Luciano sobre él, acércate, me dijo, cambiando el tono de voz con el cual me había hablado, obedecí, tomé un largo trago de mi vaso, quemante el tequila, como si me cortara a tajo de cuchillo. ¿Conoces al ángel de Wim Wenders?, me preguntó. No, le respondí. Entonces me dijo: dejó de ser ángel porque sólo el asombro de un hombre y una mujer lo convirtió en ser humano. Tocó mi pelo, una promesa de calor inicial como si al final de las últimas horas de este día se gestara lentamente el fuego, el fuego como una flor roja, desde las entrañas de nosotros mismos. Tocó mi cara, su contacto me llegó como un golpe de sangre y sentí que el mundo era más unísono y simultáneo para todos. Cuando estaba a punto de aparecer en mí una vena fea y oscura, la vena de la culpa, Luciano la apartó con su instinto, la disolvió con su mano, la arrojó fuera con su boca.

En el momento previo al amor todos aman. Ésa es la única ley segura.

Cuando me tomó para conducirme a la cama volaron de súbito muchas imágenes incrustadas en mi cabeza, como una bandada de pájaros dispersadas abruptamente por un disparo, y cubriendo cualquier espejismo o alucinación se agolparon las más íntimas. Me cegaron esas imágenes, las de mi carne adocenada, las de todas mis esterilidades y penas, y en el centro, como la emperatriz de todas ellas, la imagen de Reina. Escuché su voz diciéndome: las gatas poseen un celo territorial primigenio, básico, el mismo que llevamos nosotras adentro pero que no reconocemos. ¿Cómo quieres que compita contigo, Camila, desde un lecho agónico? Me petrificaron las heridas de su cuerpo, los pliegues de la cubierta de su cama, su vientre quizás repleto cuando caminaba confiada hacia mí esa tarde a nuestra cita de las ocho, su pelo muy negro esparcido por la vereda como una vencida alga marina al fondo del mar, la plata de su arete brillando en el pavimento como la estrella de la última hora, la huella de la sangre seca.

Me zafé de su abrazo.

DOMINGO

1

Me desperté temprano la intensidad de la luz, había olvidado cerrar las cortinas la noche anterior. Tardó mi compren-
sión en darle orillas nítidas a los acontecimientos al encontrarme sola en mi habitación, enteramente vestida sobre mi
cama, cubierta con una de las cobijas que se guardan en el
closet, casto lecho, impoluto como una carta sellada. Una
breve nota en mi mesa de trabajo: «*Ti aspetto da me. L.*»

La ducha fue la más larga que me diera en San Cristóbal, exigiéndole al agua y al vapor chorros de energía, re-
novación y calor. Ya al vestirme percibí una extraña fortaleza adueñándose de mí, una sombra de buen humor que
ningún auto blanco iba a arrancarme. Conté y eran diecisiete mis días mexicanos: cada uno se montaba sobre el siguiente, arrojando pequeñas inyecciones de vida; con lentitud, cada uno de ellos, con lentitud pero con eficacia,
lograban en su acumulación dejar atrás a esa mujer rota de
la cama letárgica. Agradecí haber llevado ayer la mochila a
casa de Luciano y poder abandonar el hotel solamente con
mi bolso de cuero, el de siempre, donde con buena voluntad cabían los artículos mínimos de tocador y el pijama que
había apartado, pensando, por cierto, que lo usaría du-

rante la noche. Me despedí agradecida del personal del Casavieja y partí con una anticipada sensación de nostalgia, pero con la seguridad de encontrar en el barrio de Santo Domingo una indispensable protección. Caminé directamente a la plaza, por nada molestaría a Luciano a una hora tan temprana, ¿habrá dormido algo anoche?

La partidura en su barba.

Los domingos en San Cristóbal no tienen una identidad, al menos no para mí y los que me rodean, difiriendo así de los domingos en Chile o en Washington. Mientras leía el periódico en el banco de siempre y me complacía en aspirar el aire tan fresco de la mañana que embestía recio y vital, como si ningún problema en la vida tuviese el poder de rozarme, me interrumpieron los sonidos de unos bocinazos acompañados del fuerte ruido de frenos improvisados. Al darme vuelta observé cómo el conductor de un elegante BMW le gritaba por su ventanilla a una india que se demoraba en cruzar la calle; iba muy cargada con rumas de tejidos en ambos brazos, seguramente se dirigía a venderlos al mercado. ¡Cabrona! ¡Por poco te mato! ¡Aprende a atravesar las calles, que no estás en la selva!

(San Cristóbal de las Casas, la ciudad marcada por sus dolores ancestrales. Desde que llegaran los conquistadores a reconocer la alta y hermosa meseta de Jovel, aunque no fundaron establecimiento urbano, cada año volvieron a consumar sus fechorías, a exigir tributos y hacer esclavos para luego venderlos en los mercados de Veracruz y Nicaragua, donde partían los indios a las Antillas o América del Sur, multiplicando el mestizaje y la variedad de las sábanas latinoamericanas. *Un esclavo era más barato que una mula*.)

En una ínfima fracción de tiempo, la india interpelada y yo éramos la misma persona.

Vivo en los Estados Unidos y soy chilena, sangre, voluntad y memoria. Al llegar a ese país me obligaron a llenar un formulario en el cual había una casilla referente a la raza: la primera alternativa era la blanca, la cual iba automáticamente yo a marcar, cuando leí más abajo la palabra *Hispanic*. Me pareció una enorme incultura de parte de los funcionarios gringos ya que lo hispano no se refiere a una raza, pero abismada comprendí que por primera vez en mi vida me expulsaban de mi propio nicho, de lo que creía mi identidad natural y objetiva, aunque entre una norteamericana y yo no mediase la más mínima diferencia física (más aún en este caso específico: soy pelirroja, hasta me parezco a ellos). Ni que decirlo, marqué con saña el segundo cuadrado y cada día transcurrido de estos seis años me he ido apegando más y más a él. Cuando camino por las calles de la ciudad, a veces me da la impresión de que todos mis antepasados están allí, en la pulcra e impersonal boca del metro, con la esperanza de llegar a alguna parte. Todo chicano o salvadoreño despreciable es mi tío, el hondureño que retira la basura es mi novio. Cuando Reina se declara a sí misma una desclasada, sé exactamente a lo que se refiere.

Toda mi vida ha corrido por este lado del mundo. Mi cuna real y la ficticia, el lugar donde nací y el otro que fui adquiriendo, lucen oropeles muy americanos (¡no acepto que ese adjetivo se lo atribuyan los del norte! América es tanto la de arriba como la de abajo, norte y sur tan americanos uno como el otro). Trazo los dos puntos del continente para señalar los míos y agrego un tercero, éste. Dos de ellos resultan razonablemente cercanos, y luego, inevitable, la línea larga baja y baja hasta llegar al sur, hasta lo que, a mi pesar, debo reconocer como el fin del mundo. Sólo los hielos eternos más allá de esa tierra. Allí nací. Mapuches o españolas, fluidas, impredecibles, vigorosas, allí están mis raíces.

2

Los brazos de Ninoska alrededor de mi cuerpo fueron los brazos de todas las madres, amparándome hospitalarios cuando le relaté los sucesos del día anterior. No escuchó razones frente a mi testarudez de permanecer en el hotel, ¿por qué no su casa, si también era mía y de todo el que la necesitara? No sé si fue producto de un delirio de persecución mío o si de verdad alcancé a detectar un brillo medio cómplice frente a la aseveración de quedarme donde Luciano, que se acentuó cuando le conté que lo había llamado en medio de la noche. Mientras ella me escuchaba, abrí por un instante las compuertas de mis sentidos, lo que no me había permitido hacer hasta entonces, y volví a oler la trementina y el limón y a hundir mi lengua en su barbilla y a palpar su boca como si la humedad misma se hubiera vuelto vino.

—¿Estás bien? —me preguntó Ninoska.

—Sí, ya estoy bien, todo miedo controlado —respondí con una sonrisa que no supe si era falsa o real.

Cerró un poco los ojos fijándolos en mí, como cuando se quiere enfocar con exactitud o ver algo más de cerca, y de nuevo no supe si era su preocupación o la mía la que dejó entrever, lo único claro es que en ese instante ninguna se refería a los paramilitares. Quizás ella todo lo intuye, la vida le ha dado herramientas de sobra para hacerlo con agudeza, y cuando me acarició el pelo asegurándome que todo iba a estar bien, sé que pensaba en Luciano, en Reina y Luciano.

—Ven, hija, te llevaré a mi dormitorio para que descanses un poco con un buen jugo de frutas hasta que llegue Jean Jacques.

Subí con ella al segundo piso y pasé a su habitación, no a la de huéspedes, y fue como tenderse en la cama de Dolores, donde sería aliviada de todas las pesadillas. Me mostró tres libros que descansaban en su mesa de noche.

—Una buena novela te ayudará, ¿sabes que siempre ayudan, verdad?, ya las terminé, escoge una mientras te subo el jugo, ¿prefieres de melón o de sandía?

Mientras le pedía el de sandía miré los libros, uno de Muñoz Molina, otro de Aguilar Camín y un tercero de Doris Lessing. Tomé el último, me pareció que prefería leer a una mujer en este momento, aunque los otros dos autores me gustaban mucho. Dadas las circunstancias, su título me divirtió: *La buena terrorista*. Convencida de que la literatura es la zona más acogedora de la existencia y que gracias a ella el mundo se hace más habitable, comencé a leer las primeras páginas; mientras lo hacía, la cría consentida que alguna vez fui se acurrucó entre las cubiertas tibias y fue cerrando los ojos.

Soñé con mi niño. Lo soñé saludable y rozagante, vivo y pertinaz. Soñé que su corazón no fallaba y que me haría vieja a su lado. Soñé que los muros de los hospitales desaparecían, todos los muros de hospitales del mundo, con sus olores, sus tristezas, sus violencias. Soñé que él nacía una y otra vez, despojándome de mi propia orfandad. Soñé que le decía que yo era más vulnerable a él de lo que era Reina a la policía. Mi niño sonreía.

Una mano apartó el pelo de mi frente. ¿Continuaba soñando en esa cama materna, entre los pesados muebles y los edredones mullidos? Desperté cuando supe que esa mano era real. Abrí los ojos y encontré a Luciano sentado a mi lado en el costado de la cama, y a sus pies, Jean Jacques mirando por la televisión el futbol en *mute*. El jugo de sandía y la novela de Doris Lessing en el suelo con sus páginas abiertas me remitieron a la vigilia.

—¡Señor! ¿Qué hora es?

—*Dai, bella*. Has dormido la mañana entera.

Lo divisé en medio de las tinieblas leves de la somnolencia y, ante mi asombro, comprobé que Luciano era, para mis ojos, otro hombre: uno al que yo había tocado. Inevitable, nuestra relación había cambiado. Qué extraño poder logra el tacto, como si una vez que los cuerpos se han hablado, el encuentro de la mente es otro, nunca más retorna al cauce anterior, a aquel momento exacto y preciso, al previo en que la respiración latió. Un tipo determinado de sospecha desaparece y lo reemplaza una inapropiada posesión, un desvío incalculado. Su boca era definitivamente otra. No necesitaba preguntarle nada. Había contado con que mi primer encuentro con él —luego de la noche pasada— sería a solas, lo que me daría oportunidad de averiguar su estado de ánimo frente a mi conducta confusa, quizás incomprensible. ¿Es aceptable para un hombre verificar el deseo de una mujer y luego presenciar su fuga? Pero a pesar de la presencia de Jean Jacques, él tendió con sutileza un lazo nuevo, una complicidad, algo tenue pero real, porque al mirarme, su intensidad brilló como lumbre en un fogón durante la noche más oscura.

—Ni esperanzas de que nos entreguen a Reina. Sigue en la unidad de tratamiento intensivo.

Aunque fui yo la primera que se presentó en el hospital aquella noche, Jean Jacques quedó fichado como el familiar más cercano —sin permitirnos a nosotros las visitas— porque él se impuso a los médicos y al personal del hospital, cosa que probablemente yo no habría logrado. (Ni siquiera me refiero al inaudito caso de Jesús, el español, que no se mueve del lado de su cama; han tratado de arrojarlo fuera innumerables veces y él arma tal escándalo, con su enorme cuerpo y su vozarrón, que les resulta más barato tolerarlo. Ninoska le lleva comida dos veces al día y lo mantiene informado de los hechos externos al hospital; Luciano ofreció reemplazarlo, pero él no quiso ni saber.) Jean Jacques me cuenta que Reina está muy decaída, prácticamente dormida día y noche, con pocos momentos de cierta vivacidad. Todavía se alimenta en base a suero, lo que hace cualquier traslado imposible. Hoy logró por primera vez conversar diez minutos seguidos con ella. Se encuentra aún en la situación de sorpresa, como si no diera crédito a lo que le ha ocurrido, sin adquirir todavía la conciencia plena. Sabe que estamos esperando para llevarla a casa, pero se siente terriblemente débil, como si en estas circunstancias prefiriera permanecer en el hospital. Cuando Jean Jacques le planteó sus temores sobre la vuelta de los criminales, ella sonrió apenas y le dijo, no te preocupes, además de Jesús, hay un doctor amigo, él también me cuida. Como digo yo, las bases del zapatismo son infinitas.

Me cuenta que un desconocido ha arreglado con la oficina del hospital todo lo referente al costo de la estadía de Reina allí; uno de los doctores se lo informó, dejándolo aliviado y desconcertado a la vez. (¿Quién? Jesús no ha visto a nadie.) Entonces recuerda que ella preguntó especialmente por mí. Camila te espera, le respondió Jean Jacques, será tu enfermera cuando vuelvas a casa.

Esta última afirmación me inyectó un golpe de responsabilidad y me levanté de un salto.

—¿Comes aquí?

—No. Iré a casa de Reina.

—Mira bien antes de entrar o salir, Camila. Si ves algo raro no te aventures a la calle sola, llama por teléfono a Jean Jacques o a mí.

—Debiéramos hablar un poco sobre anoche, Luciano ya me lo ha contado.

—No, no es necesario, Jean Jacques. No le demos más importancia de la que tiene. Como dicen por aquí, no me dejaré amedrentar por un pinche auto blanco.

Iba saliendo cuando Luciano me detuvo.

—¡Eh! Ahora eres mi conviviente, lo que me da ciertos derechos sobre ti. ¿A qué hora piensas estar en casa?

—A ver, a ver... —escuché el acento gutural y un poco gangoso de Ninoska, que subía en ese momento la escalera limpiándose las manos en su delantal—, ¿lo preguntas por razones de seguridad o de puro posesivo?

—Por las dos cosas, ambas legítimas, si me lo permiten.

Ninoska me sonrió como no podría hacerlo un hombre, como si las mujeres lo supieran todo unas de las otras desde la eternidad. (Las únicas mujeres que cuentan con amigas verdaderas son las que tienen conciencia de su género, le había escuchado decir un día, las demás compiten entre ellas y se sacan los ojos.)

Los gatos son aún más voraces que nosotros, les dejo los platos llenos y al día siguiente los han vaciado por completo. Me senté en la única silla de la cocina y los observé tomar agua, muertos de sed. *Miliciana* se refregaba contra mi pierna mientras *Insurrección* comía.

Las dejé en sus quehaceres y me aventuré al armario de Reina, de donde había sacado las toallas limpias hace un par de días, pensando que probaría a hacer funcionar esa radio que me había inquietado tanto. Rebusqué entre la ropa blanca pero la radio ya no estaba. Manos muy delicadas han de haberse introducido al armario a juzgar por los perfectos dobleces en las sábanas que antes la cubrían. Volví a mirar como una maniática inspectora, registrándolo todo, pero fue inútil. El desconcierto me invadió: se suponía que nadie más que yo contaba con llaves para entrar en esta casa, ¿quién pudo llevársela?, ¿alguien cercano a Reina o sus propios enemigos?, ¿y si fue Luciano? De ser así, mi confusión se multiplicaba, ya que yo percibía una determinada distancia entre sus respectivas formas de encarar el conflicto en Chiapas, uno como un simpatizante un poco escéptico de causas perdidas, la otra como una experimentada activista de dichas causas, o al menos eso me había informado la indiscutible realidad desde el momento del accidente. A veces pensaba que la diferencia básica entre ellos era que, mientras Reina se jugaba por el destino libertario de la raza indígena, Luciano se detenía embelesado ante su cosmogonía.

¿Entonces, quién hizo desaparecer la radio?

Pensé que Dolores debiera ocupar el lugar de su hija en esta tarde.

Su ansiedad por la salud de Reina y mi presencia en San Cristóbal se han puesto de manifiesto en su correo de hoy, el cual leí en el Ciber Café camino al barrio de Cuxtitali. Si alguna vez soñó con prolongarse a través de la maternidad, ésta le debe resultar una ocasión propicia. Se sentirá orgullosa de que su hija abandone por un momento su vida íntima, personal y limitada. Y de paso vence mágicamente por unos instantes la desolación chilena, esa desolación, aquella que nunca más nos abandonó, la que aguarda pendenciera y sin lenguaje detrás de nuestra eficiencia, de nuestra civilidad, de nuestro pragmatismo. La que nos dejó para siempre sin calor. ¿Por qué hemos llegado a ser un pueblo tan triste, o es que lo fuimos siempre y no nos dimos cuenta? ¿Cuándo, cuándo perdimos el alma?

(Vacaciones en Guadalajara, un encuentro familiar: asistimos a un recital del grupo Inti Illimani, contenta Dolores de compartir algo de Chile con su primogénita en el extranjero. Canta alegre cada una de las canciones —¡cómo no, se las sabe de memoria!— hasta que al cierre escuchamos los primeros acordes de aquella, la inolvidable, *El pueblo unido jamás será vencido*. Confusión en la expresión de Dolores, qué raro, ellos nunca la cantan ya, fue su comentario. Se le caen las lágrimas. Le aprieto el brazo y canto junto al público, como cuando corría detrás de las notas de la cajita de música. Pero un sonido me hace mirarla: Dolores llora, llora con una pena infinita, no puede dejar de llorar. Llora por Chile, se atreve a hacerlo porque pisa otras tierras, llora por los diecisiete años de dictadura, por sus muertos. Llora, al fin, por ella. La canción ha desanudado los estrechos ligamentos de su corazón. Sigue llorando, destapando todo lo no dicho en los últimos años, lo sutilmente censurado, lo que se ha guardado porque, al fin y al cabo, ganamos. Quiero consolarla pero me es imposible, mi vida no se juega en las voces de Inti Illimani, no tengo nada que decir.

Esa noche, al separarnos en el hotel, trato de darle ánimos: Consuélate, Dolores, la historia te reivindicará. Ella me responde: La historia la escriben los vencedores. Y no estoy muy segura, en este caso, quién de verdad venció.

Pienso cuánto le molestaría a mi padre escucharla.)

Reina sabía de qué hablaba cuando me refería a este aspecto de mi madre. Es más, Dolores pasó a ser para ella un paradigma. No deseaba olvidar su callada y humilde derrota, una señal de la cual debía escapar pagando cualquier precio, ya fuera involucrándose en el Chile de Pinochet hasta que la expulsaron del país o sumándose a la lucha de la guerra civil guatemalteca. Cuando sintió que el continente cerraba sus trincheras apareció una nueva plataforma para ella: Chiapas. ¿Dónde están los agoreros que anunciaban el fin de la historia?, me preguntó una tarde, como si las montañas del sureste mexicano se dispusieran a contradecirlos.

—Hay miles de Dolores repartidas por América Latina —me había dicho Reina—. Cada una carga con la frustración de su propio fin de mundo, cada una trata de adecuarse a un universo adverso que les cerró las puertas, cada una se pregunta cuál es el sentido ancho de la vida. Cada una de ellas se ha vuelto perezosa y marca el paso día a día. Son huérfanas, Camila, todas huérfanas.

—¿De qué?

—Huérfanas de la utopía, de la revolución, de los muros, llámalo como quieras. Y yo prometí no serlo nunca, pagara el costo que pagara. No he dejado de luchar un solo día de mi vida.

(Las huérfanas. Más tarde, volviendo del Cañón del Sumidero, reconocería en Luciano el mismo lenguaje —el lenguaje delator—, pero Reina nunca habría aceptado que tal categoría se le aplicara a sí misma.)

3

¡Mierda! Un ruido en la puerta.

Tan ensimismada me encontraba en los recuerdos que el ruido de una llave en la cerradura llegó con retraso a mis oídos. Me sentaba ociosa en la única silla de la cocina mirando pasivamente a los gatos mientras escenas lejanas caminaban por mi cabeza, tan instalada en la comodidad de la inercia que cualquier estímulo exterior perdía significación. La sesgada luz del sol parecía jugar a las damas en las cerámicas azules del patio interior y mis ojos iban y venían tras ella. Hasta que ese ruido me obligó a determinar qué cosas eran hechos y cuáles sueños. Con lentitud, con sigilo, el objeto que yo suponía una llave se abría paso para penetrar en la casa. Mi corazón se arrancó por su cuenta palpitando y se me cerró el pecho como si un obstinado cerco quisiera impedir el paso de mi respiración. No me moví, igual no alcanzaba a esconderme y el espacio de la casa era reducido, para no ser vista sólo hubiese podido encerrarme en el cuarto desocupado, el de la cama angosta, pero para ello debía pasar frente a la misma puerta que trataban en este momento de forzar. Procurando no hacer el más mínimo sonido, empujé con el pie la puerta de la cocina, casi cerrándola, algo era algo, por lo menos que no me encontraran allí a boca de jarro. Con brazos pesadísimos recogí a *Insurrección* del suelo y hundí el rostro en ella, tan suave, blanca e inocente donde era blanca, brillante, casi azul su negrura, acogedor su cuerpo tibio, un pequeño escudo tras el cual parapetarse.

La cerradura cedió y unos pasos cuidadosos y livianos se introdujeron en la sala. Raros esos pasos, como si se pisara a medias. Aunque el silencio que los circundaba me anunció la presencia de una sola persona, igual contuve la respiración; ¿cuánto tardaría en abrir la puerta de la cocina? Pero ese silencio se hizo tan fuerte que se escuchó a sí mismo. A los pocos instantes nadie caminaba ya, quien fuese que hubiera entrado debía haberse detenido. ¿Acaso no saben entonces que estoy aquí y se han sentado a esperarme? *Insurrección* emitió un pequeño maullido escapando de mis manos, saltó al piso y dio dos pequeños pasos hacia la puerta que me separaba a pocos, tan pocos metros de la sala. Como al empujar la puerta con el pie unos momentos antes ésta permaneció junta y no cerrada, temí que la gata se deslizara por ella abriéndola, dejándome al descubierto. Pero entonces *Miliciana*, ya fuera jugando o iniciando una pelea, decidió morderle la cola e *Insurrección* reaccionó odiosa y agresiva; sin darme cuenta cómo, si por encanto o brujería, los dos cuerpos se trenzaron en una lucha blanda entre la frontera de la cocina y la sala, abriendo la puerta al menos en veinte centímetros. A pesar del temor insensato que anudaba cada uno de mis miembros, alguna curiosidad desconocida, rechazada pero inevitable como los malos pensamientos, me hizo volver la vista hacia la sala.

La angosta apertura de la puerta me permitió atisbar la imagen de una persona sentada en el único sillón disponible; no necesitaba distinguir su rostro para comprender que era una indígena, el rebozo verde claro y los huaraches fueron suficientemente elocuentes. Como atada a un invisible paredón, absoluta era su inmovilidad, así de recta su espalda. Ocupaba sólo la punta del asiento, en un gesto de enorme timidez o como si esperase que vinieran a recogerla y estuviese lista para partir. *Insurrección* debió conocer su olor pues caminó de inmediato hacia ella, y ante mi justificada sorpresa vi por fin la cara de la mujer inclinándose de costado para mirar al gato.

—¡Dios mío, Paulina, eres tú! ¿Sabes el susto que me has dado?

Paulina se levantó asombrada del sillón al escuchar mi voz, parecía aún más temerosa que yo, sus ojos negros enormemente abiertos. Dejé por fin la silla de la cocina y me encaminé a la sala sintiendo cómo la sangre volvía a su cauce natural y cómo el aire circulaba por mis pulmones otra vez. Pensé que no debía olvidar a futuro la significación del alivio. (También dudé si era la primera vez que Paulina entraba a esta casa desde el accidente.)

Como a veces la vida es absurda y las situaciones se vuelven al revés, terminé yo reanimando a Paulina y dándole explicaciones de mi actuar, pues le resultó incomprensible el que me hubiese ocultado. Ella me buscaba, había creído encontrarme en el hotel y, como nadie supo dar razón de mis pasos, decidió esperarme en casa de Reina, sabiendo que las llaves estaban en mi poder y que la encargada de los gatos era yo. Por eso usó un alambre para abrir la puerta, un pinche alambre separaba la casa de Reina de la amplia hostilidad.

Paulina no era mujer de muchas palabras. Cuando le pregunté para qué me necesitaba, sólo extendió ante mí un papel, un pequeño bulto blanco doblado en cuatro, un poco arrugado.

—¿Qué es?

—Te lo manda Reina.

(¿Cómo llegó a sus manos? ¿No se supone que las visitas están prohibidas?)

Traté de controlar la ansiedad al abrirlo.

Confidencial. Camila: ¡por favor! Encontrarás una caja roja en el tercer cajón del armario. Debes entregarla el lunes 24 en el mercado de Ocosingo, en el puesto de comida del Chato, a mediodía. Muchas gracias.

—¿Qué día es hoy? —pregunté atolondrada.

—Domingo.

—¡Mierda!

Guardé el papel en el bolsillo de mi pantalón y sentí cómo el aire que tan generosamente había bienvenido al circular por mi sangre minutos atrás volvió a contraerse, impidiendo la normalidad de mi respiración. Paulina me miró como si nada supiera y nada quisiera saber y con parsimonia se levantó del sillón que compartíamos y se dirigió a la cocina.

—¿Café?

—Sí, claro, un café nos vendría bien.

Mientras escuchaba desde la cocina el sonido del grifo y el replicar metálico de la tetera, una expresión determinada de Reina se me instaló punzante: a veces sus ojos se volvían fulgurantes y duros, quizás sin su permiso, como si correspondiese a un registro pulcramente guardado que de súbito asaltara sin aviso y sin control. Aquellos ojos se burlaron de mi emoción ante el relato de Jean Jacques, que hubiese preguntado por mí en su lecho de enferma poco tenía que ver con el afecto: Reina me necesitaba, eso era todo.

—¿Por qué no vas tú? —le espeté a Paulina, dejando de lado mis instintos de discreción ya que en ese momento tuve la certeza de que ella era parte de todo esto.

—No es bueno que yo deje San Cristóbal —fue su más natural respuesta.

—¿Por qué?

—No debo hacerlo.

—Tú no debes hacerlo pero yo sí. ¿Por qué?

—Nadie te conoce en Ocosingo.

La obviedad de su respuesta me descolocó, sumiéndome en el mutismo.

Tuve entonces una precaria intuición: en medio del suero, el dolor y la debilidad extrema, Reina está enredando la imagen de Dolores con la mía, nos ha fundido en una misma persona y es a aquella persona a la que acude para pedir ayuda. ¿Puedo, en tales circunstancias, defraudarla? Algo se juega en mí, algo que va más allá de Reina, de Chiapas y de los zapatistas, y ese algo —opaco e impreciso, no cabe duda— impide toda negativa.

4

Paulina Cancino no sabe, como muchas otras de sus compañeras, cuántos años hace que nació, calcula que pueden ser más o menos veintisiete o veintiocho. Pero sí sabe que su madre sepultó su cordón umbilical bajo las cenizas del fogón, sellando así metafóricamente su destino; no en vano el cordón de su hermano fue llevado al monte y enterrado bajo la libertad de la naturaleza pura. Nació sabiendo que, a su contrario, ella nunca podría ser dueña de la tierra que trabajara, nunca obtendría un título de propiedad ni un préstamo, que no podría aspirar a un cargo de autoridad y que si alguna vez sufría la tragedia de ser violada, el violador pasaría a ser su dueño y señor. Vio la luz por primera vez a través de los tupidos árboles de la selva Lacandona, entre la humedad más rotunda, la que genera al menos ocho meses de lluvia de los doce del año. Paulina aprendió a caminar descalza en el lodo, siempre el lodo, ya fuera porque llovía, ya como herencia del agua en el período seco. El lodo, la hojarasca y los pantanos son su acta de nacimiento. Tampoco está segura de la cantidad de hermanos que tiene, cree que son nueve. Sí está cierta del lugar que ella ocupa, el tercero, todas mujeres, y que su padre festejó la mano de obra que llegaba a casa cuando el cuarto fue hombre.

Por razones de desposesión de tierras, su familia se vio obligada a emigrar a la selva hace cuatro décadas; al inicio había allí sólo habitantes del pueblo lacandón, los que nunca se integraron al resto. Con los ch'oles arribaron también comunidades tzotziles y tzeltales y vivieron entre ellos duros conflictos de sectarización, a pesar de todas las características comunes y todo lo que los unía, como los padres mayas y la selva misma. A la larga, el grado de marginación a que todos se vieron sometidos los condujo a estrechar lazos y buscar cohesión. Sus abuelos, habiendo trabajado en fincas cafetaleras y siendo objeto de enormes abusos y humillaciones, les transmitieron a los hijos sus heridas, hermanadas a la aversión por el hombre blanco, el *caxlan*, por lo que los padres de Paulina se negaban a trabajar para ellos, aunque el resultado fuese pasar hambre. Escondiendo su cultura en el monte para que pudiera sobrevivir, no deseaban que sus descendientes nacieran con la obediencia como una segunda naturaleza, adherida a la piel como un tatuaje irreversible. Los padres de Paulina lograron, con inmensas dificultades, limpiar un pedazo de tierra en medio de la selva. Allí plantaron maíz y frijol que luego comercializaban en pueblos cercanos. La falta de caminos entorpecía el comercio, antes del año 94 no los había ni para llegar a la cabecera municipal. A veces sus padres caminaban ocho horas, trece horas para obtener unos pocos pesos. Ahora al menos hay brechas, aunque no estén pavimentadas. Ello contribuyó a la escasez arrolladora que padecían Paulina y sus hermanos.

En casa de Paulina el piso era de tierra y la pared de palos y lodo. La lluvia entraba por arriba y por los lados. Nunca tuvo baño ni letrina ni agua. Sentía a su madre levantarse a las tres de la mañana para hacer tortillas y dejar la comida preparada. Su padre salía al amanecer montado en su caballo. Su madre lo seguía a pie, cargando al menor de sus hermanos, los otros quedaban a cargo de las hermanas mayores, cualquier edad tuviesen éstas. Su madre lavaba la ropa de noche porque no tenía tiempo en el día, Paulina nunca la vio dormir más de cuatro horas. Su papá descansaba en la tarde del trabajo en el campo, pero ella había trabajado con él, igual que él, con el azadón y el machete en la milpa. Además cuidaba a los hijos, cocinaba, hacía tortillas, remendaba los vestidos y adecentaba la casa. Trabajaba más que él. Aun así, cuando él había bebido mucho aguardiente, llegaba a casa y la golpeaba, a veces brutalmente.

Paulina fue preparada desde siempre para ser madre. Pero también, junto con nacer, le enseñaron a ir a la milpa, a moler el maíz, a cortar la leña, a recoger el café, a cargar al bebé. Paulina trabajó desde que fue. A veces la fatiga en su pequeño cuerpo la llevaba a pelear con otros niños, a aislarse, a veces le daban ataques de risa nerviosa que alteraban a sus hermanas, temblores, falta de apetito. Las ayunas evocan al viento y te hacen más liviana, dice hoy día. Pero alguna de aquellas veces vomitaba, el hambre la hacía vomitar. Nunca jugó con niños hombres, nunca tuvo el contacto inocente de una mano con otra mano. Su juego favorito era rodar por el pasto.

Cuando nació el cuarto hijo y fue varón, además del festejo del padre, la madre respiró, ya estaba a salvo, pues la tierra era la médula de sus vidas y la mujer no tiene derecho a ella. Si enviuda o queda soltera, no come.

Cuando su hermana mayor tenía trece años le concertaron el matrimonio. Sus padres le eligieron al marido y éste les llevó *regalos:* maíz, frijol, un poco de tela y unos aretes. No alcanzó para una vaca. El suegro del vecino había pedido una res y algo de alcohol y ella escuchó a su vecina decir: Mi papá me cambió por trabajo. Pero su hermana no dijo nada. Se fue a la casa de él para que su suegra le enseñara, entregándole de paso casi todos los trabajos domésticos, en una franca explotación. Paulina recuerda cómo la compadecía cuando en las fiestas no podía bailar, primero por estar comprometida, luego por estar casada. Ella sí podía bailar, aunque jamás tocara ni mirara a su acompañante, simplemente porque era un hombre: estaba prohibido.

Su hermana vivió tres años con sus suegros y no se embarazó. Entonces su cuñado armó una casa separada de la de sus padres para recibir a los futuros hijos, pero éstos no llegaron. La segunda hermana se fue a vivir con ellos. Como el que mantiene a una mujer en la comunidad tiene derecho a ella, al poco tiempo apareció la última embarazada, llenando de deleite al hombre cuya seguridad dependía de ello. Es muy bien visto para el macho tener hijos, dice Paulina hoy día. Y para las hermanas, un seguro de vida. Además, si la primera mujer no le dio descendencia, resultaba legítimo que lo hiciese la segunda, y así convivían los tres, naturalmente. Como una demencia habría sido calificado el que la hermana mayor se separara. En su comunidad casi no existen las separaciones, las mujeres no tienen dónde ir, la falta de movilidad y los serios problemas económicos las atan al marido para siempre. La última vez que Paulina vio a sus hermanas ya habían llegado cinco críos a la casa. A los treinta años, las mujeres indígenas son unas ancianas y acarrean los cuerpos viejos, dice Paulina hoy día. El promedio de hijos es de siete; algunas de sus parientes tenían doce. La primera vez que sus hermanas escucharon hablar de planificación familiar fue con la llegada de los zapatistas. Pero la Iglesia católica les recordó, una vez más, que aquello era pecado. Paulina se pregunta en qué número irán estos días.

Sin embargo, fue gracias a la Iglesia católica que el mundo comenzó a expandirse para ella, la única institución de la que no desconfiaba su comunidad. Era mal visto que las mujeres salieran de sus pueblos, las acusaban de ir a buscar marido a otros lugares, por lo que Paulina se contactó con los que llegaron a él: los catequistas. Soy católica, pero no creo cualquier cosa, dice Paulina hoy día. Se incluyó en distintos talleres, no sólo aprendió lo más importante para ella, leer y escribir, sino que estudió la historia de su pueblo desde la conquista, supo de sus raíces y su cultura y por primera vez fue capaz de discernir sobre lo bueno y lo malo de la vida de sus abuelos y sus padres. También estudió su condición de mujer, los efectos de la violencia y la pobreza, y le enseñaron a conocer su cuerpo. De allí se nutrió para más tarde elaborar y exigir, junto a sus compañeras, la Ley de las Mujeres Zapatistas, el primer brote de emancipación femenino que se oiría retumbar por siglos dentro de la profundidad de la selva, provocando, me imagino, verdaderas volteretas dentro de las tumbas a los huesos de sus ancestros (y una enorme violencia a los no zapatistas que viven en sus territorios). Cuando Paulina encontró al EZLN, sospechó que ella como mujer podía al fin eludir el destino de su raza.

Es lo que está en mi corazón, fueron sus palabras al terminar el relato de su vida, lo que suelen decir las mujeres mayas al cerrar una historia.

5

Esquiva y quisquillosa, la luz metía prisas al anochecer esparciendo las primeras sombras a la hora en que llegué a casa de Luciano. Paulina ocupaba de tal modo mis pensamientos al caminar hacia el barrio de Santo Domingo que olvidé por completo mirar las calles, como si el auto blanco nunca hubiese existido, cuando sólo ayer su presencia me expulsaba de cualquier otra realidad. Debo ser una irresponsable, pensé: frívola y distraída. ¿Qué opinaría Dolores de la falta de consistencia de su hija para jugar a la subversiva, práctica que ella aprendió a manejar tan bien cuando le fue necesario? Una verdad rotunda se amotinaba en mi mente expulsando golpes pequeños y permanentes, como un telegrafista: mi vida carecía de explicaciones mientras a mi lado se erguían otras mujeres que me soplaban al oído: nada en ti es glorioso o heroico. Como si ellas poseyeran algún privilegio moral que me excluía.

Aquella tarde me había enterado —con sorpresa— de algo que me convertía en blanco fácil para tal susceptibilidad: Paulina fue una *enmontada*. Tenía dolor de pobreza, me dijo, y las actividades militares para las mujeres indias resultan más fáciles que las domésticas, si trabajamos desde los cuatro años; además, en el monte al menos tenía qué comer. El discurso zapatista no es grandilocuente, por eso tantas mujeres se sienten cómodas en él. Porque no hay nada que ganar, que no sea pura dignidad, fueron sus palabras. Paulina combatió en el alzamiento del 1 de enero de 1994 y fue herida en la batalla de Ocosingo, en aquella carnicería que se produjo en el mercado de la ciudad. Paulina no puede volver al monte, no sirve allí con esa pierna maltrecha. La primera historia que me narró hace muchos días en la librería era una verdad a medias: no dejó su comunidad cuando los paramilitares entraron a la selva, la había abandonado muchos años antes cuando se unió a los rebeldes. Y la enfermedad que la retuvo en el hospital de Ocosingo fue la herida a bala que recibió en su cadera. Alguien debió conectarla con Reina, alguien muy interesado en la capacidad de ambas mujeres para actuar como enlaces con la guerrilla. Quizás la librería es una fachada, quizás Reina es subalterna de Paulina y no al revés. Ésta es una guerrilla buena, me dijo, sé que existen las guerrillas malas; nosotros peleamos por los derechos de los más pobres, derechos acumulados durante quinientos años, pero no hemos pegado un tiro en seis.

(—Ustedes mencionan siempre la guerra, se llenan la boca con la guerra. Si no han disparado un tiro en seis años, ¿de qué guerra hablan?

—De la guerra del hambre —me respondió Paulina y yo callé.)

Dejó, además, un amor entre los rebeldes, una relación válida hasta el día de hoy. ¿También Reina? (*¿Sabes quién se la coge?*)

No quiso decirme qué contenía la caja roja de cartón duro que saqué del tercer cajón del armario, la que estaba herméticamente cerrada con cinta adhesiva. Su tamaño no sobrepasaba los veinte centímetros de ancho y de largo y su peso era mediano, delataba más que billetes y menos que un arma o cualquier objeto de metal. Me pareció abusivo que me pidieran trasladar paquetes a ciegas, sentí que tenía derecho a saber lo que hacía. Pero Paulina, si bien fue muy abierta para hablarme de sí misma, no lo fue para Reina y el presente: ello quedó fuera de cualquier relato.

Dolores pulsa a la distancia.

En la calle Madero se instaló un restaurant italiano, *La Trattoria*, donde Luciano es cliente habitual, siendo su dueño un compatriota y la comida cien por ciento original de su tierra. Lo bueno de este lugar es que me resuelve cualquier nostalgia, me había dicho con alegría y así lo comprobé al acompañarlo a cenar.

Mientras nos preparaban la pasta y bebíamos el vino de la casa, quise hablarle de Paulina, no había disculpa posible para las horas que había tardado en alimentar a los gatos. Me habría gustado discutir con él el tema de la autonomía, la que pedían los zapatistas para sus comunidades, y las dudas que abrigaba frente a ella. ¿No abriría ésta espacios para avalar cualquier cosa? El machismo, por ejemplo, ¿no podría reproducirse fácilmente en una comunidad autónoma y marcar en ella su insistencia? Quien se apropia de ese espacio, ¿no puede, acaso, repetir estructuras de poder, reiterándolas al infinito? Pero sólo conversé sobre la historia de Paulina que Luciano ya conocía. Por alguna razón, era con él y sólo con él que podía preguntarme sobre el alcance, para una mujer indígena, del concepto del deseo, sobre aquel del placer.

—La mitología ch'ol, y puedo suponer que también las demás, hijas todas de la cultura maya, no posee dioses gozosos, como nuestros antecesores griegos o romanos. Entonces, se entiende que el sufrimiento se haya instalado en ellos desde siempre. ¿Cómo quebrarlo si no hay un Apolo o una Afrodita en el imaginario que abra camino, que legitime la idea de placer?

—Paulina me explicaba que el ritmo de su pueblo va ligado al de la cosecha, vivir y reproducir la vida. Su actitud se mide en la caída de las lluvias, en la salida del sol, en el crecimiento del maíz, en el retorno de los frutos de la tierra, en el fin de la estación, en eso se identifican, siempre en el estrecho concepto de la sobrevivencia, nunca rebasándose. Jamás el goce por el goce. ¿Sabías, Luciano, que Paulina se enteró de que existían las toallas sanitarias y los condones sólo cuando los zapatistas llegaron a las comunidades?

—No me sorprende. Cuando se casan, pasan a *estar bajo mano de hombre*. ¿Qué espacio puede haber allí para el placer femenino?

—Como si éste fuera un lujo...

—Sí —repitió Luciano—, como si fuera un lujo.

Me miró por un resquicio de sus párpados, como si de verdad no quisiera mirarme, pero advertí que su estado de ánimo había cambiado sin transición alguna. Alargó su mano sobre la mesa y tocó la mía, me tocó como lo haría una intención, una tentativa.

(Gustavo.

La necesidad de verificar si su cuerpo es aún su cuerpo. Si el mío, seco y calcinado, es aún suyo. Su deseo como un centinela perdido, enredado en mis propias huellas. Sus palabras, calladas como la luna.)

—Mi mujer de fuego —dijo Luciano, sin intensidad, así, levemente.

—¿De fuego? ¿Qué quieres decir?

—Mujer de pelo rojo. Sólo hablo del pelo rojo.

(Sucede que a veces en el matrimonio las palabras se gastan, que a fuerza de repetirlas van vaciándose lentamente, perdiendo su sentido. No hay caso en volver a emplearlas, el significado de ellas ya no dice lo que semánticamente debiera decir. La pareja puede ser una instancia involuntaria de pérdida de lenguaje.)

—Eres un pintor inmenso —le comenté ya en casa, mi mirada absorta en sus óleos.

—Eso lo sé yo por ahora, quizás mañana lo sabrá el mundo.

—¿Te importa el mundo, realmente?

—Un día le pregunté a Jean Jacques qué espacio tenía en su vida el futuro y su respuesta escueta fue: No gran cosa. Me hizo pensar que ninguno de nosotros viene de ninguna parte y tampoco nos interesa en demasía hacia dónde vamos. Creo que ésa es la síntesis de la paz. Y de la libertad, si me lo permites.

—Quisiera acompañarte en esa mirada —le dije con un poco de desasosiego.

—¿Por qué lo dices? ¿Necesitas causas, también tú?

—No, sólo necesito un sentido. Lo tenía, Luciano, créeme. Un año atrás no habría hablado así. Ahora que ya no lo tengo, el vacío está al acecho, como si me esperara en cualquier esquina para embestir.

—¿Cuál era ese sentido?

—Una vida más allá de la mía.

Lanzó un destello castaño y sus ojos me contaron que yo estaba a punto de orillar verbalizaciones inútiles, que los duelos deben vivirse en la más absoluta reserva. Me negaba terminantemente a hablar de mi niño, y si yo no estaba dispuesta a que aquél fuera un tema, debía irme por los costados, rondando poco a poco el camino para llegar a la médula de mi sinsentido. Entonces, lo que ya había silenciado debía continuar de ese modo, las preguntas insondables seguirían siendo mortalmente mías y de nadie más.

—Y hoy te sientes como una criatura sin dinastía...

—Sí, quizás.

—Así nos sentimos todos, Camila. Es tan normal como respirar cada mañana.

—Debes tener razón. Bueno, sigue trabajando. Yo me voy a acostar.

—¿Estás segura de que quieres hacerlo sola? —Ya había recuperado el humor.

—No, no estoy segura, pero lo haré —le respondí con una sonrisa tan pícara como la suya, aunque sólo yo conocía la honestidad de mis palabras.

—No importa, tenemos todo el tiempo del mundo. —Al recoger la ternura con que me lo dijo pensé que a mi poco imaginativo entendimiento le resultaba difícil seguir el ritmo de los cambios anímicos de este hombre.

Por cierto, también yo lo creí: que teníamos todo el tiempo del mundo.

—¡Camila! —me llamó—. Antes de que desaparezcas... había olvidado entregarte un regalo.

Yo ya avanzaba hasta el corredor para dirigirme al dormitorio, y retrocedí anhelante. ¿Un regalo? Hacía tanto tiempo que nadie me mimaba con algo parecido. Se acercó Luciano hacia mí con un paquete delgadísimo envuelto en papel de seda blanco.

—Ábrelo —me ordenó.

En su interior encontré un grabado, sobre una cartulina de fibras vegetales de un verde pálido bailaban en redondo unas negras calaveras. Era una xilografía, hermosísima, un deleite para los ojos.

—Las muertes representadas por un maya en la selva, un pintor lacandón —me informó—. Sólo en este país tal representación puede ser alegre. Para ti estas muertes, Camila: veamos si te convencen de dar una vuelta de tuerca al concepto.

Le di las gracias, conmovida.

—Lo único que he comprado en San Cristóbal es un pequeño tigre de cerámica —le conté, a borbotones— en el mercado aquí al frente, y no me alcanzó a costar un dólar. Hasta ahora, no tenía más recuerdo que ése para llevarme.

—¿Un tigre? Noble artesanía, no la mires en menos. La cerámica de estas tierras... es hermoso cómo le enseñan a mentir al barro.

—Pero será ésta mi posesión más preciada —respondí, apuntando al grabado—. Le pondré un marco delgado de madera clara... cuando llegue a Washington.

Nos quedamos mirando. Su sonrisa fue precaria. Qué estupor me causó comprobar lo congelados que estaban mis sentidos. ¿Por qué no le eché los brazos al cuello? Ni el deseo ni la ternura alcanzaron a ser, ya asfixiados antes de tomar forma, aterrados de extasiarse. Sólo atiné a darle las buenas noches.

Así, me fui sola a la habitación y durante largas horas fue la música en la sala —jazz— lo único que me aseguró el desvelo del pintor. Encontrando en mi velador la novela de Doris Lessing —Ninoska se había preocupado de que Luciano me la trajera— puse todo mi empeño en sumergirme en otras vidas, pero fue inútil. Me movía en mi cama, con la luz apagada, presa de emociones e inquietudes muy dispares entre sí, desde las llamadas telefónicas al hotel de las cuales por fin estaba a salvo, el mercado de Ocosingo, la radio desaparecida y las manos de Luciano, cada una de ellas volando dentro de un remolino atolondrado, mi carne acobardada amenazando con presidirlas. Todos me hablaban, las voces se cruzaban contradiciéndose sin piedad. Reina me decía: ¿No es preferible el exceso a la carencia? Lo único que conoce este pedazo de mundo es la falta de: de pan, de reposo, de justicia, de seguridad. De protección, de calor.

¿Quieres que siga enumerando? No, Reina, cállate. Entonces se entrometía la voz de Paulina: En la cultura maya, el corazón es el centro de todo. Aprendí a hablar de mis pesares para desocupar el corazón, pues ha sido muy lastimado. Las mujeres de mi pueblo siempre tienen dolor de cabeza, es por la tristeza, culpa de ella. Sí, Paulina, también yo la conozco. Luego entraba Dolores: Mientras más indecente es algo aquí en Chile se le califica como más *moderno*. Los de la moral indolora. ¿Habías pensado en ello alguna vez, Camila, se te había ocurrido que eso fuera posible? Todo lo relativo al pensamiento está obsoleto. Si alguien tiene un tono más reflexivo, se le tilda de nostálgico; si más denso, de anticuado. Las palabras han perdido su sentido, las categorías se han trastocado. No, Dolores, no lo había pensado. Paulina, Reina, Dolores, cada una con sus heridas de guerra, y yo, intacta. (¿Intacta? Que responda mi niño.) Al final logré adelgazar las otras voces para dejarle todo el sonido a Luciano, a sus palabras dichas con suavidad a través de la pequeña mesa de *La Trattoria*: Tu cuerpo, Camila, es un campo plagado de minas, donde la habilidad debe consistir en caminar con la rara mezcla de azar y exactitud.

Cuando a través de la vida una ha sido una mujer reservada y pudorosa, y con serios intentos de lealtad salpicando esta monotonía, resulta dificilísimo reconocer el deseo. Éste se escapa, esquivo, huye de rama en rama, aflora sólo para volver a ocultarse, temible, a disfrazar los sentires, dejando el interior sin manejo alguno, impredecible.

¡Cuán selectiva y custodiada resulta ser la intimidad!

Yo, que solía mirarla con cierto escepticismo, comprendo que es algo asombroso. Gustavo. Recuerdo cómo aquel hombre ante el cual yo lucía el nuevo brassier negro para provocar su libido es el mismo que en momentos de enfermedad se hace cargo de mi cuerpo, actúa como testigo de su falta de decoro, lo toma, lo cuida, lo hace suyo en su fealdad para curarme, para protegérmelo. Un cuerpo sin atractivo, sin ganancias. Y es él, el mismo. Un cuerpo cetrino y sudado, apagado y gastado todo su encanto y frescura, reposa en aquel otro que el día anterior ha vibrado, manantiales de erotismo envolviéndolo. Sólo admito que él lo vea y lo refrende. Así como consiento que cuando asoma la exuberancia sea él quien lo goce. O quien lo gozaba. Eso es la intimidad. Lo peor y lo mejor: lo más bajo y lo más grandioso. Todo ello desemboca ante el mismo ser y éste lo acoge, sin que la placa en negativo de tal retrato lo separe, lo aleje, lo expulse.

El único testigo de mis inquietudes en aquella nueva habitación fue el tucán de colores brillantes, quien, arrogante, me aguardaba desde su viga en el techo, soberbio él, como resistiendo la tentación de picotearme los ojos. Y en la pequeña mesa, la que parecía venir de una subasta de escuela pública, mi grabado de las calaveras esperando la luz de la mañana para volver a lucirse.

Luciano pintó toda la noche. Ni una sola vez se acercó a mi habitación. Me resultó dificilísimo enfrentar lo inconfesable: el no haber podido cerrar los ojos, aguardando sus pasos, aguardando.

LUNES

1

Cuando poco a poco se produjo la metamorfosis de la vegetación y los pinos fueron sustituidos por plátanos y aparecieron las palmas humedeciendo el aire, comprendí que la selva no debía de estar muy lejos, acercándome inexorable a mi escenario final. Mil topes entorpecían el camino por la carretera y en cada uno debí soportar los golpes, producto de los brincos que pegaba el pequeño autobús, apretándome a mis vecinos aún más en aquel espacio reducido y sofocante. En rigor, el vehículo, cuyo nombre *Cordero de Dios* asomaba orgulloso en el vidrio delantero, estaba diseñado para seis pasajeros, a lo sumo, siete, y los que viajábamos en él llegábamos a diez. Habría preferido pedirle el coche a Jean Jacques, pero ello hubiese requerido explicaciones que no me encontraba en condiciones de dar: la palabra *Confidencial* era la que precedía la nota de Reina y a ella debía atenerme. A ratos, la naturaleza deslumbrante, el juego que hacían los cerros con los llanos y el verde, me permitía abstraerme de la incomodidad y la opresión al interior del pequeño autobús. La vegetación densa y minuto a minuto más tupida daba al paisaje una especial luminosidad, como si a cada metro se volviese más profundo. Me habría gustado bajarme, respirar bien y comprobar qué sonidos harían los pájaros, cómo se comunicarían con los otros miles de animales que componen la rica fauna que habita el pórtico de la selva. Bastaban los puros ojos para palpar la enorme riqueza que posee este abandonado trozo de planeta, en biodiversidad, en agua, en minerales estratégicos. El apoyo irrestricto de muchos extranjeros a la causa zapatista tiene relación con el tema del medio ambiente: ellos insisten en cuidar los equilibrios de la tierra, son los únicos rebeldes que lo han hecho. La selva Lacandona es para los mayas los pulmones del cuerpo de la madre tierra y sólo en sus manos el cuidado estaría asegurado. Hay muchas multinacionales explotando estas tierras, como lo hacían con el café a principios del siglo veinte. Miro a mis acompañantes, todos indígenas entrampados en su desarrapada pobreza, y me pregunto con cierta indignación cómo es posible que en una tierra tan rica como ésta, que genera más de la mitad de la energía eléctrica mexicana y tal cantidad de café y de maíz, la mayoría de su población no pueda leer, no tenga luz ni agua potable. No es necesario ser revolucionario para rebelarse frente a una realidad tan abyecta.

(¿O debo preguntarme si no es el capital humano la suprema riqueza de cualquier lugar de la tierra, por lo tanto, si el problema de fondo no será los niveles de educación de sus habitantes, su falta de preparación, la explosión demográfica, la fragilidad de sus estructuras internas —las que penetran el corazón mismo de Chiapas y sus comunidades indígenas—, será aquello, entonces, lo que flaquea? ¿Debo pensar en los enormes subsidios que recibe esta región? Cómo quisiera ser una brillante economista y vislumbrar respuestas, que alguien soplara a mi oído la forma de romper este feroz círculo de pobreza.)

Mientras una y cien veces torcía la carretera, mis compañeros de transporte hablaban entre ellos en una lengua desconocida para mí, ininteligible. (Palpo las culturas audibles, no simbólicas.) Sólo viajaba una mujer en el grupo, cargando un bebé dentro de su rebozo como es habitual en estas tierras en las que mujeres y niños se funden de tal modo que es imposible imaginar sus figuras autónomas una de la otra; bendita mujer que tiene un bebé para cargar, bendito bebé que respira sin que le falle el corazón. En un momento determinado, ella se agachó buscando algo en uno de los bolsos que ha instalado entre sus pies, y el niño, incómodo, lloró. Le ofrecí ayuda, ya fuera para sujetarle al niño o las bolsas, pero ella me miraba sin comprender, llevándose de inmediato una mano a la boca. Paulina hace lo mismo, le pregunté ayer a qué se debía aquel gesto, si era por los dientes. No, es por la vergüenza de hablar *castilla* —español—, y me cuenta que la vergüenza cubre todas las zonas de la vida de las mujeres indígenas, tienen vergüenza de todo y por todo. Y a pesar de que Paulina es bilingüe, que aprendió el castilla con los catequistas y lo profundizó más tarde con los rebeldes, aún se siente insegura al hablar otra que no sea la lengua ch'ol. Pensando en sus antepasados, traté de imaginar su desconcierto cuando los españoles introdujeron el lenguaje, completamente teñido por los hábitos cortesanos, donde se decía lo que no se sentía, lo que nunca habría imaginado hacer un nativo en su propio hablar. Supongo que entonces nacería, junto con el mestizaje, la cortesía, manteniéndose a través del tiempo como patrimonio mexicano.

A medida que todos los verdes ondulaban bajo el cielo, subiendo, escapando y volviendo a subir, posándose en los árboles nudosos, abandonando a los carcomidos, el pequeño autobús avanzó por las curvas innumerables y por la ventana pude divisar pequeños pueblos o caseríos; atestiguando su pobreza y su precariedad, afirmé que definitivamente aquí no ha comenzado el siglo veintiuno. Pero no me concentré en ello porque algo tiraba de mí, obligándome a volver y volver atrás, retroceder a cualquier pasado que significase no mirar hacia el futuro que me aguardaba, pasados recientes, inmediatos, con tal de no anticipar, como si estuviese inmersa en mis traducciones y cada página nueva implicara tal desafío que optara por corregir el texto anterior, sin progresión, impidiendo de este modo enfrentar el hecho de que iba camino a Ocosingo, con un dudoso paquete dentro de mi cartera, para entregárselo a mediodía en el mercado a alguien que desconocía. El calor pestilente que respiraba favorecía el aletargamiento, ¿para qué estar despierta sino para evitar que las hojas en blanco vinieran a llenarse? En ello centré la poca energía que una noche casi en vela y una mañana de ansias me habían usurpado en este día lunes de fines de enero a comienzos del nuevo siglo.

Entonces, sí, volví atrás.

Ayer en casa de Reina la evoqué hablándome de las huérfanas, las perezosas marcando el paso día a día. Me pregunto qué fantasmas dormidos resucita en ella la pereza. Alimentábamos a los gatos aquella tarde que me contó la siguiente pequeña historia.

Fue en Chile, durante la dictadura, cuando los militares la detuvieron y la enviaron relegada a un caserío en el campo, a hora y media de Santiago. El retén quedaba a varios kilómetros del lugar, y ni hablar de un hotel, residencia o pensión, si apenas había una capilla construida con unas pobres tablas a punto de perecer. Supuso que parte de la hostilidad de la policía era que ella no tuviera un lugar donde alojar. Se dirigió al almacén, el único con aspecto más o menos próspero, y habló con el dueño, planteándole abiertamente su situación. La única salida que el almacenero vio a tal dilema fue la casa de una señora que vivía sola en los alrededores, la parienta de un antiguo latifundista que, entre avatar y avatar, sólo había conservado su casa. Es un poco loca, si me entiende, le dijo.

Reina no tuvo más remedio que ir hacia allá.

Luego de caminar durante media hora por el barro del invierno chileno, dio con un lugar que la dejó boquiabierta. Ni en los tétricos cuentos de la infancia se colaban imágenes de tanta ruindad: ocultando una tierra yerma, las malezas lo cubrían todo, alguna vez hubo allí un jardín donde hoy sólo quedaban helechos, enredaderas perdidas y enormes arbustos alicaídos. La casa tenía dos pisos y estaba construida de una madera que el tiempo volvió gris y que pedía a gritos una capa de pintura. Las ventanas del piso superior se veían tapiadas por pedazos de tabla y la puerta central estaba protegida por una malla con tales roturas que era válido preguntarse por su utilidad. No había ni timbre ni campana, nada para llamar, por lo que Reina simplemente entró. La casona que en algún momento alojó a una familia entera, con todo el espacio necesario, se reducía a una sola habitación pues todo lo demás estaba cerrado de manera definitiva. En esa habitación se encontraba la cocina, un pequeño hornillo con sólo dos platos conectado a un balón de gas, todo a la vista, y un lavatorio plástico en el suelo hacía las veces de lavaplatos; el dormitorio consistía en una cama de medio ancho arrinconada en un costado con muchas frazadas apiladas en su superficie, frazadas ásperas y viejas. Pero lo más sorprendente era el número de gatos que caminaban en torno a la habitación. Dice Reina que nunca llegó a contarlos, pero que debían de ser como veinte. El olor era insoportable, la caja de arena de la cocina de Reina habría sido un lujo excéntrico en ese contexto. Al medio de la sala brillaba la pantalla de un televisor y su sonido no era nada discreto. Luego aprendió que nunca se apagaba, fuese la hora que fuese. Divisó a una mujer de pelo muy blanco vestida con largos ropajes oscuros, un chaleco sobre otro y otro más y las faldas que le llegaban al suelo. A pesar de su entorno, distinguió en las facciones de la vieja una cierta elegancia antigua, como si su colorido y la estructura de sus huesos la delataran.

—¿Eres una periodista? —fue toda la señal de bienvenida.

Reina se vio obligada a explicar una vez más su situación y la anciana no se mostró en absoluto sorprendida.

—¿Quieres dormir aquí? ¿Puedes pagar? Habla con Bárbara, está en el taller, allá atrás.

Reina no pudo dar crédito a lo que había descubierto. Tardó muchos minutos en convencerse de que no era un error y que efectivamente en medio de toda esa decrepitud había encontrado a Amaya Zambrano.

Fue el tiempo el que todo lo ausentó, tiempo y más tiempo.

Amaya Zambrano era una gran pintora, Reina había hecho un trabajo sobre ella en el último año de colegio, conocía su obra. Se había casado con el pintor más importante de su generación y fueron la gran pareja de las artes visuales durante las décadas de los cuarentas y cincuentas. Estaba destinada a cerrar el perfecto círculo: alrededor del talento, clase y belleza en la juventud, dinero y prestigio en la vejez. Pero Amaya no lo hizo. Cuando su marido representaba a su país en Roma como embajador y juntos, rutilantes ambos, vivían inmersos en la bohemia de aquellos años, él se enamoró de otra mujer, la esposa del cónsul argentino. Barbarita era la pequeña joya de los pintores y sólo aportaba reflejos dorados a su madre, pero todo se vino abajo y fueron expulsadas de la embajada. Cuando hubo cambio de gobierno y resultó muy caro para el ex marido mantenerlas, debieron volver al país derrotadas. El gran pintor nunca más regresó, cada vez más famoso y más cotizado en el extranjero, mientras la amargura y el resentimiento pasaron a ser el motor de Amaya, acarreando en ello a su hija. Sintió que Chile no la reconocía como era debido, que todas las loas eran injustamente dirigidas a su marido y que el Estado debía al menos financiarla para que pudiera seguir pintando. De más está decir que en Chile esas cosas no sucedían ni suceden, por lo que Amaya Zambrano empezó a tener paulatinamente más y más problemas con el tema del dinero. A nadie se le ocurrió que Bárbara, la actual cuarentona, podría haberse buscado un trabajo, no. Ella —además de respirar por los pulmones de su madre— se dedicaba a vender sus cuadros y de vez en cuando alguno de su padre, por los que sacaba más dinero. El día en que Amaya se declaró francamente en bancarrota, su primo, que murió un par de años más tarde, le entregó esta casa para vivir, pero hoy tiene a tres sobrinos tratando de arrojarla fuera, para arreglar la propiedad y venderla. El gran pintor le jura a la prensa que él ha enviado dinero todos estos años para su mujer y su hija, pero nadie es capaz de dar cuenta de él. Apenas me alcanza para alimentar a los gatos, era la versión que daba Amaya. Bárbara sigue registrando el taller —el antiguo establo de la casa cuando ésta era aún parte de un fundo— en busca de originales de su madre, o en su defecto, de algún plagio cometido por ella misma.

Reina decidió que el más notable rasgo de Amaya era el de la pereza. Un día le preguntó si la pereza y la depresión no eran al fin lo mismo. No, le contestó Amaya con su voz cascada, la diferencia radica en que en esta última la voluntad se dispersa.

Otro día le preguntó por qué tenía tantos gatos. Alguien ha de tocarme o lamerme, a esta edad nadie más lo hace.

Así pasó Reina los dos meses de su relegación, durmiendo en el establo-taller, aleccionando a Bárbara para el día que su madre muriera (qué lástima, nunca leyó *El segundo sexo*), y alimentando a los gatos como su tarea primordial. Lo que sí asegura es que, lentas o súbitas, las sensaciones que Amaya Zambrano sembró en ella no las olvida. Que la pereza, nunca.

Vuelvo al presente, recuerdo que soy Camila, no soy Reina, y que voy camino a Ocosingo. El epílogo de la historia me arranca hoy una sonrisa:

—¡No me dirás que tus gatos cumplen la misma función que los de Amaya! —le comenté cuando ella terminó su relato.

Su respuesta fue una sonora carcajada.

(*¿Sabes quién se la coge?*)

2

En contraste con San Cristóbal de las Casas, Ocosingo apareció como un conjunto de construcciones y calles mal ordenadas, urbanismo desangelado sobre oscilaciones de tierra, caminos ondulantes y calles disparejas. Todo rasgo de hermosura: ausente. El que los ojos no encontraran un punto donde posarse me obligó a evaluar la prontitud con que una se acostumbra a la belleza, dándola por sentada, como si San Cristóbal no fuese una excepción y un regalo, sino una pauta común. Fue tarea fácil llegar al mercado, lo habría sido hasta para el más desubicado, y rápida, además, ya que nada en el centro llamaba a la distracción o el devaneo, ni siquiera el zócalo, que con frecuencia derrocha personalidad en los pueblos mexicanos, aun en aquellos pequeños y perdidos. Toda la ciudad parecía deslavada, como si los colores se hubiesen mandado a cambiar, llevándose consigo las construcciones coloniales y el frescor del aire al que ya me he habituado en San Cristóbal —desde su altura, ésta siempre refresca, como si guardara una brisa permanente bajo la manga—. Me saqué el suéter y me lo amarré a la cintura, aquí el calor va en serio. Percibiendo el ambiente ceniciento, opaco y apesadumbrado, eché de menos una huella de los conquistadores españoles, y sin necesidad de conocer historia, presumo que si ellos alguna vez pisaron estas tierras, siguieron de largo. Ocosingo significa «lugar del señor negro» (más tarde lo recordaría una y otra vez). Definí el lugar como uno del que Gustavo arrancaría a perderse, lo que equivale a caracterizarlo como pequeño, feo y pobre. (En el pueblo de San Juan Chamula, hace unos días, encontré a un niño que se ofrecía de guía por unos pesos; hablando con él y consultando el mapa, apuntó hacia esta zona con su dedo pequeño y oscuro y dijo: Ahí viven los Marcos. Luciano y yo reímos. Pues aquí estoy.) Sólo me distrajo un funeral que divisé a la salida de una iglesia; no debo acercarme para que no se me pegue la tristeza, me dije a mí misma porque, no bromeo, ya a los dieciocho años lloraba en todos los funerales, aunque no conociera al difunto, por lo que me apresuré a continuar camino. Miré mi reloj: eran las once y treinta y cinco minutos. Bravo, Camila, hasta ahora vas bien. Debo mencionar, aun arriesgándome a parecer reiterativa, cuánto me hostigaba, obsesivamente, la caja que llevaba escondida en mi bolso y lo enormes que eran mis ganas de deshacerme de ella a la brevedad. La palpé mil veces durante el trayecto para asegurar que todavía estaba allí, temerosa de que poseyera vida propia, que pudiese escapar a mi custodia.

Distinguir entre los puestos de comida aquel que dijera «Chato» se me anunció algo más difícil de lo supuesto, ¡es que el mercado era tan grande y los puestos tantos! Me sentí observada mientras hacía esfuerzos por leer cada nombre, no diría que el tamaño de mi cuerpo ni el color de mi pelo ayudaban a que pasara inadvertida ya que todos a mi alrededor eran indígenas, todos menos yo. Mientras caminaba por ese mercado, la imagen de Paulina herida en aquella batalla cruenta me descomponía, tan plácido e inocente se mostraba hoy este espacio ante mí, espacio simulador, casi mentiroso. Luego de recorrer todos los posibles lugares donde hubiesen puestos de comida apareció ante mi vista, el penúltimo de una larga línea de pequeños comederos, el Chato. Las rodillas me temblaron un poco, ya estaba allí. En su interior vi a dos hombres atendiendo y a ningún comensal. Se ofrecían refrescos, tacos y quesadillas al lado de un expectante comal caliente.

—¿Qué va a comer, güerita? —me preguntó el mayor de los dos hombres, el que parecía estar a cargo.

Me senté en un banco minúsculo e inestable frente a la cuadrada mesa de mica, la que se desestabilizó al momento en que recliné mi brazo sobre ella. El desayuno que tomé temprano en casa de Luciano no merecería el nombre de tal. Aprensiva por no despertarlo, apenas pisé la cocina y sólo calenté un café aún tibio que alguien, Jim supongo, el conviviente norteamericano que aún no conocía, habría dejado preparado. Pero no comí nada. Una bandeja de pan dulce sobre la mesa del desayunador podría haberme tentado, alcancé a distinguir los *garibaldis* y las *conchas*, pero era tal mi preocupación de que Luciano despertase en la sala y yo me viera obligada a mentir sobre mis próximos pasos, que la ignoré. Ahora el hambre hacía mella en mi estómago y se me antojó una buena idea comer un par de tacos de carnitas, así la espera sería menos notoria. Recordé que Gustavo nunca comía en los mercados populares, de alguna forma le producían desconfianza. Pero el puesto del Chato, aunque pobre, parecía bien aseado y no lo dudé.

Once cincuenta y cinco: penan las ánimas en el puesto de comida. Los dos hombres platican entre ellos, de nuevo en una lengua que desconozco, pero nadie se acerca. Disimulo mi expectación, pido otro refresco de manzana porque el primero me ha devuelto el alma al cuerpo, pero una vez que me lo entregan comprendo que es excesivo. Recorro con la vista la parte del mercado que está a mi alcance.

Doce del día: con una creciente molestia, calculo que cuando Reina viene en persona a contactarse con los zapatistas en Ocosingo y a entregar lo que deba entregar, ha de vivirlo como un trámite más, una acción cualquiera dentro de su agenda, sin descompaginarla como me sucede a mí: el compromiso es suyo, sabe cómo moverse en él, no en vano yo lo he evitado mi vida entera. Me la imagino aquí, tranquilamente charlando con los propietarios del Chato, jugando a hacerse trenzas con su pelo negrísimo, esperando a su contacto como si fuese la cosa más sencilla, como me esperó alguna vez a mí en un café. Eso, si es que viene a Ocosingo y no se adentra directamente en la selva, para alcanzar el campamento de La Realidad, donde está el cuartel de los comandantes zapatistas. Aunque pensándolo dos veces, ¡qué lejos y pesado debe resultar ese viaje!

Doce y cinco: Dolores pulsa desde la distancia.

Doce y diez: cuando mis emociones —inevitable desesperación mezclada con agresividad incipiente— ya se han instalado, apropiándose de un largo espacio de mí misma, llega hasta el puesto de comida un niño pequeño de aspecto famélico, descalzo y cubierto con jirones, pero con una mirada despejada y vivaz, y me pregunta abiertamente si deseo conocer la iglesia que está en la plaza, que ya la han abierto. Los dos hombres le dicen que me deje tranquila, pero se lo dicen en forma casual, sin recriminarlo de verdad. Alguna luz enviada por un espíritu benigno se apuró en anular mi desconcierto y hacerme comprender que el niño venía a buscarme. Pagué mi consumo y partí con él, o mejor dicho tras él, ya que sus pasos eran más ligeros y rápidos que los míos. No se detuvo ni una sola vez en todo el camino, no me dirigió ni una palabra ni una mirada.

Doce y veinte: el niño ha desaparecido frente a la puerta de la iglesia sin una explicación, sólo me indicó que esperara adentro.

Doce y veinticinco: me siento en un banco de la nave central (el funeral terminó sin dejar huella alguna, ¿qué harán en estos momentos los deudos?). Trato inútilmente de concentrarme en su imaginería. De súbito, un hombre se sienta a mi lado. Lo miro de reojo, como si no lo mirara. Distingo sus pantalones de manta y sus guaraches pero no veo su rostro. Sin perder tiempo se dirige a mí: ¿Trae el paquete? Ésas fueron sus únicas palabras. Nadie me advirtió de contraseñas ni de chequeos posibles, por lo que metí las manos en mi bolso sin titubear y le entregué la famosa caja roja que él de inmediato guardó en su morral.

Doce y veintisiete: el hombre se ha ido, la caja por fin partió, he cumplido con el encargo de una mujer a la que han intentado asesinar. Me invade un cansancio profundo que los visos de alivio de haber acometido mi misión no alcanzan a mitigar. Volver es mi único anhelo, como si San Cristóbal fuese mi hogar desde siempre y sólo allí encontrara reposo y seguridad.

Doce y treinta y dos: me levanto del banco, ya repuesta de un cierto temblor en pies y manos, y me dirijo hacia la puerta. No me doy cuenta cómo ha llegado hasta allí el niño, el mismo del puesto del mercado. ¡No salga! Aturdida, lo tomo de los hombros y le pregunto qué ocurre. ¡No salga todavía, que la están esperando! ¿Quién me espera? Ellos, los malos.

Lo único que faltaba.

Trato de calmarme, de no perder el aplomo. Tomo la mano del niño, me dirijo con él al banco recién abandonado y lo obligo a sentarse a mi lado. Hay muy poca gente en la iglesia y ninguna cerca, puedo hablar sin siquiera bajar el tono de la voz. Esta vez es un auto rojo, una camioneta, me explica cuando lo apremio, sólo dos hombres adentro (no tres, como si la sucursal de Ocosingo tuviera menos medios). Le pido que me espere, que no se mueva, y camino hasta la puerta, la abro sólo un poco para mirar. Es cierto, el pequeño no miente, la camioneta es roja, vieja y destartalada (los hombres no visten de oscuro como en San Cristóbal), uno está al volante y el otro se pasea por la vereda frente a la iglesia; este último, muy moreno, proyecta un aspecto bastante vulgar y descuidado, a punto de parecer sucio, con unos pantalones oscuros y una camisa blanca que cubre un estómago pronunciado, las mangas arremangadas y un paliacate rojo al cuello. El señor negro. Sus ojos no miran hacia la iglesia, sólo espera mi aparición sin sospechar que he sido advertida. Cierta de que mi pulso se ha vuelto violento y caótico, cierro la puerta sigilosamente y vuelvo al banco y al niño, que me espera con la mirada atenta y un poco desorbitada. Vamos, me dice. ¿Dónde, si no podemos salir? Con el padrecito, responde tirando de mi brazo. Lo seguí. Lo habría seguido, con los ojos cerrados, hasta el fin del mundo, un indígena pequeñito que se conduce mucho mejor que yo y que, aunque su cuerpo demostrase estar siempre resistiendo la escasez de las cosechas, se mueve con más astucia que el mío. A mitad de camino entre la puerta y la sacristía —que se encontraba al fondo mismo de la iglesia— el niño vuelve su cabeza hacia atrás y su rostro se torna lívido. Suelta mi brazo y susurra: Corra, corra. Miro también yo y diviso un pañuelo rojo y una camisa blanca franqueando la puerta grande del templo. Mi acompañante y cómplice desaparece como por arte de magia. Hago entonces lo que se me ha indicado: correr. Abro la puerta de la sacristía sin tocar, entro jadeando —con una abismante rapidez— y la cierro tras de mí, colocando mi propio cuerpo como aldaba.

—¿Puedo ayudarla en algo, señora? —me preguntó un hombre levantando la cabeza desde un escritorio, claramente sorprendido por mi entrada inusual y escandalosa.

No tenía aspecto de sacerdote, y recordé al compañero de asiento en mi vuelo hacia San Cristóbal, aquel que en mis suposiciones definí como ayudante de don Samuel Ruiz, o era él o su primo hermano.

—Sí... por favor... —Apenas me salían las palabras y me negaba a mover el cuerpo, a dejar mi puesto de guardián de aquella puerta milagrosa que me separaba del hombre del pañuelo rojo, del señor negro, como diría el nombre de la ciudad.

El hombre bueno, así lo llamé en mi interior, se paró, visiblemente desconcertado, y se me acercó.

—¿Qué le ocurre? ¿Acaso está enferma?

—Sí, estoy enferma... ayúdeme.

En ese momento un sexto sentido que sólo el peligro hace aflorar me hizo escuchar cómo se detenían unos pasos a través de la puerta, a pocos centímetros de mí. Mi corazón pareció volverse loco, como si amenazara con abandonarme para desplazarse por cuenta propia. El hombre bueno trató de moverme hacia un lado para acceder a la manilla y poder abrir, yo no se lo permití.

—No, no abra —le rogué, mendicante el tono de mi voz.

Su expresión reemplazó la alarma por la inquietud y ésta pareció crecer cada segundo que transcurría. Me tomó por los hombros, firme pero a la vez gentil, me llevó a una sala contigua y me pidió que lo esperase, volviendo para abrir la maldita puerta y cerciorarse de lo que ocurría. Lo que escuché fueron sólo murmullos (la gente tiende a bajar la voz en la casa de su Dios), no distinguía bien las palabras, guardada como estaba por aquellos muros enormes. Cuando regresó, sus ojos sumaban una cierta piedad a la alarma inicial. Por cierto, volvió solo.

—No se preocupe, le he dicho que usted no estaba aquí.

—¿A quién?

—¿Cómo que a quién? ¿No está usted escapando de ese hombre que vino a buscarla?

—Sí, sí... ¿pero cómo se refirió a mí? Es que no lo conozco...

—No se refirió a nadie, negó que la buscara. Creo que me debe una explicación, ¿no le parece?

—Sí, le explicaré todo. Pero, por favor, ayúdeme, debo hacer una llamada telefónica.

—¿Adónde?

—A San Cristóbal. Se la pagaré, se la pagaré de inmediato, pero por favor, présteme el teléfono.

3

—*Ma, che cazzo fai lì?*

—Háblame en español, no te entiendo.

—¡Quiero saber qué carajo haces en Ocosingo!

—Ya te explicaré, Luciano, pero, por favor, apúrate. No me moveré de la sacristía hasta que llegues, juro no moverme.

El hombre bueno resultó llamarse Adolfo Sánchez, Sánchez como me llamo yo, y cuando se lo dije pareció relajarse un poco, al menos esbozó su primera sonrisa. En la sala del teléfono había una mesa, una silla y un pequeño sillón. Me obligó a reposar en él mientras fue por un café para ambos. Sabe Dios cuánto lo necesitaba.

Es maravilloso el nulo sentido del tiempo que subsiste aún por estas latitudes. Adolfo Sánchez había sido interrumpido en su trabajo por una mujer con aspecto de loca a quien no conocía, y aquí estaba frente a mí, saboreando un café de generosas dimensiones y dispuesto a fumarse un cigarrillo con toda la calma del mundo.

—No me gustó el aspecto de ese hombre... ¿por qué la esperaba?

—Me perseguía.

—Pero ¿quién es?

—Un paramilitar, supongo.

Sus ojos se empequeñecieron, pero no endureció la expresión.

—¿Es usted zapatista?

—Pues no... no... —Me sonó tan rara la pregunta, nunca me la habían formulado, nunca me había visto obligada a responderla.

Sus ojos se achicaron aún más.

—Soy periodista —mentí para hacerlo más fácil—. Hago un reportaje sobre ellos para una revista norteamericana.

—Extraño... los paramilitares no se meten con los reporteros. Ha habido muchos en la zona, sólo la policía se hace cargo cuando los molestan, no ellos.

—Sí, tiene usted razón, es de verdad extraño.

(Marcos y el zapatismo son una barbaridad mexicana, un cuento de hadas, una megalomanía, sentenció severo el especialista Luis Vicente López aquella noche en mi departamento en Maryland, poco antes de partir.)

Volvió a escudriñarme, era claro que no me creía, pero tuvo la delicadeza de no insistir. En vez de ello, preguntó por mi nacionalidad y una vez más terminé conversando sobre Pinochet y la situación chilena. Súbitamente me interrumpió.

—¿Ha logrado entrevistar al *Sub*?

—¿A Marcos? No, no he llegado tan lejos... tampoco parece ser tarea fácil.

—¿No le interesa conocerlo?

—Pues sí. Pero quizás la ausencia es más atractiva. ¿Qué piensa usted de él? ¿Qué opinión le merece?

Levantó las cejas en un gesto que revelaba una respuesta compleja y alzó las manos.

—Marcos y la deidad —suspiró.

—¿La deidad? ¿Qué quiere decir con eso?

—Usted sabrá que en las culturas primitivas las deidades no eran inventadas por sí mismas sino por la gente, nacían del colectivo.

—Sí, lo imagino...

—La máscara... —dijo pensativo—. A los emperadores aztecas nunca podías verles el rostro, nunca se los pudo mirar a la cara. A Marcos tampoco. Por razones de clandestinidad, claro, pero su máscara —el pasamontañas— se fue a los medios. Y la realidad empezó a existir por el mito. Luego está su nombre. A los emperadores aztecas no se les podía pronunciar el nombre, tampoco a Dios, ¿verdad?, eso se repite en nuestra cultura judeocristiana, Dios no tiene nombre. Es una blasfemia nombrar el nombre, valga la redundancia. Cuando el gobierno llamó a Marcos por su verdadero nombre, muchos se espantaron, como si blasfemaran al nombrarlo, él sólo es Marcos, sus seguidores no quieren saber de otro nombre que ése.

—Suena como religioso.

—Por cierto, y lo es. Máscara y discurso construido sobre la soberbia. Analice sus palabras: Marcos siempre está pronunciando distintos evangelios. Publica epístolas, apela al sentimiento bíblico, con los elementos de la deidad.

Apagó el cigarrillo, dejó su tazón de café sobre la mesa y me miró.

—No creo que Marcos lo haya diseñado así, pero terminó resultándole. Bueno, amiga mía, creo que debo terminar mi trabajo. Siéntase como en su casa, nada le ocurrirá bajo este techo. Abriré personalmente la puerta cuando vengan a buscarla. Ahora le conviene descansar un poco.

—Sí, descansaré. Muchas gracias.

Cerré los ojos y por primera vez en aquel turbulento día me volvió la imagen matinal, la que sin saberlo me había acompañado en el camino a Ocosingo y se había sentado a mi lado arrullándome en aquel pequeño autobús: Luciano durmiendo en el sofá de la sala, su placidez, la confianza y absoluta entrega de su cuerpo al acto en el que se sumía, la hermosura de sus facciones en paz. Me concentré un instante en su barbilla partida y me pregunté si un cuerpo sería como un paño de tierra, un campo, si su fertilización sólo dependía del aire dulce y de la calidad de sus abonos.

—¿No miraste una sola vez desde el autobús por si te seguían?

—No, no se me pasó por la mente.

La actitud de Luciano era la de una impaciencia explícita, y si esperaba disimularla al mantener los ojos sobre el camino serpenteante, pues no, ésta afloraba a la superficie y con ella trataba de cubrir la inmensa inquietud que lo asaltaba, la que me fue evidente desde el momento mismo en que traspasó la puerta de la sacristía.

—Todo esto ha sido un gran error, un error enorme...

—¡Pareces tan enojado! ¿Cuál es el error?

—Haberte pedido que te quedaras, haber pretendido que cuidaras a Reina sin certeza alguna de cuándo saldría del hospital, ignorando el riesgo que asumías.

—No teníamos cómo saberlo...

—Claro que sí, los datos los entregaron la noche misma del accidente, con esa primera llamada telefónica. Te advirtieron varias veces y de distintas maneras. Tus oídos fueron sordos, y partiste a Ocosingo como si nada hubiera pasado. Ellos saben a ciencia cierta quién es Reina y cuáles son sus actividades.

—¿Lo sabes tú también?

Por primera vez volteó su cabeza para mirarme, y lo hizo descompuesto, alterado.

—Lo que yo sepa no tiene la menor importancia. El

punto es que tú continuaste con su trabajo: ésa era toda la información que ellos necesitaban, si tú pretenderías o no actuar como su reemplazante. Ya les respondiste. Es obvio que te siguieron hoy temprano desde mi casa y pusieron en aviso a sus cuates de Ocosingo sobre tu viaje. Ya podían detenerte, les sobraban las pruebas. Por algo no lo hicieron en San Cristóbal. Cuando me llamaste de noche desde el hotel, tan asustada, ¿sabes lo poco que les habría costado secuestrarte? Es que entonces sólo te estaban advirtiendo... ¡Qué grave error has cometido viniendo a Ocosingo, Camila!

Guardé silencio. La palabra *secuestro* me produjo estupor, lo que prueba que las conceptualizaciones son a veces tan caprichosas. No lo dije, pero en el fondo sus palabras me parecieron un poco delirantes, como tantas otras que he debido escuchar en esta zona. Avanzamos al menos diez kilómetros sin abrir la boca, me concentré en mirar por la ventana y repasar el paisaje que encontré por la mañana, el mismo que observé en soledad y que en este instante difería por presentarse ante los ojos de Luciano. Frente a mi asombrada subjetividad, el paisaje cambiaba, era otro, se asomaba aún más desatado, más vigoroso —si fuera esto posible—, los árboles parecían embalsamados de un verde frescor nuevo y renovado, podría haber alcanzado con las manos los cielos de azules fríos. Los ojos sí pecan de arbitrariedad, qué duda cabe. Cuando Luciano volvió a hablar, su tono había cambiado.

—Me vine pensando durante el camino, desde San Cristóbal. Debes dejar Chiapas mañana mismo, no debes exponerte ni un minuto más.

—¿Mañana mismo? —dije como si me hubiesen arrojado encima un balde de agua fría—. Pero, Luciano...

—Espera. Tuve una idea, quizás como te parezca...

—¿Cuál?

Asomó a su voz una cualidad sonora y vibrante.

—Tal vez sientas un poco forzado partir a Washington mañana, si ya lo habías descartado. —Lo estimé fino de su parte el ponerlo de ese modo—. ¿Por qué no nos vamos al mar? Te invito a unas cortas vacaciones para que te repongas. Ya sabes, nací en Calabria, necesito sumergirme en el océano de vez en cuando. Luego volvemos cada uno a su normalidad, pero con los nervios en buena forma. *Ti pare?*

—Me conmueves, créeme... pero...

—¿Deben haber *peros*?

Comenzó entonces una especie de epifanía que no se apagaría hasta llegar a la ciudad, los campos verdes repletos de palmas lo atestiguaron, luego lo hicieron los bosques inmensos de pinos: llegó a dolerme cómo la mujer convencional que soy entró en guerra con la otra, la que debió sacar a la luz los genes de Dolores. Ella, en su pasión por respirar cada mañana, nunca permitiría que algo se desmoronara como si no se hubiese vivido. Me resultó difícil recordar otro instante tan diáfano que graficara mejor mis propias contradicciones. Sentí cómo palpaba mi sangre, bulliciosa, hirviendo a borbotones, desesperada por encontrar una salida, y yo misma clausuraba sus puertas, era como tener los músculos de las piernas adiestrados para correr, calientes, listos, pero era yo quien cancelaba la carrera. De súbito pensé: ésta es la inmovilidad, en cualquier momento me volveré rígida por no tentar al movimiento y entonces me congelaré. Y ya no habrá remedio.

—¿Crees que estamos en la situación más adecuada, con Reina tan mal? ¿No resulta un poco impresentable?

—Deja a Reina fuera, es muy improbable que vuelva a casa pronto, y lo que debe hacerse está en manos de otros. Pero respóndeme lo siguiente: ¿resulta impresentable para ti misma, Camila? Eso es lo único que vale.

—Pues a decir verdad, un poco...

—¿Necesitas una especie de transición... algo más equilibrado entre paramilitares y piña colada?

Supongo que mi silencio fue una afirmación. Porque fue ese instante preciso en que el más irracional e impulsivo de los miedos me invadió: no el que había experimentado hoy en la iglesia de Ocosingo, sino otro, mucho menos límpido, desprovisto de toda grandeza: el simple y llano miedo al amor.

—*Dai, Camila, dai.* No en vano nos dijeron que había un tiempo para destruir y un tiempo para edificar, lo sabio es reconocer cuándo se presenta cada uno.

—Dame unas horas para pensarlo —fue toda la respuesta que pudo dar mi frágil imaginación. Debí parecer una mujer difícil, lo que estoy lejos de ser, pero si el temor se disfrazó con esa careta, no está nada mal. Después de todo, ¿cuántas posibilidades tiene una de hacerse la interesante?

Luciano tomó mi cabeza y la apoyó en su hombro. Con liviandad, en medio de una sonrisa provocadora, me dijo, cerrando la conversación:

—Recuerda a la Beauvoir, no se nace mujer, se llega a serlo.

—¡Supieras cómo me cuesta! Si lo supieras...

Al hundirme en la suavidad de la gamuza de su chaqueta, un remedo de su piel, me sentí unida al mundo sólo por ella. Sólo por ella.

Mientras el auto prestado por Jim se tragaba, ávido, kilómetros y kilómetros de curva carretera y Luciano conducía en silencio, soltando mi cabeza sólo para maniobrar, pensé en el año recién pasado, como si en el calor de mi escondite pudiese ventilar los pensamientos sin el temor de que ellos me desabrigaran. Y pensé que en la parte trasera de cada mente existe un espacio donde va a parar lo inservible, de manera que podamos deshacernos de lo que no nos gusta y vivir así la ilusión de mantenernos sólo en el presente: la fuerza del presente nos hace inventar un olvido forzado, una ilusión de que lo enviado al patio de atrás no existió, confinándolo quizás a los sueños. Pero los asuntos inconclusos son generalmente demoledores en la medida que retienen su poder por toda la vida al no sacar de ellos una conclusión. Es la falta de cierre lo que los hace poderosos. Y al permanecer en la nada arriba de mi cama durante un año quizás lo que hacía, sin saberlo, era desafiar a ese poder, para vencerlo más tarde.

El invierno persistente arranca la luz de San Cristóbal de las Casas a una hora temprana, y ésta se había extinguido como una bestia acosada cuando entramos esa tarde a la ciudad.

4

—Nada de cenas, ni siquiera donde Jean Jacques, tú no saldrás de esta casa sino conmigo, para dirigirte al aeropuerto. No tomaremos ni un riesgo más, ¿lo tienes bien entendido? Recuerda que los criminales, de alguna forma misteriosa, siempre tienen ganas de ser descubiertos.

—¿Viene Jim a cenar?

—Jim fue a Tuxtla, no vuelve hasta mañana. Por eso fue tan fácil hacerme de su coche cuando me llamaste. Reconoce, Camila, ni Superman te habría rescatado con tal celeridad.

Me encantaba la liviandad de Luciano.

Se ofreció para cocinarme unos *spaguetti al pesto*, había conseguido la albahaca ya preparada con su amigo italiano de *La Trattoria*. Mientras esperábamos que hirviera el agua, reclinados sobre los estantes azul rey de la cocina, la imagen de otra cocina menos hermosa, la de Reina, volvió a mi memoria. Aquel primer día luego del accidente, cuando lavé la loza que había quedado en el lavaplatos: el color verde de los restos era el de la albahaca. Por fin se me relataba abiertamente con quién había pasado ella la última tarde.

—También le cocinaste a Reina el jueves, ¿verdad?

La expresión de Luciano se mostró perpleja al inicio, luego molesta, como sólo podría molestarse la expresión de un europeo liberal frente a las lánguidas aprensiones de una latinoamericana un poco conservadora.

—¿Y qué hay con ello?

—Hoy es lunes, Luciano, recién es lunes. Me invitas al mar, te haces cargo de mí, pero ignoro qué pasa contigo... me resulta difícil...

—¿Estás celosa, Camila?

—¿Acaso tú nunca sientes celos?

—Pues sí, claro que sí....

—¿Y de quién? ¿De algún comandante zapatista? ¿O del propio Marcos?

—Deja a Reina fuera de esto, ella está más allá de toda expectativa, quizás ya es hora de que lo entiendas.

Mi ánimo se opacó como una neblina; su dureza resultaba tan radical como su propia lealtad. Pero la dureza era para mí, la lealtad para otra. Bajé la cabeza, temí por un instante ponerme a llorar como una estúpida. Pero con Luciano las cosas nunca son como parecen ser: abandonó la olla de agua hirviendo y se acercó a mí, siempre reclinada contra el estante con un vaso de vino tinto en la mano.

—Esta noche tengo celos de un periodista de televisión medio gringo, medio chileno, que vive en Washington. Ésa es la verdad, ¿estabas preparada para escucharla?

Dios santo.

No estoy segura cuánto invirtió en mí la naturaleza ni de cuántos dones se desprendieron los dioses al crearme. Pero algo hicieron para haberme convertido esta noche en la mujer que fui. En la señalada. Y como —quizás— estoy llegando a la mitad de mi vida, me siento con derecho a ser relativamente optimista. Tal era mi estado de ánimo cuando terminamos de lavar los platos después de la comida. Miraba el acucioso actuar de Luciano en la cocina y recordé que antes yo solía afirmar que, si en una pareja la igualdad se manifestaba en paridad intelectual, la batalla estaba ganada, relegando lo doméstico a segundo plano, casi a un detalle secundario producto de la obsesión de las primeras feministas. El tiempo me ha dicho que estaba errada; si el mundo doméstico no se comparte, la brecha entre lo público y lo privado no se cerrará jamás. En buenas cuentas, volvemos al principio, a lo aparentemente lateral que se calificó de rudimentario, de lucha pequeña, o como lo dice bien su nombre, doméstica: si tu hombre no lava contigo los platos, la maldición milenaria permanece. Pensé, entonces, que Luciano debía ser un buen compañero de vida. ¿Cansaría a la larga esa acuciosidad? Conozco tantas mujeres que, con el tiempo, transformaron las gracias por las que se enamoraron de un hombre en feos defectos; lo que partieron celebrando en ellos terminó por ser un *handicap*. Como dice una humorista argentina, se enamoraron del Che y después quisieron cortarle la barba.

Un hombre honesto jamás habla despacio, dijo John Huston. Sin embargo, ciertas cosas se inventaron para decirlas a media voz, como se deben decir. Y así él bautizó la noche.

—Existe un antiguo mito que sostiene que contar historias puede curar enfermedades o salvar; sin historias, viviríamos un presente viejo. Dame la mano, Camila, ven conmigo y te contaré alguna.

Cada uno con un vaso de tequila nos tendimos sobre las cubiertas de la cama en la habitación monacal, el tucán de colores colgado del techo y yo escuchando bellas historias, fábulas, mitologías, contadas con el propósito de curarme del golpe de este día tan extraño y pesado. El tequila se iba directamente al alma y a la intimidad del que lo bebiera.

—Estoy volviendo al territorio de la inocencia —le dije agradecida.

—¿Cuál es ese territorio? —me preguntó.

—Éste, el de la alegría interior más que el de la diversión...

Enredando con su mano mi pelo rojo, comenzó a jugar con él y desde ahí recorrió, con un dedo largo, lentamente, la línea de mi perfil. Cuando llegó a mi boca, instintivamente se lo retuve con los dientes y comencé a morderlo. Su respuesta fue inmediata: introdujo su dedo adentro de mi boca, mojándolo con mi saliva, como si con ello comenzáramos a empujar fuera nuestras oscilaciones. La febril expectación de ambos incendió la noche y no supimos cómo nos cogió el vértigo, en qué instante nos besábamos como dos desatados infatigables esparciendo en nuestro derredor un oro desconocido. El aire, la noche, la ciudad, el universo entero, todo sometido a nuestros cuerpos, a un apetito vital tan voraz como enceguecedor y rotundo.

—Estás temblando —me dijo entre un beso y otro.

No respondí.

—Aquí termina el frío, *bella*, cree en mi palabra, no tendrás más frío...

Sobre un encuentro con el amor sólo se pueden decir frases trilladas, las mismas que todos los amantes han repetido a través de los siglos, aun cuando cada uno de ellos, como yo, calificara su vivencia como excepcional. Pero ésta no resulta una razón suficientemente poderosa como para que guarde silencio.

La noche era tan grande como todo San Cristóbal de las Casas y yo era una niña acurrucada contra él. Nuestras respiraciones, un leve rumor de lluvia. Luciano me obligaba a retroceder dentro de mí misma, arrasando con mis territorios de privacidad, como si ya no quedara espacio y los escondites se hubieran cerrado, ahora el pudor, allá las palpitaciones, aquí la sed. Todo repliegue imposible. No cabía preguntarse por lo que rondaba en el espacio aéreo de su mente, pero en el mío algo insistía: las presencias irregulares del miedo. Como si todo el azuloso firmamento repitiera conmigo, en tonos ondulantes que iban y venían: maldito deseo, tan mezquino, siempre dispuesto a asomarse cuando aún no se consuma y tan avaro de su memoria cuando por fin se ha saciado. Me desvistió con las manos manchadas de pintura, sus manos, otra vez, cuánto habrán tocado esas manos, no, no son manos ahítas, de ningún modo, entonces, arrinconada en su abrazo, le pregunté balbuceante, dónde, dónde se volvía después del amor, cuál era ese lugar.

—¿Temes llegar ahí? —me inquirió, y el brillo de esos ojos castaños habría avergonzado al mismo sol.

—No siempre es cálido ni acogedor —respondí con un hilo de voz.

—No tengas miedo, somos nosotros, tú y yo, está en nuestras manos —me dijo.

Y como si su piel respondiera por él, un momento de resplandor barrió con lo oscuro y lo agónico que deambulaba por las tinieblas, las mías y las suyas. Volví a oler la trementina y el limón y supe que todo era inseguro afuera de esos brazos.

Así empezó el amor. Un paseo por distintas regiones opuestas, un diálogo entre la calamidad y la fortuna, las regiones superiores y la tierra, y luego, como si México nos prestara por un momento todas las fuerzas antagónicas que lo han regido, pasamos por la noche y el día, el sol y la oscuridad, la tormenta y la sequía, los levantamientos y las destrucciones, la soledad y la completud.

Hay hombres que cierran los ojos en el amor y que guardan silencio. Luciano nunca dejó de mirarme, de comunicarme que, además de su cuerpo, él estaba conmigo. Me habló en su idioma, en su bellísimo idioma, con una entonación determinada que ninguna escritura podría reproducir, sólo las notas musicales. Pensé que hablaba como todos nos hemos imaginado alguna vez que hablaba Dios.

Lo que él comprobó fue que yo tenía guardada una voluptuosidad que, vista desde afuera, no habría reconocido como mía y que esperaba quién sabe qué estímulos para aparecer. Desde el piso del dormitorio, entre la ropa lanzada al descuido, los fragmentos de mis propios amores se reunieron, adhiriéndose una a una cada pieza como en un calidoscopio descolorido, componiendo un cuadro final de bastante pobreza. Irrefutable esta pobreza, fue su constancia la que engrandeció la noche, la que actuó como el centinela, la que atestiguó mis emociones, cuidándolas, guardándolas; quizás qué fuerzas vendrían a regalarme en sequías venideras, cuánto podrían humectar con su sola evocación paños enteros de suelo calcinante y rocalloso.

Entonces, la pasión. La maldita dama desaforada con su inflexible necesidad. Filtraba a través de una grieta, una pequeña brecha, un resquicio como una luz de amanecer a través de los postigos, hasta que se abrió, desatando algo privado y primordial. Me diluí dentro de algo enorme y completo. El estampido. Que mata sin ton ni son. Trompetas y cítaras. Cítaras y trompetas. Arpas, tambores y danzas. (El barco navegaba por las cataratas del Niágara, acercándose peligrosamente a la herradura donde el agua pulveriza, el barco en un acto final, irreversible, al penetrar las caídas del agua, y una mujer inglesa a mi lado, con un dejo orgiástico, gritó: *It's like dying!*) Si minutos atrás Luciano y yo paseábamos por sueños paralelos, de súbito llamamos al milagro y los rompimos, cortando la larga continuidad, y por un momento las líneas, por fin, abandonaron su rectitud y se fundieron. Un solo sueño único. *It's like dying.*

La luz lechosa del alba nos encontró aún despiertos.

—El mundo afuera se ha vuelto salvaje, *amore*. Escóndete aquí.

Arrancando mi mano de su estrecho abrazo acaricié la partidura de su barbilla, entintada de goce puro. Nada me llamaba, nada me importaba de ese mundo al que se refería. Incluso Gustavo había desaparecido. Incluso Reina. Luciano hizo algo que nadie hacía por mí hace mucho tiempo: comunicó los espacios visibles con los invisibles, sacándome de ese cementerio para los vivos en que deambulaba mi corazón. Con ese pensamiento me adormilé acunada por una paz delirante, si puede la paz serlo.

MARTES

1

Shakespeare: *How quick bright things come to confusion.*

Los amaneceres en San Cristóbal son muy fríos. Lánguido y exhausto, mi cuerpo ensayaba esconderse en el de Luciano cuando me despertaron unos pequeños golpes en la puerta, venían de lejos, un sonido casi perdido a través de los muros sólidos de la pequeña casa del barrio Santo Domingo. Abrí los ojos y a través de la ventana divisé la espesa niebla de la mañana, lejana, no me tocaba, me burlaba de ella sumida en la parcela de calor que había por fin conquistado. Miré su cuerpo dormido y me pregunté quién era este hombre. El sueño lo protegía de verdades a las que yo nunca accedería, como protege el sueño a cualquiera que es otro, ajeno a una misma; pensé que a fin de cuentas no se sabe de verdad quién es nadie, ni siquiera el hombre propio con quien compartes el lecho cada noche. Me estreché aún más contra él, comprimiendo, estrujando, prensando lo mejor de mi humanidad contra la suya, haciendo caso omiso a los golpes en la puerta; en esa casa yo era una afuerina, no había razón alguna para envolverme en el llamado. Aun en ese estado de vigilia reconocí como repetición algo que venía de más allá, desde los confines de la memoria: la cualidad fundamental de mi vida en los Estados Unidos, la de *outsider*, cualidad que me hizo inclinar la balanza a favor de dejar mi país, habitando así un lugar que no me pertenecía, que no me importaba mayormente, como la observadora de un espacio del cual una se zafa cuando elige hacerlo, sin nunca involucrarse, ajena a su acontecer: la no pertenencia vivida como un alivio, no como una marginación. Resumiendo, un lugar del cual yo no tenía responsabilidad, uno donde podía leer las noticias cada mañana controlando toda adrenalina porque a fin de cuentas mi alma de extranjera me alejaba de sus consecuencias. Maravillosa condición para una mujer con inclinaciones a la tibieza y a la comodidad.

Los *deleites imperfectos*, como llamaban al amor físico en el siglo dieciocho, me tenían sumida en un sopor que debí sacudir para levantarme de la cama cuando escuché nuevamente los golpes. Me pareció que el camino más corto era deshacerme de ellos para seguir gozando el estado de redención al que me había precipitado la noche. Con calma cubrí mi desnudez, no estaba dispuesta a que nada ni nadie me alterasen, y sobre mis cotidianos blujins arrojé por arriba de mi cabeza la camisa de cuadros azules de Luciano. Crucé la sala descalza y me deslicé con pereza hasta la puerta. Prácticamente no alcancé a abrirla: sin que supiera cómo, en un instante sentí un frío acerado en el costado izquierdo y, como en una escena nebulosa de una película que se mira a medias, vi que una mano atrapaba mi brazo y me arrancaba del vano de la puerta, obligándome a subir a un coche que, con el motor encendido, esperaba en la angosta vereda, a un par de metros de la puerta misma. ¡Si gritas, disparo, cabrona! Y, luego, un golpe seco.

2

No sospecho cuánto tiempo transcurrió hasta que recuperé la conciencia. Un horrible dolor en la cabeza, situado nítidamente en la sien derecha, me recordó el golpe: no alcancé a ver su rostro, no alcancé a ver nada, una vez arriba del auto, en el asiento trasero, me atacó con la empuñadura de la pistola o revólver, no supe más. El único recuerdo que tengo, y bastante vago, fue el frío que sentí en el costado izquierdo cuando me encañonaron y cómo me subieron al auto con prisa, rápido, y luego me golpearon en la cabeza, nada más, aunque retuve una imagen, la de alguien, una mano determinada, ¿la misma que tomó mi brazo?, cerrando cuidadosamente la puerta de la casa de Luciano, extraño detalle, ¿cuándo la cerró y por qué?, ¿para no llamar la atención?, una puerta cerrada es la declaración de que nada ha sucedido. Luego, el negro total.

Mis ojos están vendados. No veo nada, por lo tanto, no sé dónde estoy. Toco la venda con la ilusión de arrancármela, pero es imposible, el que hizo el nudo sabía lo que hacía. En la parte delantera la han reforzado con una gran cinta adhesiva que cubre frente, sienes y parte de las mejillas. Ni siquiera un pequeño orificio, nada. Dejo para más tarde la tarea de insistir. Por ahora son muchos los estímulos que llaman mi atención, casi todos físicos. Me han quitado el reloj, palpo mi brazo izquierdo hasta la muñeca, no está. Aunque tuviese libre la vista, igual no sabría si ha transcurrido una hora o una eternidad. Pierdo por completo el sentido del tiempo.

Toco con mis dedos rígidos un enorme moretón en mi sien derecha, bajo la cinta adhesiva, y me duele mucho.

Llevo puestos los mismos blujins con los que me vestí adormilada cuando sentí esos golpes en la puerta. Por el tacto y el olor reconozco la camisa de Luciano, ¿en qué momento llegó a mi cuerpo? ¿Y por qué? Mis pies están descalzos, no necesito de mis manos para saberlo, me lo cuenta el frío enorme que se apodera de ellos. Temo que los dedos se vayan a congelar, tan entumecidos se encuentran.

Podría dibujar y apartar el inmenso hoyo que se abre en mi estómago, así de visible me resulta. Lo último que comí, anoche, después de los *spaguetti*, fue un mango, dulce, carnoso, perfumado. No he bebido nada desde el último tequila, ni siquiera pienso en el café matinal, el que se encarga cada jornada, vigoroso, de volverme a la vida luego del sueño, no, en este contexto aparece como un lujo desmedido, sólo pienso en una humilde jarra de agua. Tengo sed, tengo mucha sed.

El piso es de baldosa, me lo refiere su textura y, más que nada, su temperatura. Estoy sentada en él. Me levanto con dificultad y, como si jugara al juego de la gallinita ciega de mi infancia, doy pequeños pasos cuidadosos con los brazos estirados tratando de abarcar y entender el espacio. Concluyo que la habitación es pequeña, no más de tres metros por cuatro, y está totalmente vacía exceptuando un artefacto con que el que me tropecé en un costado;

luego de seguir con los dedos su contorno deduje que se trataba de un lavatorio plástico. No hay ventanas, sólo pude percibir el vano y la puerta, bastante pequeños. Será adobe el material de los muros, los siento levemente húmedos.

No escucho nada. Trato de aguzar mis sentidos, comprender a través del sonido dónde me encuentro, pero la respuesta es sorda. Si estoy en la ciudad, debo de encontrarme en el cuarto trasero de una casa, una de aquellas típicas de la zona, las que concentran la vida lejos de sus fachadas. Si estoy en el campo, el silencio es concordante. Ni un solo ruido humano.

Ni siquiera huelo el maíz.

¡Luciano!

Necesito orinar. Quién sabe cuántas horas han pasado desde la última vez que lo hice. Me duele la vejiga, me doblo en dos. Pego un grito. Espero. Nada. Vuelvo a gritar. Da la impresión de que me han dejado abandonada. No puedo más. Me levanto y busco el lavatorio plástico. Como si fuera un excusado. No veo nada y mojo mis pies sobre aquella helada baldosa. Así es como empieza la denigración de un ser humano.

Cuando ya ha pasado el tiempo suficiente para descifrar mis condiciones físicas logro enlazar una idea con otra. La primera que me viene a la mente es el azar, o más bien, lo azaroso de cada acto. Si Jim hubiera estado en casa (agradecí tanto su ausencia anoche) es probable que él hubiese abierto la puerta, no creo que estos hombres que me tienen encerrada tengan conocimiento de que Jim estaba en Tuxtla, sus presencias no son omniscientes. O quizás de nuevo juzgo mal y vigilaban la casa de Luciano y sabían quiénes la moraban. Entonces, si el propio Luciano hubiese abierto, ¿qué habrían hecho?, ¿reducirlo para llegar hasta mí o llevarnos a los dos? Les resultó tan malditamente fácil. ¿O es que poseen la sutileza para intuir que una mujer escucha sonidos que le están prácticamente vedados a los hombres? Porque ni siquiera me pregunto la razón por la cual no despertó Luciano con aquellos golpes pequeños pero requeridores, no es que trate de justificarlo sino más bien ensayo la objetividad: nadie en el mundo posee el oído de una mujer que ha parido, nadie lo tiene más aguzado que ella, más aún si ha debido cuidar a un hijo enfermo, oídos entrenados a captar la más mínima señal de queja, de alarma, incluso en medio del más profundo sueño.

Registrando los bolsillos de mi pantalón, no sé con qué recóndita esperanza, me encuentro con un objeto pequeño y duro. Es metálico. Lo extraigo del bolsillo y distingo, al tacto, que es el arete de plata de Reina, aquel que recogí en la calle del accidente hace tanto tiempo atrás. Es el único objeto que pueden tocar mis manos, no hay nada más en este vacío, nada propio, nada que provenga del mundo que recién he abandonado. Clausurada yo, decido convertirlo en mi amuleto, algo a que aferrarme. Lo aprieto, empuñando la mano, como si en ese gesto se me fuera la vida.

Ay, Reina. Como dice la canción, ya no sé si maldecirte o por ti rezar.

El posterior recuerdo del horror nunca se refiere a lo más evidente, abrumador, visible. El máximo horror se concentra en el detalle, en el pequeño gesto inaparente que sólo horada en una misma, no en el que posea el panorama global. No tengo cómo demostrar la certeza de lo que digo, sino simplemente relatando lo que vivo con mayor angustia: el estar descalza. Allí se centra el horror. Me toco sin cesar los dedos de los pies, estoy convencida de que dejarán de ser parte de mí, que si me muevo se separarán de mi cuerpo y quedarán en las baldosas sin reunirse conmigo, fragmentos inservibles de un pobre organismo. Es el frío. Si has perdido el sentido de la vista, resulta aterrador estar descalza, no sospechas qué vas a pisar. Eso me tortura más que el dolor de la cabeza, que la orina en el lavatorio, que el hambre y la sed. Y que la incertidumbre. Todo se puede aprender, a todo te puedes acostumbrar, incluso a convivir con un pudor herido. Pero no a caminar sin saber qué texturas te esperan, si es viscosa, si húmeda o mojada, si te vas a resbalar, si algún bicho o animal te espera en el próximo paso. Lo desconocido resulta aterrante.

Lo único relevante entonces, en Washington, era observar la uña del dedo gordo de mi pie... romperme los ojos en la curva superior que diseña la uña, la línea recta empezaba a redondearse, se oscurecía la piel en la frontera misma en que la uña le arrebataba su destino, el dedo siguiente sobrepasaba milimétricamente al observado, siendo su uña cinco veces más pequeña e insignificante que la anterior.

Al menos ser dueña de los ojos... sean ya imbéciles, ya blandos sin inteligencia, pero ojos que puedan mirar los dedos helados de mis pies.

Aquí termina el frío, bella, cree en mi palabra, no tendrás más frío.

Me invade una fuerte sensación de irrealidad frente a los recientes sucesos.

Tengo mucho miedo.

El hambre es tal que duele. Me desespero por saber si es de día o de noche, como si ello cambiara en algo las cosas. Esto no puede ser una realidad a secas; será una realidad imaginada. Sin embargo, no puedes volverle las espaldas, por más pavorosa que te parezca tal realidad. No, no puedes cerrar los ojos aunque los tengas completamente cerrados. Estoy siendo víctima de una guerra que no es mi guerra. (¿Por qué no luché en Chile contra la dictadura? ¿Por qué no me convertí en la compañera de Dolores?)

Quiero vomitar.

Quizás, para fortalecerme, acuden a mí los rostros que he encontrado esparcidos día a día en las calles de San Cristóbal, cualquier rostro indígena, uno de aquellos que padecen la imitación de la vida, una copia de la vida y no la vida misma: todos somos, ellos y yo, un enojo amargo.

Me siento tan cansada. Tengo sueño.

3

Me habré dormido profundamente porque no sentí ruido alguno, menos el de una puerta que se abriera. Al extender mi brazo, topé con algo que podría jurar no se encontraba antes allí. Eso me despertó del todo, cualquier nuevo elemento en este vacío es un tremendo estímulo. Mis manos dieron con un plato: de barro será, por el peso, contiene un líquido, el que derramé en parte al tratar de sujetar, metí un dedo y éste salió tibio y empapado, lo lamí y percibí el sabor de la sal. Al lado, una tortilla de maíz, sin plato ni nada. Seguí tanteando el piso por si aparecía alguna otra sorpresa, extendiendo el radio de acción que la persona que lo trajo me trazó, pero no, mi comida es esta sopa y esta tortilla, benditas ambas. Que la tortilla estuviese seca y dura no me importó nada, tal era el hambre. Si tuviese que definir el sabor de la sopa, no lo lograría, pero se me ocurrió que algo parecido debe ser el pozol que toman los indígenas cada día por alimento. Me volvió el alma al cuerpo, era de nuevo una persona, lo que prueba que nada embrutece tanto como el hambre.

El odio ciego y desgobernado que siento desde que estoy aquí da paso a un agradecimiento manso, no me han abandonado del todo, alguien me trajo comida. Tengo miedo, pero alguien me trajo comida. Pienso en los campos de concentración nazis. Durante mi vida he visto, como todos, miles de películas sobre ese tema; cualquiera fuese la cantidad, cada una me producía indignación, como si ésta nunca se agotara. De chica, soñaba con tornarme invisible y trasladarme en el tiempo y el espacio para penetrar a un campo y ayudar a los prisioneros. Me imaginaba pegándole a la gorda alemana de las SS, pellizcándola al momento en que daba las órdenes a las mujeres judías. Pero más que nada fantaseaba con robarles la comida a los jefes del campamento para repartirla después a los famélicos. Porque desde siempre sospeché que las mayores indignidades que alcanza un ser humano son las relacionadas con el hambre.

Mi agradecimiento no dura, casi puedo tocar mi soberbia tan lastimada. Muy luego comprendo que el odio no se aplaca. El odio nunca duerme.

El alimento me ha vitalizado. Prefiero no hacerme preguntas, por la esterilidad que conllevan y por la desolación a la que me pueden arrojar. La única que me acepto es: ¿me espera algún interrogatorio?

... nunca supe mucho de la estadía de Dolores en la cárcel, no era un tema que ella tocara por iniciativa propia... supongo que a mi padre le habrá contado detalles, no así a nosotros... pero sí recuerdo que antes de pasar a la cárcel misma, allí donde conoció a Reina, lo que me lleva a pensar que a raíz de eso estoy aquí, pero no debo irme por las ramas, antes de pasar a la cárcel estuvo en un centro de reclusión clandestino, donde operaban las fuerzas de inteligencia... allí la tuvieron largas jornadas en condiciones parecidas a las mías, sólo lograba abandonar la celda para ser interrogada... la tortura comenzaba con el interrogatorio, no en la celda, si es que se le puede llamar *falta de tortura* a algo como esto.

Súbitamente me dan ganas de reír, una risa áspera y resentida, sin duda, pero risa igual, o ganas de risa: estoy viviendo, por fin, algo que está a la altura de mi madre.

Gustavo. Abrígame los pies. Sé bueno. Como tantas veces.

Quisiera que alguien me hablase, aunque fuese mi propio captor. Pero esta falta de sonidos humanos me está descomponiendo. Siento terror. Si alguien me dirigiese la palabra me confirmaría, me diría que yo soy yo y no el insecto en que alguna vez, hace poco, temí transformarme. Si ni con los ojos cuento, ¿a qué certeza puedo echar mano?

Quizás cualquier sonido reconocible ayudaría, aunque no fuese humano. La lluvia, por ejemplo. Luciano insiste en que la lluvia en México nunca tiene malos propósitos. Incluso podría haber actuado como salvadora, ¿me habrían soltado si hubiese comenzado a llover? Loca yo. Es que, según él, la tierra húmeda es para los campesinos como una perra en celo. Dejan todo y se van a la siembra, a la búsqueda del maíz que es como la búsqueda de los dioses y de la vida. Un campesino diría: de la lluvia tú comes, y cuando ella llega, es como la llegada de la esperanza. Por eso, estén donde estén, dejan todo y se vuelcan a la tierra; cuando la lluvia viene se paran las disputas, los conflictos, los enfrentamientos. Durante la guerra de Castas, hace un siglo y medio, los indios campesinos habían rodeado Yucatán y estaban cerca de vencer, entonces apareció la lluvia y suspendieron el cerco de Mérida. Es que la tierra se había humedecido y ya no se pudieron quedar.

Pero estamos en la estación seca. Fallaste, corazón.

Me asalta el temor de que la cordura me vuelva la espalda en esta pavorosa oscuridad... necesito una mirada ancha donde quepan el día y la noche: la de mis padres, la de Gustavo, la de Luciano, la de Reina y Paulina, la de Jean Jacques y Ninoska.

¡Dios mío, no había pensado en ellos! Imagino a Jean Jacques descontrolado, gritando: ¡Estos hijos de puta!

Y sin ir más lejos, Luciano.

Se habrá despertado a una cama vaciada, lo imagino llamando ¡Camila! por toda la casa y sólo el eco respondiendo. ¿Cuánto tardaría en comprender lo sucedido? Quizás creyó que, a pesar de sus advertencias, yo había salido. Pero pensándolo bien, él es observador y ha de haber visto mi bolso, él sabe que jamás me separo de ese viejo bolso de cuero, y quizás también advirtió la desaparición de su camisa de cuadros azules. Pero estoy tonteando: mi ropa interior, ¿qué más evidencia que aquélla? Un par de calzones y un sostén botados en la silla, o en el suelo, ya no recuerdo, pues nadie pensará que me los puse para abrir una puerta temprano en la mañana, la elocuencia de aquellas prendas vacías bastan para cualquier entendimiento. Lo veo partiendo de inmediato donde Jean Jacques, los imagino discutiendo si acudir o no a la policía (nadie ignora la relación estrecha que existe entre ellos y los paramilitares), si a la Comisión de Derechos Humanos, si a la Embajada de Chile o de Estados Unidos, si montar un escándalo o esperar, por mi propio bien.

Mi niño, niño mío, ¿y si tú me rescataras? Con una hueste de ángeles.

¿Habrá fantaseado Luciano, como yo, con el letargo de la primera hora, con las posibilidades infinitas de amor que nos esperaban al lado del mar? Quizás le quedó algo por decir... me dormí anoche después que él, añorando ya el amanecer, soñando con que me dijera te despertaré mañana y te abrazaré para sujetar todos tus temores, los reales y los imaginarios, tu respiración no volverá a estar tan baja ni tu falda tan fría... pero me sumergí en la almohada con la certeza de que los hombres no dicen esas cosas, nunca verbalizan lo que nosotras queremos escuchar...

... sin embargo, aunque intuyo que a ratos la lucidez se escapa, la parte más antigua de mí, aquella que conoce más allá del lenguaje, sabe que la noche pasada junto a él es la que impide que en estos momentos me desplome en el suelo de baldosas, tumbada como un muerto a quien ha abandonado ya toda sangre...

... él me dijo anoche que la belleza fortalece, quien se aleja de ella se debilita...

... pienso en el grabado sobre fibras vegetales, en mis calaveras negras...

¿Y si me matan? La gran puta, llamó Hemingway a la muerte.

Estoy sucia. Estoy inmunda.
Ni la cara me lavé esta mañana, ni los dientes. Hasta

ahora he pensado que no hay autoestima posible sin limpieza; sin embargo, ¿será tan crucial? Cuando volvíamos con Luciano desde Ocosingo a San Cristóbal de las Casas, me topé con el convencionalismo cara a cara y se me presentó como una mujer de labios angostos. Hoy pienso en la higiene: a esos mismos labios angostos le agrego, bajo un ceño fruncido, un par de ojos estáticos. Claros y ciegos.

Duele cada célula que conforma mi cuerpo.

Dolores me diría que aproveche esta circunstancia para evaluar las verdades del mundo. Pero ¿cuáles verdades? ¿Es que las hay? Lo único cierto en el momento actual es mi aversión a estos hombres, los que me secuestraron. No como persona que asuma una causa, no como justiciera, sólo pienso en ellos como mujer.

A esta mujer que soy envío órdenes de disciplina, a este cerebro —¡pobres órdenes, si se encuentra ya en tal estado!—. Sin embargo, el cerebro responde, como si no supiera qué otra cosa hacer.

Si mantengo un pensamiento largo, apaciguo el miedo. Probaré.

Entonces... mis captores.

Si no han titubeado en el intento de matar a Reina, si a mí me han golpeado y secuestrado, ¿qué chillidos, qué pantanos, qué bosques espinosos cruzarán sus propias mujeres? La valentía del macho llevada a sus últimas consecuencias: vítores para el fuerte, palos para el débil. Poco me cuesta imaginar a la esposa de aquel que usó contra mí la empuñadura de su arma, ¿se llamará Carmen o tal vez María?: cada jadeo de su respiración vertido en la atención de él y su hogar, cierta de que con un poco de aguardiente se convertirá en su verdugo, aceptando sin protestas que él tenga otras mujeres, trabajando sin remedio de sol a sombra para su bienestar, con la mirada siempre errante o crispada, asumiéndose como la escoria del mundo, anulada, humillada, disolviéndose. Me parece natural, más bien urgente, que las indígenas zapatistas hayan exigido una ley especial para las mujeres; de sólo mirar sus cotidianidades una se pregunta por la historia, si pasó corriendo por estas tierras sin detenerse, con los ojos cerrados. Lo que han hecho las *enmontadas* es despedirse de su mundo. Quisimos empezar a vivir en mayúsculas, dijo Paulina. Con candor me relataba los cambios que ya se palpaban desde la rebelión del 94, hechos pequeños como usar pantalones para el trabajo por vez primera, o que los hombres se encargaran por fin de la comida en las fiestas rituales, haciéndola, distribuyéndola (cocinan más simple, me dijo divertida, caldos, carnes, matan al animal, lo cortan), hasta hechos más relevantes, como el que a las mujeres no se les obstaculice la participación, no se les impida estudiar y prepararse, que tengan acceso al control de la natalidad, que ya no se las condene por permanecer solteras (las voces «no, no me caso» rompieron con la estática tradición de siglos y desde la naturaleza privilegiada de los Montes Azules se escuchó un bullicioso NO a los matrimonios impuestos).

Paulina no se pasa películas, no cree que la vida haya ya cambiado, pero se entusiasma; la mujer organizada es una fortaleza. No en vano fue la comandante Ramona la que salió denunciando al ejército cuando éstos se adentraron en la selva, fue la mayor Ana María la que rompió el cerco militar y logró pasar un mensaje para el país (lo a que nadie sorprendió si fue ella misma quien encabezó la toma de San Cristóbal el 1 de enero de 1994, ella, una mujer). En la batalla de Ocosingo fue Isadora, herida en la columna vertebral, quien tomó el mando cuando se anuló su compañero a cargo de la operación, y respondió al fuego y organizó la resistencia. No es requisito que todas ellas vivan en el monte, Ramona y la comandante Susana lo hacen en sus comunidades, se visten como sus compañeras y llevan vidas normales cuando no están en la acción, tienen hijos, nietos, hacen tortillas a diario. Las más jóvenes habitan en la montaña con la tropa, las otras trabajan desde sus comunidades en la selva. Las bases, repartidas por todos lados, están compuestas en su tercera parte por mujeres. Mirándolas a ellas, no se vale afirmar que nunca la esperanza había tenido tan poco espacio como en el siglo que comienza. Cada mujer que se libera de la servidumbre de su historia en Chiapas vale por muchas esperanzas, si han logrado romper el asfixiante asedio de cientos y cientos de años. Pero las esposas de estos criminales no habrán palpado esa audacia, Carmen o María perpetúan la ignominia para con su sexo, no mirarán de frente, como Paulina, por el hecho de haber aprendido a escribir, ellas reforzarán el abuso de sus maridos al alimentarlos luego de haber sido golpeadas y con la carne abierta parirán a sus hijos y los prolongarán.

¡Sorprendente! He logrado ceñirme a este pensamiento sin pensar en el horror al que me han arrojado. La disciplina se ha adueñado efectivamente de mi cerebro, aunque sea por un rato. ¿Cuánto más puede durar?

Continúo. Mentira que las mujeres somos todas las mismas, Carmen o María no son Azucena, la madre de la chamula Abril, la que trabaja con Ninoska en el restaurant. Azucena abandonó a su marido, o más bien, él lo hizo porque ella no aceptó que la escondiera en casa sin dejarla salir, no permitió que sus hijas mujeres no fuesen enviadas a la escuela para que trabajaran mientras los hijos hombres estudiaban, vetó a otra mujer en casa como también los golpes cada vez que se emborrachaba. Pero, ojo, la vida de Azucena no es ninguna fantasía, ningún Edén salpicado en su regazo: aunque le afirmara a Ninoska que prefería todas las dificultades que arrostraba antes de volver a perder su libertad, o sea, antes de volver a ser una mujer casada, su cotidianidad es dura y severa como los colmillos del tigre majestuoso que pobló su imaginario. Azucena no cuenta con un pedazo de tierra. Se levanta, las estrellas aún temblando, a las cuatro y media de la mañana cada día. Camina desde su comunidad a San Cristóbal, los pies exhaustos y tenaces como serpientes en el desierto, y desde las seis a las ocho hace aseo en oficinas. Vuelve a casa a dar desayuno a sus hijos —tiene siete— y mandarlos a la escuela y a dejar el almuerzo preparado. Va entonces al molino a cumplir su turno en la amasandería, en un proyecto de desarrollo en el que participa. Vuelve a limpiar otras oficinas de seis a siete de la tarde. Deja listas las tortillas para el día siguiente. Cuando debe asistir a reuniones —ella desea la participación, por tanto asiste a las reuniones— acumula turnos en el molino, los que debe cumplir tarde o temprano. Cuando Ninoska, preocupada por la suerte de la madre de Abril, le sugirió ser parte de un nuevo proyecto que ella gestionaba con una ONG, Azucena, con honestidad, le dijo: No, por favor, ¡no más proyectos! Cualquier ayuda me agobia más y más. Aun así, cree que paga con sangre por el delito (¿supremo?) de haber rechazado al hombre: Atraje al diablo porque no obedecí.

Bajo la sombra de la ceiba, el árbol más antiguo, Paulina y las otras que son Paulina se visten con el color de las flores y dicen: soy mujer, soy pobre, soy indígena. Morimos de desnutrición y de parto, los hijos mueren en nuestros brazos. El hijo y el cántaro pegados al cuerpo.

El hijo y el cántaro pegados al cuerpo. Mi niño.

En la lengua ch'ol, al maíz se le llama *ixim* y a la mujer *'ixik*, derivados de una misma palabra. Un indígena ch'ol se preguntaba, ¿puede vivir alguien sin el maíz?, tal vez sólo los hombres blancos, los que no son hombres de maíz.

El temor se ha disipado por un rato.

Si hubiese alcanzado a hablar de esto con Reina. Ella, ¿no se habrá preguntado, alguna mañana aciaga, si este paisaje que miran cada día las mujeres indígenas daría lugar para un anhelo válido en sí mismo? Es raro: como buena hija de mi generación, todas las causas me parecen un poco sospechosas, sin embargo, no ésta. Quizás qué identificaciones invisibles corren por mis venas. Hace ya muchos días, toda una eternidad, que estoy en Chiapas y no he bajado la guardia ni un solo instante en cuanto a la observación (aunque la haya bajado en tantos otros campos), todo para llegar al punto en que, por entender *más*, entiendo *menos* que nunca. Sí mantengo la lucidez para no confundir la justicia con la limosna. Pero si de algo me he ido convenciendo es de la legitimidad de un grito de mujer en este apartado rincón del mundo, sea o no sea zapatista. De eso estoy segura.

4

Es el tiempo el que define la existencia; sin tiempo no se existe. Por eso creo que voy a desaparecer.

Ya estoy desapareciendo.

Aquel milagro que recuerdo. Luciano.

De rodillas gateo por el piso de baldosas heladas buscando el lavaplatos plástico, cuando advierto el ruido de unos pasos a través de la puerta. Siento que el tiempo se abre: algún ser humano se acerca a mí. Efectivamente, alguien entra a la celda.

—¿Quién es? —pregunto, asustada de que deje la comida y se retire antes de haber escuchado su voz.

—Te traigo alimento, cabrona, agradece que no te dejemos morir de hambre, porque merecido te lo tendrías, extranjera.

(En Chiapas si no eres chiapaneca, eres extranjera, aunque provengas de cualquier otro lugar de México.)

La voz es masculina y creo haberla escuchado antes, quizás fue por el teléfono del hotel o esta misma mañana (¿o será ya otro día?) al subirme a ese auto con el motor a punto de arrancar. Por la forma en que me dice *cabrona* pienso que puede ser el mismo que me golpeó con su arma. Me lo imagino con un auténtico aspecto de bandido, desaseado, con barba de un par de días, probablemente entrado en carnes y de ojos muy negros. Me chocan los insultos, no estoy habituada a la violencia verbal, como si mis días hubiesen transcurrido en un eterno rosado. Los mexicanos suelen hablar pensando en lo que le gustaría a su interlocutor escuchar; hablan de forma oblicua, con ellos se debe aprender a leer entre líneas, por algo son los reyes de la sugerencia y la simulación. No es que digan mentiras, pero pueden decir verdades parciales y tramposas. Aunque me ha tomado trabajo adaptarme, en este momento daría lo que fuera para que este hombre le hiciera honor a su mexicanidad.

—¿Por cuánto tiempo me tendrán aquí? —pregunto, sin esperar realmente una respuesta.

—Por el tiempo que se nos antoje, hija de la chingada, y menos preguntas.

—Por favor, sáqueme esta venda de los ojos, le ruego...

—Esa venda es tu pasaporte, pinche extranjera, si nos miras a la cara, estás muerta.

—Lléveme al baño, entonces, necesito un baño.

—No irás a ninguna parte hasta que llegue el jefe. ¡Empieza a remojar la memoria, mejor!

Vaya, es la primera frase completa que articula sin un insulto.

—¿Qué memoria? Si no tengo nada que decir...

Lanza una risa estentórea y desagradable.

—¡Qué güera tan pendeja, mi señor!

—Hablo en serio, ¿por qué no me escucha? Soy una ciudadana chilena que vive en Estados Unidos y estoy aquí por un reportaje, no tengo nada que ver con lo que ustedes creen.

—¿Por eso vas de paseo a Ocosingo? ¿Crees que somos

226

pendejos? Dime también que no conoces al hijo de la chingada de Marcos, dime que no tienes nada que ver con esa puta de tu amiga, la otra extranjera...

Su voz se alza peligrosamente, agregándole a ella un toque de extravío.

—No conozco a Marcos, no lo he visto nunca, es absurdo, él ni sabe que yo existo. Y Reina, ella... ella es mi amiga.

—Buenas amigas te buscaste, pinche chilena. Anda a contarle esa historia a mi jefe cuando llegue, te va a ir muy bien...

—No es gratis encerràrme, señor, tengo amigos en San Cristóbal, hay dos embajadas detrás de mí...

Hablo sin ninguna lucidez, pero es que no deseo que se vaya, prefiero sus insultos a la soledad de la celda, a la nada sin tiempo. Como si yo no existiera más que frente a ellos, fuera de sus ojos fanáticos dejo de tener contornos.

—Platicadora además, la muy cabrona. ¡Basta! Recoge tu comida.

—Dígame al menos qué hora es, en qué día estamos... sólo eso.

—No diré nada, va en contra de las reglas.

Siento que se mueve, sus pasos parecen dirigirse al costado derecho de la habitación, donde se encuentra la puerta.

—Que no conoce a Marcos, la hija de puta... —murmura con enojo al avanzar. Y como si se arrepintiera, devuelve sus pasos hacia mí y en mi total ceguera siento de pronto el aleteo de un brazo y luego un golpe, un golpe fuertísimo de su puño, arriba, por el costado de mi mandíbula.

Desde atrás de mi mente alguien suelta un grito. No es la boca de esta mujer prisionera sino de aquella otra que alguna vez sintió cosas normales y tuvo un hijo y un marido y una casa y que podía manifestar emociones sencillas. Como si el grito lo sacase de sus casillas, al escucharlo vuelve a golpearme, esta vez un puñete al tórax, al mismísimo centro, dejándome enteramente doblada en dos, como si mi cuerpo se rompiera de forma definitiva.

Al salir, tropieza torpemente con el plato de comida, la que él mismo ha dejado en el suelo. Escucho que se cierra la puerta, y antes de encarar el dolor y la indignación me preocupo por el hambre: tanteo el piso de baldosas buscando mi sopa. Muy pronto se mojan mis manos, palpo el plato grasoso y vacío, todo su contenido en el suelo. Sin pensarlo dos veces me pongo de cuatro patas y lo lamo.

Cuando una se acostumbra al horror, éste deja de verse, por tanto de existir. El horror mismo lleva a perder las proporciones del horror.

El mundo afuera se ha vuelto salvaje, amore. Escóndete aquí.

MIÉRCOLES
—

1

La casilla negra aún, como en un manicomio...

... daría todo por un regalo: un dedo de sol...

... presumo que es de noche, fría y sucia ha de ser esta noche, hosca barricada de un azul mineral...

... recuerdo a Sancho Panza diciéndole al Quijote: Señor, las tristezas no se hicieron para las bestias, sino para los hombres, pero si los hombres las sienten demasiado se vuelven bestias.

Aún no vienen a buscarme... debo de haberme dormido porque al despertar encontré mi pozol y mi tortilla, me he convertido en una experta para detectarlos, sé exactamente el lugar donde debe palpar mi mano, aquí al lado de la puerta... ¿hace cuánto habrá venido mi carcelero?... cuando pienso en él, lo imagino como el *señor negro* de Ocosingo, su mismo aspecto desaseado y brutal... ¿cuándo llegará el jefe?... me toco repetidamente los dedos de los pies, pobres escarchas, los entibio, los amaso, estar descalza es lo peor de esta cárcel... no sé bien qué cantidad de tiempo llevo aquí, días o sólo horas... la ceguera me confunde por completo... las fantasías de arrancarme la venda han desaparecido... es probable que tuviera éxito en la tarea, con tanto tiempo disponible... pero ¿y si aparece un secuestrador mientras lo intento?... o peor aún, si me encontrara con los ojos libres, ¿cómo me castigaría?, ¿no es mi ceguera el pasaporte para arrancar de la muerte, según sus propias palabras?... quizás sea éste un signo más de mi enorme cobardía, pero prefiero atenerme a las reglas que a las consecuencias de romperlas... no debo resultar muy relevante para estos hombres si el jefe aún no me interroga... ¿o sólo tratan de escarmentarme y saben que no sé nada y nunca han pensado en un interrogatorio?

Camino unos tímidos pasos para no entumecerme, el lugar es pequeño, no avanzo... en el intento, me tambaleo dando arcadas y caigo al suelo.

Toco cada lugar de mi cuerpo que duele, el tórax el que más.

Pienso que todo ser humano tiene una infinita y callada capacidad para ejercer la violencia, quiéralo o no. Las máscaras ayudan, cubren, tapan, disimulan, pero no la eliminan. Lo que hacen las guerras y las dictaduras es levantar esas máscaras y poner tal virtualidad de manifiesto, permitiendo que aflore en un esplendor desatado; la impunidad lo permite. En México, en Acatlán, existe una antigua tradición de luchas humanas que se llevan a cabo para pedirle a Dios por las lluvias y asegurar así el alimento. Los miembros de la comunidad pintan con sus manos máscaras rituales, rostros de tigre en negro y amarillo. Los hombres se enmascaran y acuden, con látigos feroces en las manos, a pelear. Se pegan unos a otros con inusitada violencia y los látigos les arrancan sangre mientras la gente, impávida, los mira. En Acatlán, el exceso de adrenalina posee un cauce y se guarda para ese día: la violencia es así oficializada, normada por el pueblo mismo.

No he averiguado qué sucede en ese pueblo durante el año, cuando no necesitan invocar a los dioses, pero intuyo que no se matan unos a otros.

Parece que no sólo en los caminos de Guanajuato la vida no vale nada, aquí tampoco...

... me asimilo a un *santo castigado*, aquellos antiguos santos coloniales que, por haber sufrido quemaduras o desgaste del tiempo, se han descolorido en su pintura y son dejados de lado en las iglesias, inservibles, probablemente no los tiran porque nadie se atreve a hacerlo...

... ¿por qué no vienen a rescatarme?...

... ¿qué está sucediendo fuera de estos muros?...

Rememoro, arrepentida, mi reciente encuentro con aquel funcionario de la Embajada de Chile en México: tomábamos un café con Reina a mediodía en una lonchería de la calle Diego de Mazariegos y alguien nos interrumpió, cautivado por mi acento, como lo expresó más tarde... era un hombre de mediana edad, guapo, sus ojos muy azules, sus ropas casuales pero finas... recuerdo que su nombre era Gabriel, pero no retuve el apellido... es que esto de provenir de pueblos chicos hace que, cuando nos encontramos entre nosotros, nos miramos, nos olfateamos como los perros y sabemos inmediatamente cómo situar al otro... el incesto nacional, lo llama Gustavo, y una vez que lo encasillé, la procedencia de este hombre, en ese instante, me pareció excesivamente ajena a lo que yo vivía... una evocación de la infancia de su hermana sería, sin duda, zapatos negros de charol con tirilla y calcetines blancos de puro hilo hasta la rodilla, una pequeña princesa que yo nunca fui... trato de entender hoy por qué no le hice ningún caso a este hombre cuando me advirtió que recurriera a él si me encontraba con algún problema... es que nada más lejos de mi imaginación entonces que el concepto de *problemas*... perdí su tarjeta y ahora pienso que lo debí llamar el primer día que el auto blanco me siguió... por cierto, en nada ayudó el comentario de Reina cuando se hubo alejado el chileno de nuestra mesa: No me gustan demasiado tus compatriotas. ¡Cómo nos sacamos la mierda por ellos durante diecisiete años en este continente!, para constatar hoy que se han vuelto complacientes y calculadores, muy instalados en sus pequeñas vidas, indiferentes al sufrimiento ajeno cuando a nosotros nos importaron los suyos, ¡cuando debieran estar cansados de tanta misericordia fácil!

En el cautiverio, los minutos son tan largos como una noche sin dormir...

...pienso en Reina... su arete de plata es mi única compañía en esta gigantesca nada y procuro no apartarlo de la palma de mi mano... quizás ya salió del hospital y ahora es ella la que me espera a mí... ojalá me abrazara, sus brazos serían como los de Dolores...

...los brazos de mi niño cuando se alzaban desde su cuna, siempre anhelando los míos, y yo reía, fresco, le decía, y claro, lo tomaba...

...¿será el frío uno de los mayores enemigos del hombre?...

...no siento los pies...

Reina, ¿quién mejor que ella, con su exaltación por lo heroico, con la renuncia desesperada que ha hecho de sí misma, con la elección de un modesto rincón del universo donde su presencia fuese inapelable, quién mejor para infundirme ánimos en una situación como ésta? Quisiera hablarle de tantas cosas, que me regalara alguna de las luces de su racionalidad persistente, iluminando esta sombría y lóbrega soledad. *¿Sabes, Camila, cuál es la diferencia entre esta era y la anterior? Antes, las tareas eran fruto de la obligación; hoy nacen de la convicción. Y esta última va unida al goce, a la gratitud de responder por lo que nos han dado.* Y se trenza el pelo negro, negrísimo como el plumaje de una urraca, tan negro reluce que se transforma en azul. Recorro todos sus gestos averiguando cuál es aquel que me permita encontrar una síntesis de todos ellos. Doy con su mano cuando la alza al hablar: su mano como una de las caras del cielo. *Tengo mis temores de que hayan cambiado el nombre del imperialismo por el de la globalización, aprovechando que el primero ha caído en desuso.* Aquella imagen me aburre, no es la que busco. *Salgo tanto fuera de la ciudad, podría haberme perdido tu visita. Y no me lo habría perdonado, Camila. Donde quiera que fuese, Dolores me cuidaría, ¿cómo no me voy a preocupar por ti?* Las personalidades atractivas suelen ser las inusuales, qué duda cabe. Y también son las que aglomeran a los otros en torno a ellas, como si fuesen dueñas de algún secreto que los demás, sépanlo o no, cuidan. ¿Qué hacen Jean Jacques, Ninoska, Luciano, Paulina sino jugar a ser sus vestales, cuidando el fuego sagrado de su templo? Y sin ir más lejos, aunque yo esté fuera del secreto, ¿acaso no he hecho lo mismo?

Ya he logrado dar varios pasos sin caerme, sin arcadas, sólo los pasos que permite este agujero. Muevo las piernas, subo las rodillas, extiendo y aprieto las pantorrillas. Algo de movimiento, algo de calor. Igual termino botada en las baldosas.

Vuelvo a Reina... ¿qué más poseo en este instante sino mis recuerdos? A su lado, a veces sentí como si estuviera robando a los *creyentes,* para buscar sentidos. Otras, lamenté su falla en emitir signos que me habrían dado la posibilidad de establecer, como con cualquier otra mujer, los sentimientos. Solía sentir que nuestras conversaciones me dejaban a mí en la sombra; el que la luz cayese siempre sobre ella me complacía porque me permitía ese segundo plano en el que yo me sentía cómoda, resaltando mi calidad de observadora, una situación sin mentiras.

Hablábamos poco de nosotras mismas.

Nunca le hablé de mi niño. (¿Dolores le habrá contado? ¿Y ella a Luciano? ¿Por qué entonces el baile de la muerte, la gran fiesta?)

En su empeño por enseñarme *un par de verdades* omitió muchas cosas. La última vez que conversé con ella fue en *La Normandie.* Comíamos unas tortitas de chayote preparadas por Ninoska cuando le pregunté: Reina, ¿no es toda esta historia del zapatismo una locura? Su respuesta no se dejó esperar. Mira, Camila, en América Latina resulta posible cada cierto tiempo lo que en otros lugares sería *una locura,* que un puñado de hombres resueltos cambien completamente la historia. La magnitud de las injusticias y las desigualdades permiten de vez en cuando que el máximo voluntarismo se convierta en un proyecto realizable. Hernán Cortés, sólo con seiscientos hombres y dieciséis caballos, terminó con un imperio inmenso al que los historiadores le calculan más de veinte millones de súbditos, no eran muchos los españoles, ¿verdad? Fidel desembarcó en la isla con ochenta y dos hombres y se tomó la primera guarnición con treinta, la mayoría de ellos reclutados hacía un mes.

No alcancé a conocer los próximos ejemplos porque entonces llegó Luciano y los ojos de Reina brillaron de coquetería, tomó su pelo largo y liso y, jugando con él, se dejó interrumpir gustosa. Aquélla fue mi última conversación con ella, el día miércoles de la semana pasada. Fue idea suya que Luciano me acompañara a San Juan Chamula al día siguiente, no debes dejar de ver esa iglesia, me recomendó, regalándome, dadivosa, partes de su mundo. Ni un temor de que éste le fuera arrebatado. Ni un solo temor. Juntémonos mañana en el café del Museo y te explicaré algunas cosas más. A las ocho, Camila, ¿te parece?

A las ocho, Reina.

Hubiese preferido que me hablase de su relación con Luciano, que me contara de su amor en la selva. Juntas habríamos hecho una alianza con la luna.

Pienso en Marcos, en algún lugar de esa selva tupida, donde no logran camino tanques ni avionetas ni nada letal que no sea el paso del hombre. Cuando el ejército entró a la selva en su busca, desde la capital llegó la voz, larga como una sola, unívoca, simultánea, potente: *Todos somos Marcos.* Evoco sus ojos, lo único que conocemos de él. Con su ropa café y verde oliva, su pasamontañas, sus botas militares, sus cananas atravesadas para cargar los cartuchos, su sistema de radiocomunicación siempre encima, su infaltable gorra ya maltrecha y su pipa siempre humeando, ¡cuántos odios y amores ha desatado! Muchos se preguntan quién es el que habita tras el personaje, pregunta inútil, el que importa es el personaje y no él. Como los indígenas de Acatlán, también se ha enmascarado para la violencia, el pasamontañas en lugar del rostro del tigre, aquel que fungía de nexo entre Dios y el hombre. También ha acotado la violencia, como si no la quisiera. No es fácil imaginar esa mirada risueña en el acto de matar y me pregunto si los redimió, a él y a su gente, la sangre derramada. Es como si dijeran, sin mover los labios: *Nuestra palabra quedó escrita, pero aún no fue escuchada;* sin el cumplimiento de los Acuerdos de San Andrés, los tambores de guerra conviven singularmente con las banderas de paz, sin contradecirse ni excluirse. Sus formas de expresión resultan ajenas al guerrillero tradicional. *El zapatismo no es, no existe. Sólo sirve como sirven los puentes, para cruzar de un lado a otro. Por tanto, en el zapatismo caben todos, todos los que quieren cruzar de un lado a otro.*

Yo también quisiera cruzar, el dilema es no saber hacia dónde.

No retengo ningún pensamiento que dure más de un instante, corto, inmediato...

La razón más poderosa en Paulina para irse a la guerra fue la muerte de su abuelo. En la selva existe una horrorosa enfermedad, de nombre muy complicado: *leishmaniosis,* la que en países ricos suele darle a los perros. Los indígenas la definen como «una especie de lepra», un mosquito que se mete en la piel y la va destruyendo. En muchos países, el remedio se encuentra en una farmacia, como en Francia, por ejemplo, pero aquí no lo venden. Su abuelo, gravemente afectado, no pudo comprarlo ni en Tila ni en Sabanillas y terminó en una muerte pavorosa. Paulina no quiso saber más de tanta miseria y juró que nunca más le sucedería a su gente el morirse de una enfermedad no mortal por falta de medicinas.

A mí la muerte no me llevó a ninguna parte. Mi pesebre vacío.

Vuelvo al Quijote, cuando Sancho le dijo: Pues vale más la salud de un solo caballero andante que todos los encantos y transformaciones de la tierra.

Con ansiedad, me cuelgo de pequeñas esperanzas y no las dejo ir, con uñas me cuelgo, con dientes... que se abra la puerta... que me retiren la venda... que me ofrezcan una cobija... que me doblen la ración de comida... pequeñas y puntuales ilusiones hasta que caigo en cuenta: la última falta de esperanza llega a transformarse en la total libertad...

Aquí estoy, prisionera, aterrada, adolorida... así es como llegó el día de otra prueba... pensé en el hospital de Washington que, después de aquélla, la vida ya no necesitaría volver a probarme, ¿con qué objeto, si en tantos sentidos ella había ganado?... porque, a fin de cuentas, quien ganó fue la vida y no yo, sí salí de allí muriendo, muriendo, muerta final en tantos sentidos...

Repaso un rincón de mi insensatez...

... a cada tanto, me visitan los aires del sur, de aquel sur, el mío, lejano, triste, insular... quien nunca haya visto un ulmo en flor no conoce el nacimiento... quien no haya comido una cereza carmesí al comienzo del verano o un damasco en sazón no conoce la fantasía... aunque tantas veces pienso que es la racionalidad chilena la que me determina, atisbo allí ciertas subjetividades, raíces a las que doy la espalda (¿Por qué le temes tanto al conflicto?, me preguntó una vez Luciano. Porque soy chilena; asumo los males colectivos de mi país, le respondí)... recién, al amanecer en casa de Luciano, recordé mi adjetivo de *outsider* como uno de los elementos vitales de mi habitar en Washington... sin embargo, horas después, la calidad de foránea, de extraña y ajena, la de eterna forastera, se vuelve contra mí, interro-

gante... si debo, a fin de cuentas, reconocerme —aunque
por distintas razones— como un miembro del ejército de la
orfandad, intuyo una equivocación al elegir el limbo como
morada... aferrada a este pedazo de niebla que ocupo hoy
día, el que marca las pérdidas sin precio, me juro a mí misma que aceptaré finalmente a la huérfana que soy...

2

Reconozcámoslo: una cárcel es el mejor lugar para recordar, así lo escuché hace mucho de labios de mi madre. Y lo que he hecho en estas horas es arrojar al patio de atrás recuerdos precisos por no saber bien qué hacer con ellos. Basta, Camila, me diría Dolores, ¿no es cierto que ya basta?

Haré enormes esfuerzos, suplantaré en mi interior al miedo, colocaré el rostro de Luciano frente a mí, recorreré una a una las palabras de su relato, sus facciones me las traerán de vuelta, ocuparán todo el espacio que el miedo roba. Luciano, ya, cuéntame otra vez esa larga historia, ¿sabes qué haré para mantenerme concentrada?, inventaré una posición, pegaré mi espalda al muro, erguida, muy erguida, el muro frío espantará esta somnolencia y me sentaré en el suelo con las rodillas separadas y los pies unidos, como si meditase, la severidad de la posición determinará mi voluntad para escucharte.

Ninguna hija bien nacida puede desear la muerte de su madre, por esa razón escapó Reina Barcelona de Montevideo a Chile cuando tenía dieciséis años. Correr tras el hermano mayor para vivir los originales procesos de la revolución en democracia fue lo que se dijo a sí misma, pero lo que hacía era evadir a su madre que lentamente perdía la cordura, entre arrebatos manifiestos de fe y raptos de acusada lujuria. Como en *La Regenta,* Dios se le convirtió en una idea fija, una manía. La forma pasó a ser todo en su espíritu religioso —el beato en vez del creyente— y sólo abandonaba estas formas para hurgar en el sexo de Reina las pruebas de su virginidad. Su hija simplemente le producía aburrimiento, como si solamente los hombres la divirtieran. Se debatía entre ignorarla o maltratarla.

Reina nunca vivió, ni por una hora o dos, la sensación legítima de toda niña de ser la consentida. Como respuesta se acercó al odio santo y lo cultivó. Pero la ambigüedad es la esencia misma de la existencia —salvo rarísimas excepciones, la fibra de las personas nunca es del todo buena o del todo mala— y por ella transitó esta pequeña niña herida. Como a las mujeres mayas, a Reina le lastimaron el corazón.

En su infancia hubo un personaje central: una lejana tía inválida que andaba en silla de ruedas. Cuando Reina la veía no podía sacar sus ojos de aquel instrumento, víctima de una rara fijación. Su deseo secreto era *ser* su tía, encarnar la tragedia como un privilegio horroroso y fascinante, casi morboso, volviéndose así terriblemente atractiva y despertar la compasión a manos llenas: ser inválida le daría categoría.

A los catorce años, ya convencida de que la invalidez conllevaba demasiado sufrimiento, quiso ser actriz de cine. Visitaba a su hermano de noche, desnuda, envuelta en tules —arrancados a unas cortinas desechadas—, maquillados los ojos de plateado, la boca mortalmente roja, como una granada, con largos palillos sujetándole el pelo. Buscaba un aire que rebosara a pétalos, un aire perfecto para ella. Como las estrellas de la pantalla, decía.

A veces, su madre la sorprendía y en el acto tomaba la decisión de golpearla o mirarla estática, fría como un mineral. Dependiendo del día.

Pero más de una vez Reina la sorprendió a ella: desnudaba su torso al sol, en la terraza, y llamaba a su hijo. Hazme cariño, tonto, le decía, y él paseaba mansamente su mano por esos pechos cuyos pezones terminaban hechos de granito.

Como nos sucede a todos, sus privaciones la fueron forjando y algo impredecible y a la vez aniquilador armó el tejido de su mente, brillante y destructivo a un tiempo. Alguna cosa que fue vencida lloraba en ella.

Con los años, le decía su madre, cuando se desvanece la belleza, la única arma válida que resta es la ironía, la que no sabe usarla se vuelve patética. Pero ésta se volvió en su contra hasta tal grado que, cuando hubo terminado la dictadura uruguaya y Reina pudo entrar de nuevo a su país, debieron internarla y encerrarla en una clínica siquiátrica. Su hermano decidió adoptar, en aquel agonizante grupo familiar, la voz de la cordura, ya que en toda familia debe haber una, y se hizo cargo del financiamiento, médicos y visitas, mientras las fantasías de su hermana, en algún lugar del continente, se paseaban, vagabundas, por todas las probabilidades imaginables de una cínica muerte natural para su propia madre. Pareciera ser tan cierto aquello de que somos lo que nos enseñaron.

Luego de encerrar a su progenitora en el doble cierre del manicomio, como si la locura no fuese el primer y único cierre feroz, optó por guiar en forma definitiva su alma al lugar de la piedad, donde la mudez civil la necesitase. Eligió para ello una tierra donde, como en México, se vive aún la sorda tensión entre los hombres y los dioses: Guatemala.

243

Ay, Luciano, la precariedad de mi cuerpo me impide mantener la espalda erguida, los hombros se inclinan sin mi mandato y tu voz se me arranca...

... otra vez contra el muro helado...

... te escucho... continúa tu relato...

Reina se convirtió en una guerrillera. Un antiguo amigo de sus años iniciales en Chile la reclutó sin mayor esfuerzo en un café de Pocitos. Uruguay ya vivía en democracia y la luchadora que había en ella sentía cómo le bullía la sangre, dispuesta para la acción. Así, se forjó en la zona montañosa guatemalteca, entre los gritos roncos de las lluvias y las tormentas, y terminó en un campamento en la selva, en el clima más hostil, terreno siempre anegado y muy caluroso, en medio de vegetación salvaje y excesiva. Ésta, junto a la tierra quebrada y de difícil acceso, entregaba a los guerrilleros la sensación de tranquilidad y de dominio; sus características les daban ventaja en el combate y la maniobra, ya que en el terreno plano el ejército aprovechaba sus tres grandes ventajas: superioridad numérica, mayor poder de fuego y rápida movilización.

Al partir a la guerrilla, Reina se preocupó de armar bien su pantalla, su manto y su leyenda, como dicen en el lenguaje conspirativo. Avisó a su hermano y amigos que se iba con una beca al extranjero, a París, y desde allí la organización le enviaba las cartas para que pudiese responderlas, mandándolas de vuelta a Francia, y manteniendo así una fachada verosímil. Se incorporó a la Organización del Pueblo en Armas, más conocida por sus siglas, la ORPA, una de las cuatro formaciones armadas que más tarde firmarían la paz. Allí nadie se convertía propiamente en guerrillero antes de un año, de hecho se necesitaban diez para llegar a ser comandante, una maestría algo larga, ni la Sorbonne pide tanto estudio. Y Reina debió superar las obligadas pruebas de adaptación a la vida guerrillera con la humildad y estoicismo que la causa obligaba: tuvo que participar en la seguridad (postas y contenciones), hacer leña, acarrear agua, preparar comida para el colectivo en turnos de día y de noche, trasladar equipos desde largas distancias, culminando con la prueba máxima: el combate. Entonces aprendió que el valor y la capacidad de enfrentar al enemigo no pasaban por negar el miedo sino por saber controlarlo. Sin lo anterior, la mayoría de los combatientes, de origen campesino y maya, no la hubieran aceptado y las expresiones de *racismo al revés* le habrían hecho la vida insoportable. Se integró a una unidad importante y llegó a obtener el grado de capitán. Combatió con la infantería, vivió bombardeos aéreos y de artillería. Su especialidad, la que sólo se asignaba a alguien con cierta capacidad intelectual, fue la radiocomunicación, recibiendo el curso previamente en México. Como radista, la entrenaron para descifrar las claves del ejército, lo que la llevaba a conocer antes que su propio jefe lo que venía, avisando cuándo los detectaban y qué les esperaba en tal lugar, dependiendo de ella el éxito de muchas operaciones.

En verano, Reina dormía en su hamaca, sin ninguna protección (un saco de dormir habría resultado demasiada carga). No así en invierno, cuando era obligada a usar su carpa. Sus implementos dependían de las estaciones en Guatemala, de mayo a octubre, invierno y lluvia, de noviembre a abril, verano y clima seco. Su casa era su mochila, cargaba allí su vida entera como si procurase un remedo de hogar en treinta libras de peso sobre las espaldas. Lo más importante era el equipo militar: el fusil y las municiones. Dentro de una protección de nylon viajaba la champa (carpa), la hamaca, la chamarra (cobija), la chumpa (chaqueta), también un cepillo de dientes con pasta dental, un jabón, un shampoo, un pequeño costurero, una crema Nivea que le recordaba que las vanidades del mundo aún existían y una o dos mudas de ropa (una camisa y un pantalón verde olivo). Debía usar botas de goma, los zapatos no aguantaban. Se alimentaba básicamente de arroz, frijol, azúcar, maíz y pastas, también de Incaparina (bebida multivitamínica que sustituía a la carne, hecha de harina de maíz, de semilla de algodón y de soya). De tanto en tanto conseguían alimentos cárnicos, ya fueran comprados o requisados. Reina se engolosinaba entonces con latas de atún o sardina y especialmente con la mayonesa, la que se echaba a la boca a cucharadas. De dulce, sólo chocolate. Para las fiestas de fin de año recuerda haber comido uvas y manzanas y se impresionó de que algunos *compas* nunca hubieran probado estas frutas. También en esas fechas se agasajaban con ron, cerveza y el licor clandestino la *cusha*, producto de la fermentación del maíz.

Detente un poco, Luciano mío, me duele el cuerpo entero, no resisto la posición que te prometí... si me tiendo en el piso, perderé la concentración... o quizás me adormile... el hambre acalambra mi estómago... pero no deseo soltar tus palabras... ¡ay, Luciano, ¿qué haces?, vuelve...!

Tuvo amores allí, ¡cómo no! Lograba en aquella vida inusual mantener una cierta intimidad, las parejas solían hacer su posición aparte (le llamaban «posición» al lugar que elegían para instalarse, a sus casas nómadas). La convivencia era más que marital ya que compartían todo, pasaban el día juntos y además los mandaban a operar a uno en compañía del otro. Pero el machismo se conservaba bastante intacto: a las mujeres se las obedecía en el combate, pero en el reposo volvían a reproducirse los papeles elementales jugados en la ciudad. Aunque en el campamento ellas fuesen al río a lavar la ropa y a cocinarle a su hombre, en combate peleaban de igual a igual, destacándose por una apariencia serena y valiente, lo que sorprendió a la nueva guerrillera y le dio un par de cosas en que pensar. Es que cuando se llega a esos niveles de determinación, la decisión es llevada hasta el final con enorme tenacidad. Entonces entendió que el machismo no equivalía a valor y coraje, vio hombres temblando en combate mientras la mujer se mantenía imperturbable.

En el momento más activo de la guerrilla guatemalteca, la presencia femenina era de una entre cinco, conformando aproximadamente el veinte por ciento de los combatientes a fines de los 80 y principios de los 90. La mujer maya, cuya vida fue siempre durísima, soportaba mejor esta situación que la mujer ladina. Ésta vivía una enorme contradicción entre sus deseos de aportar y las condiciones físicas. Pedía su baja, arriesgándose a que la apresaran y la hicieran desaparecer en las ciudades, todo con tal de no quedarse *arriba*. Trataba de argumentar teóricamente las situaciones de la vida guerrillera sin la objetividad requerida, encubriendo así las complicadas relaciones interpersonales, los conflictos de autoridad y las debilidades físicas. A veces, las condiciones higiénicas eran más difíciles para ella, trataba de darse un baño diario en lo que la naturaleza le brindara, un río, un arroyo, y si éste resultaba distante, se valía de un galón plástico con agua. Reina se bañaba desnuda, pero las mujeres mayas, más conservadoras y recatadas, no tenían el desprendimiento de la urbana y lo hacían en sostenes y calzones.

El amor se vivía en el frente como en la vida. Reina vivió una pasión tan intensa con un compañero que, cuando la dio por finalizada y empezó otra, éste, fuera de sí, descargando la rabia y el rencor, tiró una granada hacia el lugar donde dormía la nueva pareja. La granada estalló y hubo heridos, provocando un tremendo escándalo que llegó hasta la comandancia y que ninguno de los presentes olvidó. Reina quedó muy espantada por este episodio, tuvo que reconstruir en su imaginario la idea de que un guerrillero nunca dejaría que la fuerza de la pasión venciese a la fuerza de su militancia.

Éste es un acto de voluntad, Luciano... ayúdame... no muevas tu rostro, sólo si fijo allí mi atención logro escucharte... ya falta poco, ¿verdad?... mantente quieto frente a mí, que desfallezco...

A nadie se le obligaba a mantener una relación en la guerrilla. Si había un tercero en discordia y ella no lo quería, se le cambiaba de *posición* o se le enviaba a otra patrulla. La ley guerrillera era muy estricta con el tema del abuso y la violación: no todos tenían una pareja a su lado y a veces pasaban un tiempo largo sin actividad sexual, por lo que se les advertía que tal delito sería castigado con pena capital. En los pocos casos en que Reina atestiguó violencia en una pareja vio al comandante intervenir de inmediato, zanjando la cuestión. Uno de los elementos centrales en la lista de abastecimientos eran los condones y los anticonceptivos orales e inyectados. Si una combatiente se embarazaba, enfrentaba la alternativa de hacerse un aborto o de irse a una casa de seguridad en la ciudad a parir, integrándose a tareas como cuidar heridos, preparar armamento o engrasar fusiles. Cumplían estas actividades mientras cuidaban a su bebé. Algunas volvían después de un par de años, dejando al hijo con alguna familia de la organización, otras se incorporaban a la vida de la ciudad.

Después de un combate determinado en que Reina vivió

condiciones especialmente difíciles, volvió al campamento gritando: ¡No puedo más! ¡No debí salir jamás de mi medio! Pidió su baja. Abandonó el monte exhausta y, en algún lugar de su corazón, herida. No se la había podido con la guerrilla, pero no era eso lo más relevante. Lo duro de encarar y, más tarde, de asimilar fue el elemento de deshumanización de su propia ideología. ¿A estos límites debe llegar la izquierda para vencer al capitalismo?, se preguntaba. El desencanto la ensombreció. No quiso quedarse en Guatemala ni participar en el trabajo urbano. Se fue a México. Sintió que una ciudad como San Cristóbal y una lucha como la zapatista podían arroparla con una sintonía nueva y suya.

La guerrilla guatemalteca tuvo vínculos con los zapatistas en la frontera, no hubo acuerdos a nivel de alta dirigencia, pero en la práctica llegaron jóvenes mexicanos a entrenarse con ellos y a vivir en sus campamentos. Aquéllos fueron sus primeros contactos. Cuando decidió adoptar al EZLN como su referente moral ya tenía mucho camino avanzado. Y, esta vez, su conciencia le dictó que debía permanecer en la ciudad, lo que, en su lenguaje, equivalía a buscar horizontes más humanos.

Ya puedes irte, Luciano, era éste el relato que mi cerebro necesitaba repasar... ya soy libre de volver a botarme, exhausta, en las baldosas... como si algo alado y bendito se posase en mis manos, compruebo que aun en la miseria de mi celda me resta un espacio para la compasión... yo nací con una inmunidad de la que Reina careció... como si subrepticiamente se hubiese infiltrado dentro de la placenta de Dolores un barniz protector: no me costó ser mujer como a ella... por primera vez pienso en Reina como una persona cuyas opciones nacieron de la carencia, y que escondió con la ideología su desamparo...

3

Otra vez los pasos a través de la puerta. Ya llegó mi hora, ahora comenzará el interrogatorio y la tortura. Tiemblo, ¡tengo tanto miedo! Entra alguien con el cuerpo pesado, lo dicen sus pasos.

—¡Vamos, cabrona! Levántate.

Es él, mi verdugo conocido.

Ya aprendí a no hacer preguntas, mi tórax y mi mandíbula me lo enseñaron.

Me empuja con violencia fuera de la habitación. Más que yo, es mi pobre brazo aprisionado el que lo sigue, quizás por qué caminos. No siento ningún ruido, ninguno que me dé pistas sobre el lugar donde estoy. Al poco rato él me avisa que cuide el paso, que hay un escalón y una puerta. La atravieso y siento de súbito cómo cambia el aire, es evidente que hemos salido fuera de la casa. Percibo el acto de respirar como una bondad. Es el mismo aire puro que me vitalizaba cada noche al detenerme en el rellano de la escalera, antes de llegar al tercer piso de mi cuarto en el Casavieja. Pensé muchas veces que era un aire inconfundible. No tengo dudas, estoy en San Cristóbal o en sus cercanías.

Caigo en cuenta de que el hombre no habla, ni siquiera

me insulta. Algo ha cambiado en él, va en silencio, desgana-
do, arrastrándome como un pesado fardo. A empujones,
me obliga a subirme a un auto. No entiendo nada, ¿dónde
está el jefe? ¿Es que me llevan a su cuartel, a su casa, adónde? Vuelvo a temblar, sujeto las manos a mis piernas para intentar algún mínimo control. Por el espacio ancho que me
rodea deduzco que voy sola en el asiento de atrás, y por el silencio, que sólo un hombre va adelante. El miedo me ha
puesto la mente en blanco. Pasan los segundos, los minutos, el auto continúa sin detenerse, no parece haber luces
rojas ni mucho tráfico, quizás estamos entrando a la ciudad.
Si estoy en lo cierto y es de noche, tal vez hemos llegado a
San Cristóbal, tantas veces reparé en su calidad de ciudad
nocturna abandonada. Me llegan algunos sonidos lejanos,
pero son mínimos, no alcanzo a reconocerlos.

Súbitamente, con un frenazo brusco, el auto se detiene.

—Llegamos, hija de la chingada. ¡Baja!

Sus palabras parecen desconectadas a lo que nosotros
distinguiríamos como emoción.

En mi irremediable condición de ciega, tiento, toco,
busco la puerta, quisiera bajar sola para que no vuelva a em-
pujarme. Lo logro. Palpo con el pie el bordillo de una acera.
Las piernas apenas me sostienen. Escucho cómo se cierra la
puerta delantera del auto y casi puedo oler la cercanía del
hombre. No se mueve de inmediato, imagino tontamente
que está mirándome, lo que me produce escalofríos. Y de la
nada, sin yo sospecharlo, me asesta un golpe en pleno rostro. Pierdo el frágil equilibrio que me resta y caigo al suelo.
Desesperada, mi boca besando el cemento frío, me toco la
cara, mi cara como otra de las máscaras, congelado el gesto,
perdida ya la facultad de expresión. Y entonces sucede algo
inesperado: un ruido seco y preciso, vuelve a escucharse el
sonido de la puerta del auto y en seguida, casi sin respiro,

el ruido del motor. ¿Es que comienza a fallar mi percepción, que sólo oigo deseos milagrosos y no la realidad brutal? Sin embargo, el auto arrancó, de eso puedo estar segura, escuché cómo el motor se ponía en marcha y cómo el auto partía. Sin mí.

Yacer botada en el pavimento de una ciudad deshabitada y sin vista es una cosa tremenda, desoladora. Me concentro de un modo absoluto, sin que sienta piedad por mí misma ni autocompasión. Grito. Si él estuviese a mi lado, si otro hubiese hecho arrancar el coche y él permaneciese junto a mí, sin duda me golpearía. El grito de una prisionera en plena calle no debe considerarse pecado venial desde el punto de vista de sus captores. Aun así, me arriesgo y vuelvo a gritar. Nadie me responde, nadie me agrede, nadie arremete contra mí. No me muevo del suelo, tampoco podría aún. El dolor es tenaz, debo acumular fuerzas para levantarme. Todavía no comprendo bien qué sucede. Pero dure cuanto dure este martirio tengo una certeza: he sido muchas veces crédula e inmaculada. Y esa parte mía está agonizando, morirá entre las paredes opresivas de un cuartucho pestilente o sobre el pavimento de una vereda abandonada en un lugar desconocido del sureste mexicano.

II. PALOMA NEGRA

La révolution ne doit s'arreter qu'a la perfec-tion du bonheur.

Saint-Just

SANTIAGO DE CHILE, MARZO DEL AÑO 2000

Triste como un réquiem abandoné San Cristóbal de las Casas en una mañana serena; al mirarla por vez última la vi blanca, descansando en el valle, como si los cerros fueran a mecerla, como si una bendición se extendiera en forma de luz. Así dejé atrás esa tierra de metáforas y símbolos, de carencias, incomprensión y apatía, esa tierra también de heroísmo.

Aunque se me vuelva a helar la sangre, recapitulo. No sé bien cómo armonizar y ordenar esa realidad para que vuelva a mí creíble, con sentido y apariencia inmediata, pero lo intentaré.

Algún alma de Dios debió de compadecerse al ver a una mujer en plena oscuridad tendida boca abajo sobre la acera de una calle solitaria a la entrada de la ciudad, podría haberse tratado de una borracha o de una esposa adúltera pagando sus culpas, pero fue la venda que cubría mis ojos —aún no intentaba arrancarla, el último golpe me había despojado de toda fuerza— la que hizo reaccionar al hombre que me encontró. No conservo ninguna nitidez en las evocaciones de aquellos momentos, sólo recuerdo lo primero que distinguí al hacer uso de la vista, al principio muy borrosa, luego estable, incluso brillante: la luna reluciente y fresca como una media sandía. Por ella supe que estaba viva. Más tarde, un llamado sin respuesta a Luciano. A pesar de ello, debo de haber pedido que me llevaran a su casa, seguramente prefería aguardarlo sentada en la puerta antes de enfrentar en ese estado a algún otro ser humano que no fuera él. Porque aunque pensé en Jean Jacques, no tuve valor para llegar hasta allí.

En esas condiciones conocí por fin a Jim, el norteamericano que vivía en casa de Luciano. Él abrió la puerta, quizás habló un poco con mi benefactor y le agradeció su gesto, imagino, con sus buenas maneras y su mal español. Sólo al terminar de beber una maravillosa naranjada, dulce como un caramelo, como suelen ser las mexicanas, mi visión empezó a enderezarse; a partir de allí, la memoria adquiere cuerpo, no antes. Y lo primero que hice fue entrar al baño, donde me encerré por momentos eternos mientras Jim llamaba a un médico que no tardó en hacerse presente para revisarme. (Me pregunto hoy cuál sería mi aspecto para sugerir esta acción con tanta urgencia.) Muy grave no me encontraría pues sólo me recetó tranquilizantes y compresas caseras para algunos de mis hematomas. Entretanto, Jim insistía por el teléfono en su intento de ubicar a Luciano.

Cuando éste regresó a su casa, la impresión que se llevó dejaba bastante que desear: una mujer tendida en su cama, temblando, imposible dejar de temblar, el morado, el violeta y el rojo en su piel rememorando cada golpe, las manos apretadas a la almohada tratando desesperadamente de estabilizarse, como un enfermo de Parkinson en su fase final. Atisbé las líneas de su cuerpo grande en el vano de la puerta, abatido, descompuesto, quebrantado, como nunca lo había visto, algo grave, inmóvil. Sentí vibrar dentro de mí, temeroso, un pensamiento que sólo alcanzaba a ser la sensación de un pensamiento, pero que me llevó, a pesar de mis múltiples dolencias, a incorporarme de la cama. Abriendo sus brazos, Luciano me estrechó en ellos como si éste fuese el último acto que la vida le permitía llevar a cabo. Me estrechó hasta la sangre. Una vez sumergida allí, dejé brotar el llanto, irrumpiendo feroz, violento, contenido durante días, meses y años, como si las lágrimas nunca se gastaran. Me dejó llorar. Acariciaba con una mano mi cabeza mientras con la otra me sujetaba contra sí. Ninguno habló. Nunca había sido tan ancho su cuerpo. Fue más tarde, mucho más tarde, cuando, oculta en esa cálida oscuridad, sus palabras vinieron a horadar mi refugio, dándole la razón a mi temor intuitivo: *Reina ha muerto.*

Me lo repitió.

Reina ha muerto.

> *¿Y me invitó a morir esa mirada?*
> *Quizás morimos sólo porque nadie*
> *quiere morirse con nosotros, nadie*
> *quiere mirarnos a los ojos.*

Recité muchas veces en silencio esas líneas del poema de Octavio Paz. Luego pensé que en cautiverio existe la imposibilidad de absorber la realidad. Cuando me liberaron quise que mis ojos me contaran una historia que yo desease creer. Ni modo. Nunca la desolación fue más inmensa. De sangre se tiñeron los cielos y las nubes se cubrieron, capa a capa, de un esmalte envilecido. Quedé a la deriva, el alma hueca, incrédula, consternada, haciendo un enorme esfuerzo por convencerme de que nunca más ella echaría una migaja a los petirrojos.

Aunque la policía lo declaró, como suponíamos, un accidente, las protestas habían comenzado, como lo planearon sus amigos, antes de su muerte; no se hicieron esperar para subir el tono, cruzando los confines de la ciudad y del país. Por esa razón me soltaron. La muerte de Reina, paradójicamente, me salvó.

Esperaba escucharla reír o mirar con indulgencia, que se encogiera levemente de hombros o me fulminara con algo cargado de infinito, lo que fuera. En cambio, me dejó, una vez más, la mortalidad. *Y si las gracias no pudiese daros / porque profundamente ya me hubiese dormido.* No quise atestiguar en su cuerpo toda su exaltación congelada, o peor aún, en su rostro el rigor de la derrota. Sus funerales se llevarían a cabo el día jueves, siete días después del intento de asesinato en la calle Francisco León. No participé en ellos, ese mismo jueves temprano tomé el avión a la capital, lo que prueba que en algún momento crucial la compasión puede entenderse como cobardía. No me despedí de Jean Jacques, ni de Ninoska, tampoco de Paulina ni de los otros amigos de *La Normandie:* ninguna despedida. Luciano ofreció acompañarme, pero me pareció mezquino privarlo de asistir al funeral de Reina, estoy convencida de la enorme importancia que reviste el enterrar a los propios muertos, es la única forma de que de verdad se vayan, una despedida inapelable. Soñé que en algún lugar del monte una bandera, aunque pequeña y escondida, se enarbolaba ondeando a media asta. Y que un comandante guardaba en su honor un minuto de silencio.

Paloma negra, ¿dónde andarás?

En el aeropuerto de Ciudad de México cambié el destino de mi pasaje. Mirando con perspectiva, no comprendo cómo llegué a hacerlo, de dónde emergió el coraje y la capacidad de decisión. El Lan Chile despegaba de noche, por lo que me instalé como una inválida en una silla del recinto, incapaz de moverme, temerosa de que alguien se aproximara o me dirigiera la palabra. Llamé a Gustavo.

—¿Conoces, en el lenguaje del boxeo, lo que es un *fajador*? —me preguntó.

—No...

—Es el púgil que encaja los golpes del rival con ente-
reza, casi sin acusarlos. Soy un buen fajador, Camila, y gracias a esta virtud puedo confiar en la victoria final.

No sabía aún lo de mi secuestro, mis amigos en San
Cristóbal pensaban comunicarse con él y pedirle que se hiciera presente cuando lo de Reina hubiese terminado. (Mi
ausencia, con justa razón, pasó a segundo plano.) No se lo
conté por el teléfono, sólo insinué la existencia de un par
de experiencias traumáticas que necesitaba decantar, nada
más. Que le hablaría más tarde.

(Me detengo un instante en el paréntesis anterior
abriendo otro. Aquellos dos días de secuestro —fueron
efectivamente dos, según me enteré más tarde— en la pequeña habitación sin ventanas de una supuesta casa en un
lugar ignoto, presumiblemente en las afueras de San Cristóbal, ocupan el mismo espacio en mi memoria que todo el
año aquel, el que pasé tendida encima de mi cama. Sin embargo, ninguna vida se detuvo o se trastornó a raíz de mi
detención. Si acaricié la idea de que cotidianidades ajenas
se alterarían por la rotura de la mía, me equivoqué. Aunque razones sobren y esto se justifique plenamente, no
puedo ignorar que en mis fantasías narcisistas la tragedia
debía volver engrandecida por su efecto sobre los demás.
De pequeña soñaba con mi muerte sólo por el goce que
me producía ser testigo de mi propio funeral; mirándolo,
podía por fin constatar mi relevancia en el corazón de los
restantes, contabilizando quiénes asistían, sus reacciones y
cuántas lágrimas derramaban. Nunca contemplé la posibilidad de que el virtual entierro pasara inadvertido porque
en ese instante algo enorme sucediera, como el anuncio
del advenimiento de una guerra nuclear en el momento
en que entraban mi ataúd al cementerio y lo dejasen allí ti-
rado para escapar.)

Volando desde San Cristóbal a Ciudad de México, lejos de cualquier posible agresor, atisbé, no sin sorpresa, la nostalgia por mi tierra, aquella la desencantada, la exigida, rabiosa, empeñosa, tironeada y asustada, la que se ha dolido y complacido, la mía. Era mi tierra al fin, no la elegí, no tengo otra. Así como Vargas Llosa se preguntó en *Conversación en la Catedral* cuándo se jodió el Perú, yo me pregunté cuándo, nosotros los chilenos, cuándo se marcó el momento aquel en que perdimos el alma. Hay algo de voluptuosidad en la añoranza. Pensé en Pinochet, en sus ojos como dos pequeñas canicas robadas a las lagunas de la Patagonia, azules y heladas como algún glaciar antiguo, milenario. Y si pensé en él fue por tener la horrorosa certeza de que mientras se apoderó del país, nosotros, los que anhelábamos la democracia, éramos mejores. Aun así, mi deseo se dirigía hacia ese lugar del mundo, a uno de los *enormes acontecimientos,* los países de este continente. Una de las cosas que me enseñó el corto cautiverio fue cómo se aprecia y acaricia lo que antes parecía obvio, evidente y regalado. Perdiendo la libertad, comprendí que sólo la recuperaría volviendo al lugar en que nací.

En sánscrito, la palabra viuda significa vacía. Una viuda de Chile, yo.

Pensé también, mientras atravesaba México por los aires, que ese año blanco que viví en Washington, D.C., no fue en vano. La sobrevivencia radica en la posibilidad de elaborar el duelo. Si éste no se cierra, todas las penas del infierno vendrán a seducirte, disfrazadas de mil maneras, algunas aterradoras, otras incluso amables, pero destruyéndote la vida por igual. En cambio, si se logra, podrás vivir con la pena hasta el fin de tus días. La pena no confunde, no enmaraña la razón, no desequilibra la mente; la pena abruma, entristece, eso es todo, aunque el todo sea enorme, es sólo eso. En rigor, hay tantas cosas que yo de-

biera entender a estas alturas, pero al final comprendo
que es sólo una.

Si fuera una mujer maya, terminaría esta larga y enre-
dada historia con un solo objetivo: contar lo que está en mi
corazón. Quisiera atenerme a ello.

Dolores me recibió, volvió una vez más a ser la higuera
hindú, el árbol madre, el árbol de todos los árboles, como
una casa. (¿No será, Camila, que al fin y al cabo el sentido
de la vida es *vivirla*? No creo mucho en las respuestas filo-
sóficas: todo se resume en vivirla *entera* y vivirla *bien*.) Lo ex-
traordinario de ella es que, a pesar de la acumulación de
tanto duelo, la muerte vuelve a espantarla, a sacudirla, como
si nunca le hubiese permitido su acostumbramiento, como si la vida humana en realidad valiera algo.

Gustavo. Cómo quisiera que hoy fijaras los ojos sobre la
casa de mi infancia, sobre la mesa del comedor, sobre la ciudad de Santiago, sobre tu mujer que respira acompasada
por sólo pisarla. Ahora sí puedo ser acogida por Dolores, ya
no temo que ella penetre mis tristezas. Sé que en esta oportunidad me tomarías y acurrucando mi cabeza, con cierto
orgullo y una sonrisa divertida, exclamarías: ¡Pero, Camila,
qué cambio!, ¿adónde se fueron tus ganas de escapar?

A propósito de las madres y las hijas, me sorprendí cuando me enteré de que Reina sería sepultada en San Cristóbal
de las Casas. Sin embargo, si su opción fue trazar sólo la línea horizontal durante su paso por la vida, nunca la vertical
que abarcase y comprendiese antepasados hacia arriba y
descendientes hacia abajo, es natural que sus raíces cupie-
sen en su propia y sola mochila. ¿Le reportaría alguna soledad esta horizontalidad tan única? Un hecho sintomático
es que tal esterilidad no se le volvió en contra a Reina como
una falta de sentido. (¿O quizás sí?)

Dolores me ayudó a poner poco a poco en pie *el gran edificio de la memoria* y me convenció de que no hay pena que no empequeñezca con el tiempo, como la mirada adulta sobre las casas de la infancia, cuando se vuelven a ver años más tarde y se encuentran encogidas. Si al final la orfandad es el abandono de una utopía o de una vida que comienza, si es el corazón de un niño fallando o la caída de todos los muros, da igual. Es siempre orfandad.

Como los adictos en recuperación, yo no debía pensar en *el día siguiente* durante aquel año que por fin terminó en San Cristóbal. Sobrevivir era la consigna, y para ello el concepto de *mañana* debía arrancarse de raíz, asimilando el recorrido de un solo día como un verdadero triunfo. Desde mi cama me declaré un sitio baldío: todo podía acontecer como nunca más nada. Cuando un día Gustavo me preguntó si no creía que debía hacer algo por los demás, mi respuesta no se hizo esperar: ¡Odio a los demás! Y fue cierto, tal vez siga siéndolo. Pero, al menos para la imagen de mí misma con la que debo cargar, San Cristóbal evitó que me convirtiese en una bestia danzante, la que puede bailar sólo si efectúa cada paso en redondo, trazando un círculo fino pero maldito en torno a sí misma. Así, dejar Washington fue crucial, podría haber prolongado el estado vegetativo por tiempos indefinidos si desde afuera no me hubiesen obligado. Por lo tanto, mis agradecimientos a Peter Graham (¿y a Gustavo?). Ahora bien, si alguien me preguntara si he resuelto la muerte de mi hijo, respondería: aquello es algo que no se resuelve jamás. Caminaré por la vida con ella para siempre.

Quizás el verbo importe: caminaré, dije. Es un verbo que supone movimiento.

Y a propósito de ese movimiento, una reflexión me acompaña sin cesar, discreta, silenciosa, pero no me suelta:

¿es que soy de verdad tan extremadamente frágil que he requerido de estos niveles de horror para reaccionar, para volver a sentir que vivía? Pienso en qué alternativa queda, entonces, para las mujeres normales, las que, en una situación parecida a la mía, deben continuar, seguir hacia adelante, irremediables. Hasta un par de meses atrás, yo era una de ellas, normal hasta el hastío, lineal, buscando por la ventana que las nubes me regalaran una solución inventada por ellas. Es improbable que mis compañeras de penas y delirios se vean sometidas a experiencias límite como la mía en el sureste mexicano. Entonces, ¿cómo escaparán a una habitación blanca, a los pliegues de una cama nívea y eterna?

El mundo es vulgar, ¡qué duda cabe!, ése es un hecho irrebatible, me dijo Luciano un día, por lo tanto, la tarea es buscar pequeñas fórmulas, luces chicas pero continuas, para olvidar ese hecho.

Efectivamente, lo que sucedió en San Cristóbal de las Casas es que se rompió la engorrosa maraña de la inmediatez, arrasando con cualquier vulgaridad. Las luces chicas se volvieron enormes destellos, quemando esos destellos, sin dejarme más alternativa que la de resucitar. Pero a aquéllas, a mis compañeras, si ningún poderoso fuego las asaltó, ¿a qué pueden echar mano?

A pesar del verano santiaguino, tan dulce en su retirada, y de la acogida materna y protectora, nada se ha revestido de idilio, por cierto que no. A ratos, el desasosiego persiste, lanzándome de bruces contra el muro, como una extranjera, una extraña de mí misma. Otras veces, la nostalgia —aunque sigilosa— es inconsolable. Desde este sur, mis ojos se bañan cada día de la belleza de esa ciudad llamada San Cristóbal de las Casas, evocando el aire límpido y refulgente que atraviesa su horizonte de marfil. En su ausencia, he sentido que debo improvisarme. Tal como lo prometí entonces, enmarqué mi xilografía del pintor lacandón en un marco de madera delgada y clara y lo instalé en la habitación de mi infancia sobre la superficie lisa de la cómoda. No lo colgué en el muro, el acto de poner un clavo me habría obligado a enfrentar sus connotaciones, un clavo en el muro es siempre un acto de esperanza sobre un lugar físico determinado, de esperanza y persistencia. Miro a diario mis calaveras, conozco ya cada uno de los pasos de ese baile, la amenaza de que la muerte puede ser festiva. Las cosas buenas pierden su valor por las imitaciones; éstas, al proliferar, hieren el original. Luciano. Le escribí ayer, le sugerí cambiar el mar mexicano por el chileno, es siempre el mismo océano, el Pacífico, al fin, aunque el nuestro sea más helado. Después de todo, es una cuenta pendiente. Recuerdo su dulzura, no almibarada sino con ligereza, como debiera ser siempre la dulzura. Aquella noche final, cuando los mariachis callaron, volvimos a hacer el amor, pero esta vez fue diferente: un acto de aferramiento, un acto de sobrevivencia, como dos animales en un mero intento de atrapar la vida, la que parecía escurrirse por cada pliegue, recelosa y despavorida. También el amor puede ser eso.

Reina. Conservo su pobre arete de plata, único recuerdo material.

Reina. La derrotada entre los propios derrotados. (¡Cómo llorarían esa noche en la laguna los orgullosos mexicas al ver su sólida historia destrozada por el injusto designio de los creadores! El hombre blanco y barbado —el dios— sustituyendo lo fraguado dura y sangrientamente a través de innumerables calendarios.)

Su desvalido poder sobre los desvalidos.

A medida que pasan los días de este fin de verano en Santiago, con sus tardes de brisa fresca y entrañable, ahonda en mí la necesidad de escribir aquel artículo que me fue encargado en Washington. No es que me sienta obligada a cumplir, Peter Graham ya sabe por lo que pasé y nada más lejos de sus intenciones que ejercer presión sobre mí, menos aún Gustavo, que se ha portado magníficamente, como un compañero amable y solidario, el que fue siempre, probablemente, y mis ojos, en su luto, no pudieron ver. Hoy comprendo que, en el fondo, nunca le perdoné el no haberse dejado destruir por la muerte.

(Cuando era pequeña, en este mismo comedor, miraba cada día una antigua pintura de *La Última Cena* que colgaba del muro, la que parecía presidir, imponente, cada comida de la familia. Su ausencia de color me espantaba, sus sombras demasiado oscuras atajaban el placer de sus formas, abatiéndolas. Un día llegué a comer y la pintura no estaba. Esperen, dijo mi padre, esperen un tiempo y verán. Un amigo suyo había ofrecido restaurarla. Al cabo de unas semanas, *La Última Cena* volvió al hogar y, ante nuestro asombro, era otra pintura: la limpieza revelaba un hermoso colorido que debió ser el primigenio, el original, anterior al sucumbir de la larga cotidianidad. Como a la antigua pintura de mi padre, el brillo de la restauración ha vuelto al recuerdo de Gustavo, dejando sentado lo que el pasado fue.)

Querer contar es un impulso humano y, me atrevo a precisar, un impulso cargado de humanidad. Como me dijo alguna vez Luciano, existen tribus en las que contar historias se entiende como una forma de curación, una salvación posible. Por tanto, no tengo dudas sobre mi deseo. Ayer habría sentido que mi obligación era jugar el papel de desencantada, la que narra sólo la realidad. Hoy le doy las espaldas a toda mi historia y a ciertos giros mecánicos de mi generación y tomo la subjetividad en las manos como a una paloma herida. Como a una paloma negra.

Reviso mis apuntes, ¡son tantos!

Pensé en un momento trabajar con la idea de la planta de café —el oro verde, le llamaron— como una alegoría del árbol de la vida, la artesanía madre mexicana. En el Café del Museo de la calle Adelina Flores leí testimonios de indios semiesclavos que trabajaron en fincas cafetaleras del Soconusco y pensé utilizarlos.

«Teníamos que trabajar como hombres porque el trabajo estaba medido por tareas. A veces me costaba hasta las cuatro o cinco de la tarde para llenar mi costal. Sufría mucho. Cuando lloraba mi hijo tenía la canasta bien amarrada y todavía daba a mi niño de mamar, primero de un lado y después del otro. Los hombres terminaban antes sus tareas porque no tenían distracciones... cuando regresaba de la pizca tarde, todavía tenía que preparar mi comida y tortillear... Me sentía muy sola en la finca. Me daba vergüenza ser la única mujer.

»Había cárcel en toda finca, cepo, cadenas en los pies con una troza de madera, caso en el que el castigado trabajaba en el casco, con su trozo a rastras o en el hombro, al trasladarse de un lugar a otro; había cepo para los pies y también para el cuello.»

Detengo la lectura. No. Pulso en mi computador la tecla *Delete* y lo borro.

Supongo que la razón por la que puse más atención sobre los ch'oles que sobre cualquier otra etnia tiene relación con Paulina Cansino, una india ch'ol, andariega y relatora de historias como todos los de su raza.

«La segunda venida del hijo de Ch'ujtiat: Los hombres están contentos. Es tiempo de paz; la tierra da buenas cosechas, se cría bien el maíz y los hombres se están volviendo bastantes, muchos se están haciendo los hombres. Pero sólo poquito tiempo están contentos así. Poco fue el tiempo cuando hay paz. Porque otra vez los Xibaj empezaron a meterse otra vuelta con los hombres. Los Xibaj sólo se pasan molestando a los hombres, comiéndose a los hombres. A muchos se comen. Por eso los hombres tienen miedo: qué tal que se van a acabar, como en ese tiempo cuando hay derrumbes.»

Interrumpo la lectura. Pulso *delete*.

La reunión que sostuve en mi casa de Washington con el especialista mexicano Luis Vicente López quedó profusamente documentada en mis escritos. Si bien recordé muchas palabras suyas mientras observaba la vida en San Cristóbal, siempre pensé que volvería a él cuando me sentara a escribir. Es lo que hago hoy.

«Váyanse a las cañadas, les dicen a los indios, pero nadie quiere vivir allí, váyanse de las fincas, como el pueblo elegido de Egipto, váyanse a la selva a ser libres, vayan a la Tierra Prometida. El loco del obispo Samuel Ruiz quiere hacer la ciudad de Dios en la selva, y ahí lo tenemos, sintiéndose desplazado, traicionado y rebasado por Marcos.

»Todos inmóviles en Chiapas, nadie se mueve, todos sobrepolitizados, miles de organizaciones para cuatro gatos. Deliberan y deliberan, deciden todo colectivamente y al final nadie sabe bien a bien qué quiere, por qué pelea, hacia dónde va. Son indios que no se bastan a sí mismos y nadie resuelve sus problemas. Sólo Marcos resolvió el suyo: el más loco sueño de gloria de un estudiante radical de universidad pública de la capital mexicana. Lo único que ha crecido en Chiapas desde la rebelión es el número de soldados del ejército y el presupuesto estatal para enriquecer a una de las clases políticas más corruptas de la república, la chiapaneca.

»¿Es la solución aislar a los indios de todo contacto con el exterior? República de Indios: una eterna minoría de edad, ciega al mundo real. ¿Por qué no les repartimos a las enmontadas unas buenas Nike para que no anden pelonas? Y la Aspirina, ¿no es acaso un bien universal? Viva la modernidad frente a las pinches tribus ignorantes.»

Delete.

Apago el computador. Me dirijo resuelta hacia el dormitorio de Dolores y le pido papel y lápiz para escribir a mano, como cuando traducía poemas o piezas literarias que me significaban. Le ruego que me cuide del mundo exterior, que no permita que nada me interrumpa y que más tarde me lleve un café, como cuando era estudiante.

—¿Qué vas a escribir? —me pregunta Dolores con curiosidad.

—Una historia, una simple historia —le respondo.

Y no le he mentido. Sé por fin qué enviaré a Peter Graham para su revista norteamericana. Me instalo en la mesa del comedor de la casa de mi madre, la mesa de mi niñez donde aprendí a escribir, y comienzo.

«Había una vez una mujer. Se llamaba Reina Barcelona, y aunque nació en el Uruguay, llegó a las montañas del sureste mexicano a pelear su guerra...»

Tomo la página, leo la primera frase y la rompo. Como las mujeres mayas, debo contar lo que está en mi corazón. Entonces, comienzo de nuevo.

«Había una vez una mujer que al dormir transformaba su cuerpo en un ovillo y se tragaba el llanto. Su nombre era Reina Barcelona.»

NOTA DE LA AUTORA

Desde que empecé a escribir esta novela, se han producido importantes cambios en México y en el Estado de Chiapas. Es improbable que en el clima político actual pudieran ocurrir los acontecimientos que aquí se relatan.

Para capturar el ambiente de esta historia, debí pasar largas temporadas en la ciudad de San Cristóbal de las Casas: allí me enriquecí con el testimonio de muchos de los protagonistas de su vida reciente. No considero oportuno dar sus nombres pero quedo en deuda con cada uno de ellos y les agradeceré siempre su afecto y colaboración. También me ayudaron diversos textos a entender las claves del sureste mexicano, especialmente: *Antigua palabra narrativa indígena ch'ol* de Jesús Morales Bermúdez, *Mujeres de Maíz* de Guiomar Rovira, *Samuel Ruiz, el caminante* de Carlos Fazio y *Desde las montañas del sureste mexicano* del Subcomandante Marcos.

Vayan mis especiales agradecimientos a Luis Santa Cruz, el Comandante Santiago, de quien aprendí lo necesario de la guerrilla guatemalteca, y también a Carlos Elizondo, a Héctor Aguilar Carmín, a Marcia Scantleburry y a Amos Oz.

San Cristóbal de las Casas, septiembre 2001.